新新古典

新新三國演義（上）

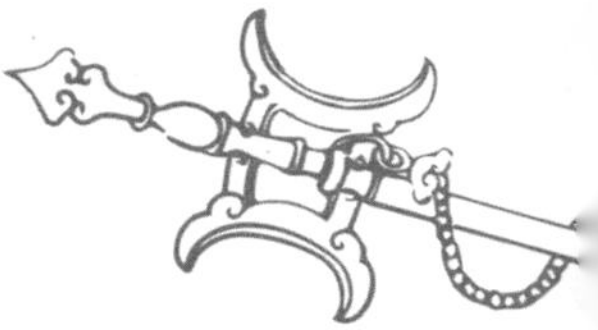

張啟疆——著

三民書局

自序

老，誤讀三國

張啟疆

少不讀《水滸》？老不讀《三國》？話是金聖嘆說的。

因為，少年人血氣方剛，容易衝動，而《水滸》盡是打家劫舍的事，看了會不會模仿啊？

老人家飽經滄桑，精於世故，讀了充滿權謀算計的《三國》，會不會溝壑滿胸，老奸巨猾呢？

我偏要說，少不讀《三國》，老不讀《水滸》。

為什麼？年紀輕輕就學劉備、曹操使詐（整部三國史，好像就是三個詐騙集團的奮鬥史），好嗎？老了，看別人呼風喚雨，痛快行事，自己的情緒稍有波動，就昏天暗地，鬼哭神號，前塵舊夢、新仇舊恨聯袂來討債，何苦來哉？

少年讀《水滸》，學習「不逆來順受」的生存哲學，勇於改變不合理的現狀。有沒有副作用？當然有！叛逆、反骨、譁眾取寵、獨特創新。會不會變成古惑仔？放心！古惑仔可能有很多人生迷惑，但是對古人不惑，沒興趣讀《水滸》。

老來讀《三國》，又有何用？

用一生的歷練，印證書中的陰險狡詐，玩味天道不孤？或者，蒼天不仁？會不會學壞？七老八十的人，能壞到哪裡？到哪裡使壞？機關用盡，不過是紙上談兵、腦中烽雲。就算是在自言自語的詭笑中，走完一生，豈非一快？

仔細瞧！那些教你拍案叫絕、掩卷喟嘆乃至捶胸頓足的奇謀詭計、愚蠢情節，像不像你的回憶錄？

大意失荊州、遺恨失東吳、銅雀春深鎖二喬、賠了夫人又折兵……一頁荒唐，百年憾恨。對照你不滿足或不滿百的人生：這裡一座上方谷，你以為勝券在握？那端又見五丈原，出師未捷身先死。「蒼天已死，黃天當立」之後，你就回不去臥龍崗，也覓不著桃花源——不對！那是東晉陶淵明的祕密花園。

更可怕的是，你的街亭剛失守，揮不揮淚，都得斷尾求生。赤壁一把火，燒掉你想鏟除敵人、併吞對手的宏願。華容道上捉放曹的故事，讓你想到縱虎歸山？忠義兩難？

神機妙算的諸葛軍師，落得過勞死；隱忍苟活的司馬仲達，建立家天下。

長坂坡上的趙子龍，為什麼不是你的部屬？三顧草廬的劉皇叔，是你引頸企盼的貴人？滾滾長江東逝水。每一朵浪花，幻生一張英雄臉孔。你是時間巨河上的白髮漁翁，縱觀古今，臨流照影：智者形象是你的假面，將相英姿是你的超我。各路豪傑在你體內桃園結義；善惡諸我驅動蠻荒之力，合謀打造偶爾理想多半醜陋的四不像世界。你的生涯階段，分為玄德期？翼德期？孟德期？因為，天下之大，有「德」者居之？或者，你喜歡孟德斯鳩[1]期？

別急！你還要體驗劉備的「收買人心」、王朗的「氣爆沙場」（被諸葛亮活活罵死）、曹操的「頭痛時分」、呂布的「忠貞測試」、龐統的「萬箭穿心」、周瑜的「人性魔考」。

小喬是你的情人定像？貂蟬是你的夢中女優？

如果說，三十六計是人類的心思照妖鏡，七十二變——啊！又搞錯了，那是《西遊記》的段子——肯定是你渴望脫離現實桎梏的異想。想什麼？上蒼會不會幫你走後門、開天窗？

不論怎麼變，我們的一生，就是女人的衣櫥，永遠少一件。

哪一件？向時間行賄，求上帝放水，千金難買早知道。

你說，管他天道、地道、人間道還是無間道，我自求我道：正襟危坐，用關羽「刮骨療毒」的精神，悟讀「三國」歷史，洞悉宇宙真相？

可以啊！如果不想腰痠背痛、睡覺落枕，何妨倒讀、反讀、隨時讀、隨便讀或誤讀：

1 孟德斯鳩：法國啟蒙時期思想家。打破「君權神授」的觀點，認為人民應享有宗教和政治自由。

這部虛虛實實的章回小說，哪裡篡改了史實？錯植了典故？捏造了神話？誇大了傳奇？小說留下一堆懸疑，等待精明的你去破案。

這天下大勢，也不是只有「分久必合，合久必分」的鐵律，「鼎立」的大鍋裡，藏了不少貓膩[2]：強強聯手，弱者同盟，當面擁抱，背後插刀，聯合次要敵人，打擊主要敵人……還有，董卓和義子呂布爭媳婦（貂蟬），曹丕跟老爸曹操搶女人（甄宓）。曹操也不是吃素的，見色忘友，年輕時「擄新娘」陷害袁紹；臨老不修，又霸占了關羽的夢中情人（秦宜祿的妻子杜氏）。

有人說，整個三國時代，前半段，是曹操和劉備的主場（劉備專借別人的場子，而且不還）；後半齣，是諸葛亮、司馬懿的各擅勝場。其餘諸子，不值一哂？

錯！「生子當如孫仲謀」的孫權，放眼未來，布局海外：

其一，東吳的服飾「吳服」，傳到東瀛，成為和服的前身。

其二，根據《三國志》記載，孫權曾派「甲士萬人浮海求夷洲」。夷洲是哪兒？相傳是一座仙島。三國時吳人沈瑩的《臨海水土志》也提到這件事，是世界上記述臺灣最早的文字。

2 貓膩：原為大陸用語，現在流行於網路。原指瑣細的事，現指鬼祟、曖昧之事。

想像一部《三國外傳》：莽莽神州，死諸葛、活司馬鬥得天昏地暗，這時，金光萬丈，日出東南隅，就在戰場的邊陲，辭海、文藻的浩渺汪洋，赫赫浮出閃亮的嬰兒地名：臺灣。

權力在哪裡？孫權大帝（以及許多無權無勢的古人）做了示範：創造歷史之最，攻占時間版圖。

人生在何處？活在一部大書裡，和古人為友或為敵，區區此生的鬥爭、合作、忠誠、背叛，一樣不少；還可以在自己的年輪留字：三國，到此一遊。

導讀

歷史，悲劇的晚點名

南山

改寫的異趣

改寫，是一種藝術？還是異趣？

如何改？塗改？修改？篡改？

怎麼寫？敷寫？擴寫？重新寫？

筆者曾言：「改寫，是一項藝術，也是異數：不論你是快手、慢手、代工高手、紅油抄手或無所不能的寫手，切記：你的生花妙筆，是在雜花生樹的森林裡，栽育奇葩⋯⋯文字、腔調、形式、結構都得翻新，同時要保住原著的精神與精髓。創意、『古意』並存，讓讀者在老戲碼裡看到新戲法，有所本，卻也無所泊靠⋯⋯創作之妙，就在虛實交錯，相映成趣。」（〈天命所歸的悲情傳奇〉，收進新新古典《水滸傳》，二〇一九年，臺北，三民）

什麼「趣」？別出心裁的妙趣。教人覷目以望的大異其趣。

或者說，類似新瓶舊酒、老屋拉皮的奇趣：對人物的詮釋、戰爭的描寫、歷史的觀照、情節的推演，以及，那個不容更動、「天下一統」的結局，自出機杼，成一家之言。

又或者，大處放眼，小處著手：「虛實交錯」的亮點在於，更動不影響大局的細節，來增添精彩度，一種無關緊要的驚天地、泣鬼神。

以《新新三國演義》為例，孔明可以「借東風」，但不能擅改赤壁之戰的結果，也不能在華容道偷偷「做掉」曹操；諸葛使出「空城計」，司馬懿明知有詐，內心不服，但為了尊重原著，也只好退兵。

貴為中國第一部長篇歷史章回小說，《三國演義》是根據正史《三國志》改編而來，羅貫中會乖乖「忠於史實」？清朝史學家章學誠說：「唯《三國演義》則七分實事，三分虛構，以致觀者，往往為之惑亂。」

是「惑亂」？還是目眩神迷，擊節讚賞？因人而異，難有定論。若要細究《三國演義》的成色，除歷史事實外，不乏茶坊酒肆之言、巷議街談。要知道，《三國演義》成書之前，三國的故事早已在民間便廣為流傳。加油添醋有之，怪力亂神不少；將英雄將相神化的篇幅，更是不虞匱乏。

迴異於原著的開場

張啟疆的三國故事，會乖乖「忠於原著」《三國演義》？細節不論，光是開場，這部《新新三國演義》就展現出嶄新的面貌：層層加框的文學設計，一種後現代技巧。

「話說天下大勢，分久必合，合久必分」、「宴桃園豪傑三結義，斬黃巾英雄首立功」，是讀者耳熟能詳的故事線頭；「滾滾長江東逝水」，更為世人朗朗上口，傳誦不絕。到了張啟疆筆下，顯然，這位受到現代主義薰陶的小說家對「順時敘事」的興致不高，改採「讓故事說故事」的加框手法：兩名「世外高人」（年輕書生、青衣文士）談論二位當世梟雄（曹操、劉備），談論天下英雄。

談論是「框」，談論裡有談論，故事中說故事，是謂「加框」。

或者該說，這部小說有兩個開場：「問津之一」的江邊對話，是第一開場，一番「指點迷津」、「是英雄自能識英雄」後，筆鋒一轉，帶入第二開場：正文第一章「敢問天下英雄」，也就是曹操、劉備在丞相府的「煮酒論英雄」。

乍看之下，後者是前者的曲中論，前者為後者的開場白？二位世外高人談古論今，品評人物？其實不然！讀到上部問津之八，赫然發現，外框亦為內裡，二位高人絕非置身「世外」，而是三國故事裡的關鍵角色。

細究小說時空，第一開場（江邊對話）的場景，如夢似幻，恍若夢境：

霧濛濛的江面，像是罩上厚厚一層白灰色氣牆，囚禁災澇，護衛水鄉。神來一筆，天庭潑墨。風、雲、山、水，在一種蒸騰的快意、蜕形的丕變中，漸次消融，渾然一體。幾隻草寫天書的飛鳥，時而盤旋，忽而俯衝，點指江面，激起水花或輕漣。

《新新三國演義・問津之一》

實際上，斯情斯景並非向壁虛構，而是真人實事，預埋伏筆。卷頭詞「滾滾長江東逝水」，也就從「旁注」的角色，轉進內文，成為小說實景：象徵「挾泥沙，混清濁，泯恩仇，孕魚龍」的空間設計。

時間呢？（為了避免破哏，筆者不便道破年輕書生、青衣文士的身分。）大約推估，是在「官渡之役」後，「赤壁之戰」前。換算成小說時空，第一開場的時間點，是在《新新三國演義》上部的五分之四處。

至於第二開場（煮酒論英雄）的時間切點，相當明確：西元一九九年（建安四年），約莫是百年三國史[1]的五分之一處。那時，黃巾賊已滅，關雲長「溫酒斬華雄」的事蹟，傳遍天下；虎牢關「三英戰呂布」的強檔，轟動上演。呂奉先乘夜襲徐郡、孫伯符大戰嚴白虎……等經典戰役，接踵而來。

曹操「挾天子以令諸侯」的局勢已經成形。八路諸侯會聚，對付兵強馬壯的袁紹。連番好戲，就此錯過？不！滅黃巾、殺呂布、討袁紹等「前文」，在馬不停蹄的劇情行進中，交錯運用倒敘、插敘，鑲嵌圓補，前呼後應，不讓讀者錯失任何一場精彩戰役。

關鍵時刻

讀者或許要問，為什麼不話說從頭，娓娓道來，而要挑選「五分之一處」的黃道吉日？作者在玩什麼？

很簡單！孕育對決之前的對抗，對抗之前的對立，對立之前很不對盤的對弈——以江山為棋局，處處機鋒的對話來呈現。

作者張啟疆曾在自序〈老，誤讀三國〉中提及：「有人說，整個三國時代，前半段，

[1] 《三國演義》的時空跨幅：起於漢靈帝中平元年（西元一八四年），終於晉太康元年（西元二八〇年）。

是曹操和劉備的主場（劉備專借別人的場子，而且不還）；後半齣，是諸葛亮、司馬懿的各擅勝場。」

那位「有人」，應該不是友人，是作者自己。

顯然，張啟疆認為，曹、劉之間的戰爭，早在「煮酒論英雄」那一夜，就點燃了熊熊發火。

不然，雨停後，怎會有「兩名大漢（關羽和張飛）手提寶劍，從（丞相府）大門衝至後院，直抵亭前」——幹嘛？擔心大哥為曹賊所害，拚死來救。

附帶一提，「火攻」是中國古代戰爭的致命武器；火的意象，更是貫穿曹、劉二大梟皇運勢的徵兆。

兩人的初遇，是在討伐黃巾賊，「火焰張天，草木皆焚，旗倒營摧，哀鴻遍野」的場合：

一名細眼長髯、面白如霜的書生武將……騎著匹黑色寶馬——大宛良駒「絕影」，左眄右睞，雄霸之態，睥睨之姿，教人望而生畏。

那人的眼角餘光，從頭到腳，將劉備狠狠打量了一番，嘴角輕揚，似笑非似，隨即策馬轉身，揚長而去。

《新新三國演義・敢問天下英雄》

此人是誰？教劉備心頭一緊，看倌眼睛一亮，不是白面曹操，還會是誰？

這一會，對劉備的意義是什麼？張啟疆來了一段快板：「是發現獵物的鷹眼、尋找同類的鯨唱，是煮酒論英雄的預約，是鏖戰三分國的請帖；是死敵的會前會、示現的王見王，是飛越九重顧盼自雄之際，赫見峰巒迭起、天外有天。」

還有片刻心理戲：「劉備乍見一片火海時，腦中閃過四個字：火光之災。」

這災劫，天機圖讖般的野火象徵，應驗在曹操的赤壁大敗，劉備伐吳時險些死於火燒連營……

總之，那一夜，是決定後來數十年天下大勢的「關鍵時刻」，劉備與曹操糾纏一生的「初夜」。

神話助威

如此重大的日子，難道不該「驚天地、泣鬼神」？

原著用「陰雲漠漠，驟雨將至」、「雷聲大作」，營造聲光效果。

張啟疆怎麼表現？

電光一閃，雷霆乍現，燦如白晝一瞬，又似燭龍睜眼，帶給人間詭魅的光明。
幽暗夜空狂風起，陰霾湧，暴雨將至。
一場及時雨，能澆熄神洲大陸的遍地烽火？

《新新三國演義‧敢問天下英雄》

堪稱金光重炮雷電交加升級版。
不只如此，為彰顯兩人的帝王命格，還請來神話助威：

龍，蟒身、蜥腿、鷹爪、蛇尾、鹿角、魚鱗、口角有鬚、額下有珠。自古以來，一直是天子圖騰、皇權象徵。傳說大禹治水，得龍之助；漢武防火，而將蚩尾置頂。有鱗者稱蛟龍，有翼者為應龍，有角者名虯龍，無角者號螭龍。能隱能顯，有真有假；春時登天，秋後潛淵。又能興雲致雨、掀波作浪……哼！總之，你曹阿瞞是「挾天子以令諸侯」的假貨，我劉玄德才是「匡復漢室」的真龍。

《新新三國演義‧敢問天下英雄》

再加上差點嚇死劉備的那句「今天下英雄，惟使君與操耳。」像不像犯罪驚悚懸疑劇的片頭？

不過，劉備也不是被嚇大的——雖然他這一生，備受驚嚇。

之後——或者該說「之前」，張啟疆先回頭交代「桃園三結義」以來，宦官亂政、董卓專權……種種，再接回離開曹營、四處流亡、大戰赤壁、占奪荊州、稱帝川蜀……「三國鼎立」的態勢，於焉成形。

時間結構

不論怎麼岔繞、轉接，《新新三國演義》的小說舞台，上九下九共計十八章，約可粗分為四種時間：

一、群雄並起。

二、三國鼎立。

三、懿、亮之爭。

四、垃圾時間——諸葛亮、司馬懿死後到天下一統的混亂時期。

大陸版《三國》電視劇，結束在司馬懿病逝，之後的漫長數十載，一語帶過。

這部《新新三國演義》，則將「後諸葛時代」（長達四十六年）壓縮在下冊最後一章的下半段。

顯然，在史家、識者眼中，「三國」這齣豪華夜宴，在諸葛亮、司馬懿之後，只剩下比「食之無味，棄之可惜」（楊修語）更乏善可陳的殘羹剩飯。

甚至，站在「蜀漢」的敘事觀點（也可稱作「亮」點），將三國歷史濃縮為精華版，時間和空間都將縮限：時間短少了三分之二，從西元二〇七年到西元二三四年，從三顧茅廬到諸葛禳星；空間呢？出臥龍崗，奪新野、戰赤壁、借荊州，進入川蜀，五月渡瀘，六出岐山，最後在五丈原劃下句點。

這是一齣局部時空秀，在儒家觀點的指揮棒下，拍成「限制級」的歷史劇，偏處一隅小王朝復國不成的故事。

超敘事觀點

但「王業偏安」是事實，以卵擊石是現實；北伐中原，是亂世忠臣實現不了的伏櫪美夢。張啟疆似乎意識到這種弔詭，而在下冊採用「超敘事觀點」：層層疊疊的「敘事」者（說書人、讀者、論者，也可以是天地萬物、日月星辰），在「茫茫大氣、濛濛江面、滔滔流水」的幻虛空間（向壁），彼此對話，交相詰問，化為「愕鳴驚叫的兩岸猿聲」。

誰在問？誰來答？

正確說，張啟疆設計了兩名幻影人物、針鋒相對的兩種聲音：吟誦聲和冷笑聲，擺盪六合，穿梭古今。

例如：

「你以為，孔明搞了一座七星壇，挑了甲子吉辰，沐浴齋戒，身披道衣，赤足散髮，裝模作樣……是要幹嘛？借東風？」

「難道不是？」冷笑聲故意問。

「不！時辰已至，他得仰聞天聽，夜觀乾象，恭領老天爺的諭旨：那曹賊固然可惡，但命不該絕，你得放他一馬。如果你是孔明，會怎麼做？」

《新新三國演義．向壁之一》

這一段，是在旁敲「華容道捉放曹」的雙重設計，側擊天意、人事必須妥協的無奈心理。

又如，探討「直取荊、益」的得失：「得的是飛龍在天，失的是鳳落九泉。」

前者點出劉備「搶到開基立業之地」，但「蜀道通時只有（臥）龍」；後者是指龐統殞落。

「一在天上，一在地下；天地失衡，龍鳳不全，也就注定日後蜀漢的格局：難竟全功。」

那冷笑聲，一逕語不驚人死不休：「至少，在劉備率七十萬大軍東征時，有一位深諳兵法的軍師在旁，或者說，在『龐』，就不會犯下『火燒連營』的錯誤了。」

《新新三國演義・向壁之二》

融入・淡出

下冊的「向壁」，一如上冊的「問津」，具備旁敘功能的加框角色。同樣是「設計對白」，不同的是，「問津」融入情節，成為內文一部分；「向壁」卻是層層淡出，竟似退離歷史的現場。

「丞相祠堂何處尋？錦官城外柏森森……」

「怎麼？連杜工部的詩都拿出來搬弄？咱們身處三國時空，閣下卻用上後代詩人的觀點，想要一解『出師未捷身先死』的哀痛？」

《新新三國演義・向壁之九》

貌似殊途，實則同歸；作者試圖拉高層級，擴張故事的版圖。

「先生以為自己是在三國？盛唐？還是那不知伊於胡底的『後代』？」

「我以為，那滾滾長江東逝水的浪聲，依舊在為咱們的古今笑談協奏呢！」

《新新三國演義・向壁之九》

兩名「時空旅人」究竟是誰？

是「蜀中多俊傑」的張溫，對決「上至天文，下至地理，三教九流，諸子百家，無所不通」的秦宓？

是「兩朝老臣」——兩個朝代的孤臣，分據大河兩岸，傾訴「無力可回天」的萬古哀愁？

是擬人化的折戟和銷鐵，某場戰役血流漂櫓的響動？

是子虛公和烏有侯？文人筆下縱論古今的虛構角色？

是現實仇敵兼歷史朋友？被嚇壞的活司馬，夢見死諸葛？或者，臥龍崗的「大夢誰先覺」，年輕版孔明夢見自己和司馬的倥傯一生？

連（理應作古的）年輕書生、青衣文士都「復出」江湖，繼續鬥嘴。只是，前者揮扇晃腦，但見扇羽脫落，「轉瞬間變成白髮老者」；後者身半斜，背微駝，雙手交叉於後，化為「一尊斑駁石像」。

也許是「名落孫山的窮書生、投閒置散的白頭秀才，胸懷大志，抑鬱一生，一夜驚夢，以為自己可以穿時越空，更改歷史」。

也許，張啟疆欲言又止的是：你是歷史故事的撰寫者，我是掩卷嘆息的讀者。

顯然，「向壁」是「問津」的「更上一層樓」，再加多重框，框中有框，交錯疊現，擴映萬千，形成耐人尋味的「多層膜」敘事。

想像一種畫面：古往今來，成千上萬名讀者（包括史家、論者），人手一本書，聚精三國史，會神劉、關、張；時而撫案，時而掩卷，不免為世道掉淚，經常替古人擔憂……終究，殘局棄子，同聲一嘆。

如果時空可以輻湊、岔散、拼貼與重組，將諸時異空揉交在一點，便是不同時代各地讀者的「聲聚」：那一嘆，驚天巨響，勝過神龍現蹤的雷霆，是所有閱讀靈魂的觀點交混、眾聲喧嘩。

「生聚」可以得到「教訓」，靈魂、意念的交會，能譜出新曲？影響什麼？帶給世人何種殷鑑？

超越的視野

筆者以為，這位作者（同聲中的一嘆）不只是撫今追昔，還想延伸眼界，營造跨越時間，混同古今，不必為誰「掉淚」、「擔憂」的超越視野。

前述「古今笑談」、「三國？盛唐？還是那不知伊於胡底的『後代』？」即是打破歷史界線的「超越」筆法。

值得探究的是，什麼樣的視野？

曹操撚鬚輕笑，笑得雨過天青——喔不！應該說，天際的暴亂消逝無蹤，斜月破出雲層，睜一隻戲迷的眼，俯瞰人間幻劇。

《新新三國演義・敢問天下英雄》

這是天上諸神的視角。

誰亡誰？誰併誰？誰歸降誰？誰殺錯誰？一代奸雄如果眼界夠遠，想像夠瘋，何妨穿越遠古之前的洪荒——那是何時？盤古開天後，火神降臨前，拜訪那橫行了千萬年，地面、水裡、空中的超級霸王：恐龍。

《新新三國演義．敢問天下英雄》

有請「恐龍」嘲弄「真龍」（古中國的皇權象徵）的觀點。顯然，作者的史觀，是隔岸觀火（遠距觀照得失功過、權力更迭），近處看花（戰爭、人性、謀略的細節敷寫），極盡栩栩如生，不想入戲太深；譏諷俯拾皆是，針砭處處可見。例如：

有情而生、為義而聚、任性而亡的悲劇三部曲。

這三人（指劉、關、張），是神的腦、心、左右手，遺落在皇權式微、神恩散軼、百姓流離的亂世，經年沉潛，各自修磨，彼此尋覓……一旦合體，天雷接通地火，風雲攪動潮浪；萬丈毫光耀暗室，一線生機救末年。是的，兵馬倥傯的東漢末年，一尊赫赫神將、無敵戰龍，殺進百孔千瘡的神州，掀開萬年曆上最沉重的板塊、最血腥的史頁。

《新新三國演義．敢問天下英雄》

「任性而亡」是指：關羽因「驕矜自大，目中無人」，敗走麥城。賠了性命不說，又斷送「匡復漢室」的絕佳據點：荊州。

「『虎女焉能嫁犬子？』是滿盤皆輸的錯誤的第一步，不但阻斷孫、劉聯手，共討曹操；還招來魏、吳合謀，夾攻荊州。從一舉二得變成兩面作戰，是智也？不智也？或者，失智也？」

「也許，他打從心裡……」吟誦聲欲言又止。

「瞧不起孫權？哈！」冷笑聲變成哈哈大笑，「他若是不急著羞辱孫權，捎封信，去問問劉備和孔明的意見，我是說，就算是拒絕，也得想個漂亮說詞，局勢的發展，也許就不一樣了。」

《新新三國演義・向壁之五》

災難還沒結束呢！比關羽更任性的大哥、三弟，只思報復，罔顧大局，國家大事搞成幫派火併。結果呢？張飛仇令智昏，魯莽遇害；仇上加仇，劉備傾巢而出，率軍東征，七十萬精兵，火燒連營，一夕覆滅。若非諸葛亮「功蓋三分國，名成八陣圖」的運籌善後，蜀漢就此亡國，亦不無可能。

透過這些夾敘夾議的段落，或者說，透過評論這齣悲劇，各種聲音的激烈交鋒，不難窺知，作者對三國（尤其是蜀漢）亦譏亦憐的心理。

看他怎麼形容曹操：

從那時起，曹操胃口大開，到處姦淫擄掠，弄美眉，玩人妻，搞熟女——降將張繡的伯母，搶對手呂布部將之妻——秦宜祿的老婆杜氏，連寡婦也不放過；生平唯一敗績，竟是輸給自己兒子：他肖想袁紹次子袁熙之妻甄氏——曹植〈洛神賦〉的女主角，卻被曹丕搶先一步，插旗兼播種，生下後來的魏明帝曹叡。

《新新三國演義・敢問天下英雄》

順便消遣袁紹：

可惜，家世顯赫的袁大公子，沒能在「搶新娘」鼻青臉腫的慘痛教訓中，悟出自己和曹操的差異，也是差距；否則，就不會有後來官渡之役的一敗塗地。

《新新三國演義・敢問天下英雄》

亂世奸雄

關於曹操「治世之能臣，亂世之奸雄」（汝南許劭語）的評價，張啟疆另有見解：

「瞧！閣下的酸儒劣根性又冒出來了。你把曹操說得像個暴君。你們不要『暴君』，偏偏又錯信『欺君』：靠詐術上位的政治騙子（指劉備）……說到殘暴不仁、奸險狡詐，你們尊崇的『高祖皇帝』，才是箇中翹楚吧？」

（《新新三國演義・問津之七》）

古往今來，若大旱之望雲霓的民心，養晦韜光的仁人志士，一直在殷殷期盼另一號人物：亂治世之奸雄，治亂世之能臣。

（《新新三國演義・敢問天下英雄》）

「另一號人物」又是誰？翻遍二十五史，也許可以找到不完全吻合的零星身影。

講不完的故事，拆不盡的機關，說不清的是非功過……千百年來，何止千萬道「吟誦聲」、「冷笑聲」，圍繞這齣歷史大戲，各說各話，各自選角，各取所需，各不相讓（各懷鬼胎亦無妨）；可以借古諷今，或許以古喻今，也能博古通今，當作古學今用活教材。

筆者以為，如果技術上可行，張啟疆應該會商借「黑洞視界」[2]，多維度全方位超廣角八聲道，呈現切面閃爍的三國宇宙。

悲劇最深邃的本質

閱讀是喚靈術，改寫是大劈棺；言簡或可意賅，層出才能不窮。透過——力透紙背而過——書寫，作古千年的英魂、怨靈，穿透時間土壤，蜂擁而出，爭搶歷史的麥克風，大聲疾呼：「歷史的航道不容更改……」、「豈不聞，唯有浪花淘盡英雄，而英雄，從來禁不起潮浪。」

於是，「懿、亮之爭」，或許該說，「天、亮之爭」（顯然，在張啟疆眼中，「瑜、亮之爭」是假議題）便有了爭權奪利之外，更深刻、悲涼的意義：「閣下覺得，諸葛亮是在跟仲達爭？還是與天鬥？」

2 黑洞視界：不可能從黑洞逃離的邊界稱為事件視界（event horizon）。但在科幻電影中，掉進黑洞、穿過視界的瞬間，太空人會被強大的重力拉扯，變成粒子狀態。整個過程，趨近永恆時間（對黑洞以外的人來說）；如此一來，那人就擁有洞悉人類未來和過去的能力。

人與天鬥，才是悲劇最深邃的本質？

劉、關、張鬥不過自己的天性，諸葛亮摸不透老天的脾氣。

「飛越九重顧盼自雄」的曹操，反而找到應時之道：獨力不能回天，但隻手可以遮天。

於是有了那句千古名言：「寧教我負天下人，休教天下人負我。」

「其實，『天意』很簡單：民之所好而好之，民之所惡而惡之。順民心，應公理，行天道，如此而已。」年輕書生雙手抱拳，仰天一拜。

「你說的是『王道』。天吃不吃這一套，沒人知道。」

《新新三國演義・問津之四》

「披鶴氅，戴綸巾，憑欄而坐，焚香操琴，而琴音不亂……好一位孔明，好一個『丞相之機，神鬼莫測』！」吟誦聲變為讚嘆聲。

「你該在意的是，神鬼之機，丞相莫測？」冷笑聲也轉成詰問聲。

「怎麼之機？如何莫測？請道其詳！」吟誦聲化出年輕書生，面露不解。

「『空城計』固然精彩，但純屬個人表演、即興之作：只能證明司馬懿『不如孔明』，卻不能改變『蜀不敵魏』的大局。」

《新新三國演義・向壁之八》

想來，草船借箭、借東風，以及，在「帳內設七盞大燈、四十九盞小燈，另設一盞本命燈——七日內主燈不滅，他便可再多活十二年」的祈禳之法……再怎麼「神鬼莫測」的智者，滿腹韜略，一身皮囊，都是向天借命。

歷史的鐘擺效應？

秉燭夜讀，讀到什麼？留取丹心？留得青山？笑傲江湖？稱霸天下？一套二十五史，月光下排排站，不過是唱歌答數，長吁短嘆，悲劇的晚點名。耐人尋味的是，已經定讞的歷史，或許「不容更改」，但沒有規定，不可以有新的詮釋。例如：

不知為何，劉備對眼前少年（趙子龍）萌生一腔子難以言喻的「親切感」：如何親？怎麼切？他說不上來。一種比一見如故、如兄如弟更進一步的感覺。劉備只能模糊感應到「風從虎」、「雲從龍」之類的王者直覺、天命歸趨：此人必將為我所用，渾然不知：何謂「子龍」？望子如何成龍？眼前之人與他的嫡親子嗣密切相關，是護守他劉氏王朝唯一血脈的天降神兵。

心頭竄熱，咽喉凝噎，劉備突然抱住對方，又是拍肩，又是搥背……

《新新三國演義．常山趙子龍》

「子龍」竟作如是解！我們當然可以將這段表演看成劉備的「識人之明」（劉備一生最成功的事，是讓自己成為「識『明』之人」），以及「收買人心」起手式。

最有趣的說法，當推卷末的「鐘擺效應」：

「昔有三家分晉，今有三家歸晉。正所謂『天下大勢，合久必分，分久必合。』此一歷史鐵律，喔不！是鐘擺，顛撲不破。」

《新新三國演義．向壁之九》

「三家分晉」是指春秋末年，晉國被韓、趙、魏三家瓜分的事件，也是春秋、戰國的分野。司馬光編年體史書《資治通鑑》的記載，就從這一事件開始。

兩起分合，本為巧合。但作者似乎認為，促成「歷史鐵律」的力量，來自一枚關鍵詞：司馬。

昔有漢武帝「迫害」司馬遷：施以斷子絕孫的酷刑（司馬遷因而發憤著史記，發揮文字的力量）；後有司馬家斬草除根，結束以三國為名的「東漢末年」。東漢雖是亡於曹魏，但，別忘了還有蜀漢，收拾天下亂局的人，卻是司馬一族。

當然，司馬遷和司馬炎有沒有親戚關係？有待考證。百千年的開枝散葉，因果早已混亂。所以才說是「文字的力量」：以史為始，盪幅六百多年，而在歷史另一端，畫出對稱走勢圖。冥冥之中，鐘擺的起點，又落入另一位司馬家後代（司馬光）的筆下。

對照張啟疆前作新新古典《水滸傳》裡，刻意「擴大戰場」的序言：

（梁山好漢）若能結合其他在野勢力，一舉推翻貪腐無能的朝廷——個人成敗、歷史功過事小，當時的中原動盪不安，盜賊四起，蠻夷蠢蠢欲動，金兵就要南下……（這群）擁有豐富實戰經驗的「終極戰士」，應該就是保衛家國的主力軍。後來的岳飛，也許不必戰得那般孤獨與淒涼。

《水滸傳・自序》

不難窺出，所謂「歷史」，不只是死去的書頁，也是活來的時空；改朝換代帶來了連鎖錯動：一頁青史不只是一個故事。斷代史的背後，是生滅消長的渾然全史，一座由複雜齒輪組成的龐然城國。

瞧瞧全書的最後一行：

結束了擾攘動亂的三國時代，也預留另一動亂時代的伏筆：五胡亂華。

《新新三國演義・三家歸晉》

庚子年深秋於結廬居

目次

上冊

下冊

上冊

問津之一

滾滾江水，不盡東流。挾泥沙，混清濁，泯恩仇，孕魚龍；流經峽灣、幽谷、高地、平原……奔流到海，從不回頭。

流過聖者傷逝、詩家詠嘆。

流過歷史的航道、時代的暗滅。

而暗喻，任何一齣興衰轉折、關鍵故事，都是時間小腳欲靜不止、落籍無著的暗色流寓。

霧濛濛的江面，像是罩上厚厚一層白灰色氣牆，囚禁災滂，護衛水鄉。只要雲夢大澤不逃出神州版圖，曠遠綿邈的巨野洞庭，始終是天神遺下的一滴……沾惹紅塵的淚。江山如此多嬌，將士沉戟，英雄折腰；改朝、換代、三分天下或四海歸一，不過是時間之神睜眼、閉眼的障眼法。

神來一筆，天庭潑墨。風、雲、山、水，在一種蒸騰的快意、蛻形的丕變中，漸次消融，渾然一體。幾隻草寫天書的飛鳥，時而盤旋，忽而俯衝，點指江面，激起水花或輕漣。

江心，一葉扁舟凝止不動；舟上一名白髮漁翁，怡然垂鉤這向晚時分的風聲、煙霞和山色——喔不！再細看，老翁遺世獨立的姿態，像是要釣起嚴冬的江雪、鬧春的蟲鳴，以及，整條流域的潮浪晴雨。

岸邊渡口，一位青衣文士臨江佇立。身半斜，背微駝，雙手交叉於後；風吹不動，浪濺不驚，氣定神閒，遠眺水天一線。

茫茫極目處，隱隱有帆影往來兩岸。

足踏落葉的窸窣碎響，自背後傳來。

羽扇風流，步態優雅，一名眉清目朗、神采俊逸的年輕書生，緩緩接近青衣文士；或者該說，一步一瞻顧，一蹞一踟躕，愈走愈慢，而在相距十步的一株白楊樹邊，停止不前。

不動。青衣文士一動不動，逆光的身影酷似暗黑雕像。那出竅的神魂、出鞘的壯思，正遨遊八方？鏖戰時光？留下包藏惑心的軀殼，在風雲將起的渡口，等待什麼？

羽扇輕搖，年輕書生覷目微笑；忽來的一陣風，撩動刻意蓄留的短髭，隨笑意翻捲，有如墨跡流舞。

「敢問先生，是在等船嗎？」年輕書生抱拳作揖。

「何以見得是在『等船』？」青衣文士身不動，頭不回，姿態冷然。

「若是等船，先生怕是要失望了。此為廢棄渡口，船隻不行久矣！而先生在此久立，不見渡江的急切，反有臨陣的從容。不才冒昧，請問先生是在等人？或者說，能將先生載離某處的渡者？」年輕書生依然笑臉盈盈。

「是嗎？就不知這裡是……劣者的渡者？閣下的渡口？看來，不論我在等什麼，都得找人問津了。」青衣文士微微偏頭，語氣稍見和緩：「聽閣下音聲，感閣下氣息，應是地方人士，且為眾所推崇之一時俊彥，人親，土親，水親；夜觀星象，連天也親。想必能解劣者之惑……」

「指點迷津？得了，你一腳離開，不就海闊天空，何來招禍？」年輕書生溫潤的眼眸，射出銳利的目光。

「離開？說得容易，離開哪裡？名韁利鎖？得失功過？生死情愛？天圓地方？離開這些『地方』，你，還能去哪裡？」

青衣文士慢慢、慢慢轉過頭，手腳不移，雙肩不動，只有一顆頭顱在轉動——當然不是像貓頭鷹（古稱「梟」）那樣一百八十度大旋轉；而眉輕皺，肩微縮，剛好讓人瞧見他的側臉。

那張臉，少年老成，彷彿歷盡風霜；表情內蘊如深潭，眼神似鼠又似鷹。繃緊的唇線似刀，抽動的嘴角像弩；若有似無的笑意，是將現未現的鋒芒，透著睥睨一切的神氣。

「昏亂世道，不乏隱世高人，伯夷、叔齊當為表率；聖君當道，竟也少不得『隱仕高手』，留侯乃稱翹楚。先生以為，自己是哪一種人？」年輕書生前進一步，卻是輕聲探問。

江中小舟盪晃了一下，浪花濺起，有魚上鉤？老漁翁凝神豎耳，姿態依然，是在觀潮？還是聽風？

「哈哈！豈不聞，聖世逢昏君，聖君當亂世？閣下又將如何？」青衣文士冷笑一聲，豪邁數語：「天下大勢，合久必分，亂極而治；否極泰自來，亢龍終有悔——至於潛龍、藏龍、臥龍嘛……嘿嘿！用或不用，但看天意？不！我偏說：端在人為。」

青衣文士也向前一步，總算，頭過身也過，面對面，和一逕微笑的年輕書生四目交會。

「喔？先生眼中，天意為何？」年輕書生收斂了笑容。

「我倒要反問閣下：天下之大，誰能居之？」青衣文士右拳抵左掌，斜身一探問。

「天下為公不為私，不藏於己，不必為己。有德者居之，有為者居之，有心者居之。」年輕書生雙掌合十，朝天一拜。

「是嗎？呵呵！敢問閣下的『有德者』，是哪一位『德』？」青衣文士語透玄機，且露出譏諷的笑，「得了！得了！合該是『有得者居之』。所以囉！何謂『天意』？日夜接換、四時輪替而已，所謂『昏亂世道』，難道不是『聖君當道』的前夕？」

「好漫長的一夜啊！樂的是災禍兵戎，苦的是黎民蒼生。」年輕書生無奈點頭，一臉不忍。

「所以才要等唄！即使如閣下這般……」青衣文士瞇覷著眼，上上下下打量眼前這位白髻白袍的才人，「龍章鳳姿，才高蓋世，也不得不韜其光，養其晦，臥潛待時？」

「先生知道不才？」吃驚的口吻，不驚的神情。

「開什麼玩笑？閣下雖偏處一隅，經天緯地之才，經由一干文友的廣播，早已名滿天下。再者，閣下難道不是聽聞劣者不遠千里而來，是以來會？」青衣文士瞪大了眼睛。

「是啊！先生大名，亦是如雷貫耳。」

「哈哈！」「哈哈哈哈！」兩人同時抱拳，朗聲大笑。

「這麼說來，先生是在等在下？」年輕書生又前進了半步。

「豈止是等，簡直就是『寤寐思服，輾轉反側』了。」青衣文士還在笑，但，不像是開玩笑：「只是，我在等閣下，閣下又是在等誰？」

「先生想等誰，誰就是誰；不才不等誰，誰都不是誰。」年輕書生也打起禪機。

「說得好啊！」青衣文士拊掌，頷首，附和：「白髮念遊子，思婦盼歸人；誰不是，生老苦等病死？喔不！你我不同！爾若等聖君，或者說，機遇；我便待世道，也可說，時局。這兩者嘛……」

年輕書生立馬接棒：「不論是『爾等』、『我等』，涇渭分或燈芯捲，皆有賴天時、地利與人和。」

「是嗎？那麼……」青衣文士又瞇起了丹鳳眼，「在那個『誰』出現前，何妨聊聊，誰才是你我心目中的『誰』？」

「先生想先聊誰？帝王？將相？賢臣？奸佞？智者？賊寇？」

「如果我說，這六種人，其實是……同一人呢？」青衣文士的瞳子，亮如暗夜劈下的一道驚雷。

「喔？先生要談不世梟雄？」年輕書生揮扇，搖頭；驚訝的語氣，卻是惋惜的眼神。

「錯了！錯了！劣者要說的是，曠古絕今的真英雄。」

「英雄」出口，信手一揮，天色乍暗，一片烏雲橫遮整座樹林。平靜的江面，忽然波急浪湧，彷彿有蛟龍出沒。

「先生認同成為王、敗即寇？」年輕書生神情一愣。

「錯了！又錯了！呵呵呵呵！」青衣文士眉眼不動，面色不改，唯見嘴角輕揚，像突然冒出雲靄的上弦月：「劣者從不推崇誰，也不貶低誰；劣者非『不才』，只是，呵呵！說出了閣下的看法。不是嗎？」

年輕書生笑了：「不才也非『獵者』，自耕心田，胸懷天下，從不以爭戰、屠戮為能事。我承認，這錯亂的時代，既稱『群雄割據』，自是梟雄當立，奸雄並存；只是……」

「只是？」青衣文士皺眉，瞇目，豎耳。

「不才實在不敢恭維，以先生之機敏慮深，內藏豪雄，何須如此狐疑狼顧，謹小慎微？」

「哈哈哈！這話，一針見血哪！」青衣文士仰天大笑，激起一陣狂風，翻攪江波，掃落林葉，吹得青袖撩捲、白鬐翩飛、人影晃動。

「人人仰望英雄，人人期待英雄；所有的梟雄、奸雄，都說自己是英雄。這年頭啊！瓦釜冒充黃鐘，妖魔偽裝神明，誰能識英雄？重英雄？閣下慧眼，果真無愧於盛名。」青衣文士深深一鞠躬，但，不似推心置腹，倒像棋逢敵手。

「是英雄自能識英雄；有了眾英雄，合力齊心，救生民於水火，就不必過分倚重某位假英雄或真梟雄。英才本非天縱，何來真命天子？不必曠古，遑論絕今，一念為真，事在人為。先生以為然否？」年輕書生微微欠身，當作回禮。

煙波浩渺，半邊晴豔，半壁濛雨；秋色不宜平分，風雲霰雹在空中密會。極目處，帆影盡頭，天現異兆，悶雷隱隱。這穿越三峽而來的浪頭，獨領萬年風騷？赤焰竄焚千里？百代過客匆匆去來，數十寒暑眨眼即逝。逝者如何？如斯也如詩，江山呢？如畫亦如化：陰陽造化、乾坤妙化、世局變化、碑塚灰化、懿德教化、盛名風化，以及，與時俱化。

江水又東，乘奔御風；朝發白帝，暮到江陵。流過疊嶍秀峰，流塑奇構異形；流經（有待興建的）黃鶴樓、（芳草萋萋的）鸚鵡洲、楚辭世界、吳宮花草、晉代衣冠——等等！東吳尚未稱帝；晉朝的老祖宗，遇劫化險，還在江邊道四說三、活蹦亂跳呢。

流，浩浩蕩蕩向東流，萬馬千軍付水流。再往下游，就是亂石崩雲的赤壁。

「同意。」青衣文士頷首，卻又搖頭：「殊不知，閣下眼裡的英雄，劣者心繫的天下，是相異？還是略同？」

年輕書生輕揮羽扇，遍地枯葉竟無風而起，由黃轉綠，倒旋半空，扶搖直上；就要接枝回春，欣欣向榮。

像，海棠縮景、奇木陣圖。

「先生若有興致，咱們就來切磋切磋，何謂『天下英雄』？」

眼前一黑，心頭一凛，
手中玉筋如斷線風箏，
忽墜，直落，落地瞬間，
竟激起轟隆匡啷，
九天之外驚雷巨響。

第一章

敢問天下英雄

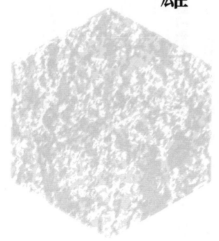

神龍現蹤

電光一閃，雷霆乍現，燦如白晝一瞬，又似燭龍睜眼，帶給人間詭魅的光明。

幽暗夜空狂風起，陰霾湧，暴雨將至。

一場及時雨，能澆熄神州大陸的遍地烽火？

這時代，兵連禍結，奸佞大作，盜賊蠭起，民情躁動，人心思變……

宦豎干政、黃巾造亂、董卓弄權、軍閥爭戰……

軍權之間，智鬥武奪，奇謀百出。時而拉攏敵對的敵對勢力，時而聯合次要或非必要敵人；只為剷除檯面上最強大的對手。武力並非萬能，但長年戰爭讓人學會一件事：不毒不武，萬萬不能。大軍所至，有時摧枯拉朽，屠城滅鎮，婦孺老殘皆不放過。有時蠶食鯨吞，各個擊破，徐圖漸「併」這大好河山。不論怎麼爭？如何戰？兵家之道，務求勝利的極大化。

有沒有讓人驚豔的戰役？有！誅黃巾英雄首立功、關雲長溫酒斬華雄、虎牢關三英戰呂布、呂奉先乘夜襲徐郡、孫伯符大戰嚴白虎……

八路諸侯會聚，四方豪傑頑鬥；兵強馬壯的袁紹，大敗北平太守公孫瓚，志得意滿，勢將席捲天下……

而在丞相府、後花園、涼亭內，兩人對坐，酌飲暢談。

意氣風發曹丞相，土臉灰頭劉皇叔。一樽煮酒，滿盤青梅。

話題轉到「望梅止渴」，曹操笑說：「人哪！不愧是想像的動物。去年我帶兵討伐張繡，路上缺水，兵員乾渴難熬，大軍滯礙難行；玄德猜猜，我怎麼幫將士們『止渴』？」

「在下不知。」劉備一腔忐忑，不免納悶：誰猜得到你的心機？我正在後院種菜澆花，巧扮老農；你突然差遣張遼、許褚，佩劍帶刀，將我「請至」丞相府，你到底想做什麼？難道，咱三兄弟對你的不滿，你了然於胸？或者，衣帶詔的祕密，已被你這漢賊窺知？

「哈！我心生一計，指著遠處黑壓壓的樹林，大喊：『前方有梅林，可以生津止渴，大軍隨我——』」

轟隆一聲巨響，震破天幕，也打斷曹操的豪笑聲。

「啊！是龍！」

「龍舞九天。」

「神龍現蹤。」

「鳳鳥將至，真龍再出，此乃祥瑞之兆。」

一旁護衛、僕從驚呼連連，遙指天外異象。

劉皇叔與曹丞相，也悠然起身，憑欄遠眺，各懷心思。

「龍？真的假的？使君可知，關於『龍』的千形萬貌？」曹操瞇覷著雙眼，忽地一問。

「這……未知其詳，請丞相賜教。」劉備低聲回答。

「你未知其詳？怎麼可能？我正想聽聽你的高見呢！」曹操的瞇瞇眼，轉向劉備。是啊！我堂堂皇叔怎會不知？龍，蟒身、蜥腿、鷹爪、蛇尾、鹿角、魚鱗、口角有鬚、額下有珠。自古以來，一直是天子圖騰、皇權象徵。傳說大禹治水，得龍之助；漢武防火，而將蚩尾置頂。有鱗者稱蛟龍，有翼者為應龍，有角者名虬龍，無角者號螭龍。能隱能顯，有真有假；春時登天，秋後潛淵。又能興雲致雨、掀波作浪……哼！總之，你曹阿瞞是「挾天子以令諸侯」的假貨，我劉玄德才是「匡復漢室」的真龍。

「這龍嘛……能大能小，能升能隱；大則興雲吐霧，小則隱介藏形；升則飛騰於宇宙之間，隱則潛伏於波濤之內。飛龍在天，猶如人得志而縱橫四海；見龍在田，是為翼已成而茁壯八方。龍之為物，可比世上英雄，玄德以為然否？」見劉備點頭稱是，曹操撫鬚，輕笑：「呵呵！玄德遊歷天下，見多識廣，何不說說，各路豪傑中，誰堪人中之龍？」

「這……」這殺頭考臨頭了。說？不說？怎麼說？如何不說？

劉備苦著臉，打太極拳：「在下凡軀肉眼，昏昧無能，怎麼識得人龍？」

「是嗎？難道本相有天眼通？」曹操又問：「那麼，在你的『肉眼』裡，當今之世，誰是英雄？」

梟皇論英雄

劉備繼續推拖拉：「備孤陋寡聞，蒙丞相恩庇，得仕於朝，哪裡見過當世英雄？」

「裝聾作啞，留你何用？來呀！拖下去——」曹操忽地怒喝如響雷。一陣快步聲，兩列衛士從花園兩側急奔而至，刀光晃動，轉眼間已將涼亭團團圍住。

劉備身不動，氣不喘，只是，背脊透溼，雙眼發直。

「哈哈哈！開玩笑啊！開玩笑的，玄德莫驚。」曹操一揮手，摒退左右侍衛。

「呃……在下……」要謹慎回應，小心措辭。劉備不斷提醒自己。

「你就說嘛！未謀其面，也聞其名，是不是？來！說說看。」曹操笑了，笑得慈眉善目，喔不！是刺眉鱔目。

「這個嘛……」再不說，腦袋未搬家，舌頭要先不保了。劉備像囊中取物般，抓到手裡便是寶：「淮南袁術，兵糧足備，可為英雄？」

「袁術？」曹操斜眉一挑，「他應該叫做『不學袁無術』。玄德怎麼拿出個塚中枯骨與我討論？」

「枯骨？丞相之意？」對！裝傻到底。

「在我眼裡，那廝早已是個死人。我若派玄德出馬，不消數日，你便能滅了他，不是嗎？下一位？」

「我若派玄德出馬……」對呀！我怎麼沒想到？劉備幽暗的心眼裡，靈光一現，脫困之計燦然而生。二日後，劉備自動請纓，率五萬兵馬往徐州「討逆」；不但逼使袁術兵敗糧盡、吐血而亡，也讓失落多時的玉璽重回漢室——曹操之手。

「聽說已故的大將軍何進，雄霸一時，不可一世？」要談死人，我就端個真死人考考你。

「何進啊？禍亂之徒……」曹操一臉輕蔑。

「河北袁紹如何？此人家世顯赫，四代三公；今虎踞冀州之地，麾下不乏謀士勇將，他……算不算得英雄？」

「不算！袁紹色厲而膽小，好謀無斷；幹大事而惜身，見小利卻忘命，好比貪食而上鉤之魚。這種人，你要期待他安四海、平天下？哼！」曹操的鼻孔，噴出一道冷氣。

沒錯，想想你和袁本初年輕時幹過的好事：溜進喜慶之家，謊稱有賊，趁機劫掠新娘子，滿足你們的……唉！若是讓你們這種小人得天下，才叫做蒼天無語，庶民不幸。

「嗯，有理。」劉備假裝蹙眉苦思，忽然拍掌：「有了！名稱八駿、威震九州的劉景升，可稱一方之雄。」

曹操搖搖頭：「劉表徒有虛名，毫無實力，被人吞併或慘遭滅門，是遲早的事。」

「英雄出少年，江東領袖孫伯符怎樣？」

「孫策只是個繼承父業的黃口小兒，等他打下自己的江山，再瞧瞧唄！」曹操又投下否決票。

不過，「江東」一詞，撩起曹操心海一陣漣漪：啊！想那喬公的兩名愛女，出落得……何止驚為天人，簡直就是美神下凡；鬼見鬼使壞，佛遇佛動心。曹操只差沒說：等那些小輩保得住如花美眷、太平生活，再說唄！

「那麼……益州劉季玉如何？」劉備的額頭冒出了汗豆。

「劉璋雖出身宗室，其見識、能為，當我的看門狗都會被嫌。不成！你再想想。」曹操撇撇嘴。

你這個曹阿瞞，我的口袋名單快要用罄，你還不肯鬆口？非得逼我說出「丞相胸懷大志，腹有良謀，實乃英雄中的大英雄」？

「聽聞漢中張魯、涼州張繡、并州韓遂等人，能征善戰，驍勇無匹，總該……」劉備其實想說：我二弟驍勇、三弟善戰，來日對陣，殺你個無恥匹夫丟盔棄甲，跪地求饒。

「比得上呂布嗎？呂奉先都被我宰了。這些碌碌小人，何足掛齒？」曹操的表情愈來愈不屑。

「除去這些人，在下實在不知，天下之大，哪號人物能入丞相慧眼？」劉備拿起筷子，夾一顆青梅，送進嘴裡，細細咀嚼。

「這些人是要『除去』，只是，玄德啊！所謂『英雄』，必得胸懷大志，腹有良謀；又有包藏宇宙之機，吞吐天地之能……」

曹操湊近劉備的臉，似笑非笑，欲言又止；瞅著對方的眼珠子，像天外災星，閃閃發光。

莫名悚慄感流貫全身，劉備清清喉嚨，低聲問：「丞相高見，實乃至理。只是，放眼宇內，丞相是指……？」

說吧！要自吹自擂，自矜自誇，儘管開口。

不料，曹操一笑，手指劉備，又指著自己，說出動盪時局的關鍵詞語：「今天下英雄，惟使君與操耳！」

眼前一黑，心頭一凜，手中玉筯如斷線風箏，忽墜，直落，落地瞬間，竟激起轟隆匡啷，九天之外驚雷巨響。

銀芒閃爍，爆聲接踵。劉備身形一頓，暗自深呼吸，再不慌不忙彎腰拾筯，一面嘲笑自己：「哎呀！好大的雷聲，震天動地。嚇得我……」

曹操偏著頭，冷瞅這位聲有餘悸的「天下英雄」，笑說：「使君乃堂堂大丈夫，也會懼雷？」

「怎麼不怕？孔聖人遭遇迅雷暴風，也會擔心害怕，我乃膽小如鼠之輩，怎能不怕？」

劉備繼續低著頭，不讓曹操看見他的眼神。

劉備過關了嗎？

之後離開曹營、流亡新野、占奪荊州、稱帝川蜀，劉備不只千百次對關、張二位兄弟說：「險！真是好險！若非那道『及時雷』相助，曹賊就要洞穿大哥我的心思了。」

曹操怎麼看？

眼花成繖，星河撩亂。

曹操哪裡管得了劉備的真膽怯？假裝孬？神龍見首，但不只一條：應龍呼風，雷龍喚雨，蛟龍翻江倒海；黃龍飛天，黑龍遁地，暴龍鬧動九界。古有龍生九子：蒲牢好鳴，囚牛好音，蚩吻好吞，嘲風好險，睚眥好殺，負屭好文，狴犴好訟，狻猊好坐，霸下好負重——示現人間萬象，彷彿回溯那十陽齊出、九嬰禍世的遠古。今見一龍多首——或者該說「諸喉」，暗喻分合之道，渾似百孔千瘡的霸業龍圖。

誰亡誰？誰併誰？誰歸降誰？誰殺錯誰？一代奸雄如果眼界夠遠，想像夠瘋，何妨穿越遠古之前的洪荒——那是何時？盤古開天後，火神降臨前，拜訪那橫行了千萬年，地面、水裡、空中的超級霸王：恐龍。

頭風又發作了。曹操咬著牙，不吭聲，聚精會神，參與玉帝召集的祕密會議。閃閃天幕是時光碎片、未來事件簿，以讖景、異象、奇兆拼貼「吞吐天地」的他無能窺透的亂碼天書。

很多年後，病危的曹操對繼位的曹丕說：「兒啊！切記！不可……」

「為何？」曹丕不解。

「那人是一頭翼龍。」曹操的聲音愈來愈微弱。

「異龍？」還是不懂。

「你瞧不見他的翅膀？」曹操嘿嘿笑了，「因為呀！他藏起來了。」

讖語既出，群龍現，風雲走，雷霆奔；一個始料未及的嶄新時代（包括曹操後來在赤壁的慘敗），就此展開。

關張舞劍

雨停，丞相府裡裡外外，好像不怎麼平靜。

兩名大漢手提寶劍，從大門衝至後院，直抵亭前，見曹、劉把酒言歡，才突然止步，尷尬互望。

其中一人，身長八尺，豹頭環眼，正是猛張飛；另一人，身長九尺，面如重棗，實乃關雲長。

攔擋不住此二人的數十名侍衛，橫刀掄槍，前仆後繼，跌跌撞撞，在一旁呼呼喘氣。

「哎呀！什麼風吹來了關二爺、張兄弟？來來！一塊兒喝酒。」曹操撚鬚輕笑，笑得雨過天青——喔不！應該說，天際的暴亂消逝無蹤，斜月破出雲層，睜一隻戲迷的眼，俯瞰人間幻劇。

「呃……丞相毋須客套，我與三弟冒昧而來，打壞了丞相和大哥的酒興。實在抱歉！」關羽低下頭，臉臊了。看不出來？一旁張飛的大黑臉，紅得像剛煮熟的蝦。

「喔？你們不是冒雨，而是冒昧而來？這我倒好奇了，瞧你們興沖沖且急吼吼，所為何來？」

曹操一把抓起玉雕酒壺，為劉備斟酒。劉備連聲稱謝，一面對關羽猛使眼色：小心措辭。

「咱兄弟倆剛從城外射箭回來，聽說咱大哥——」被你這白面奸臣擄至丞相府。張飛衝口而出，登時被關羽截斷：「正與丞相歡談飲酒，特來舞劍助興。」

關羽上前，躬身，抱拳：「大哥啊！您還記得，我和三弟練了一套『飛羽劍法』？輕若鴻毛，重於泰山；靈如月影，耀似霞光。個人獨舞，草木失色；兩人合招，天地動容？」

「是啊！是啊！愚兄正想開眼界呢！」劉備忙不迭地點頭。

關羽手按劍柄，大氣吞吐，忽見身邊的張飛呆頭愣腦，毫無反應，忍不住拐張飛一肘子，喝道：「賢弟不要忘了招式……」

「噢！沒忘！沒忘！」彷彿大夢初醒，鏘然一聲，傻張飛拔出寶劍，向天一指——飛羽劍法起手式？劍光耀目，劍意逼人；劍氣凌厲，竟削斷後方一名武侍的槍桿。

「好！好劍！好劍法！哈哈哈！」一連三叫好，曹操的笑聲，卻是金屬交響樂的休止符：「不過哪！丞相府不辦『鴻門宴』，你們要扮項莊、項伯也不像；難道，關張舞劍，意在備公？你們的大哥，可是要自比高祖皇帝？哈！」

曹操一眼掃過劉、關、張三人，又迸出一聲冷笑。

三兄弟面面相覷：關羽握柄的手，青筋凸現；張飛高舉之劍，重逾千斤。劉備趕忙揮手，陪笑：「還不把劍收起來，莫讓丞相見笑。」

「哪裡！雲長一氣動山河，翼德揮劍納三光；昔時誅黃巾、斬華雄，不正是這等氣概？來人啊！備酒，我要敬兩位『樊噲』將軍。」

曹操的瞇瞇眼，射出比無敵劍芒更銳利的瞳光。

鴻門宴

「哥啊！那項莊、項伯做甚？樊噲又是誰？」回府後，張飛瞪著一雙大牛眼兒問。

「那是『鴻門宴』的典故。」熟悉歷史的關羽負責解說：「楚、漢相爭時，項羽在鴻門設宴邀請高祖皇帝。後人有所謂『項莊舞劍，意在沛公』：舞劍名為酒宴助興，實則是要趁機行刺高祖皇帝。當時，項伯為保護高祖，也撥劍起舞，形成一攻一守、一刺一擋、兩劍僵持的局面。而在危急關頭，樊噲將軍帶劍擁盾闖入軍門，解了高祖皇帝之危。」

「哎呀！那豈不凶險？殺機臨頭，高祖皇帝會不會驚怕？」張飛的眼睛，瞠得更大了。

「險！真是好險！若非那道『及時雷』相助……」劉備回了個風馬牛，「高祖皇帝乃真龍降世，身負天命，慣戰沙場，什麼場面沒見過？什麼事態能驚嚇他？」

但，細聽之下，兩樣說詞合兜一處，還真像是「自比高祖皇帝」。

關於劉備

劉備也不是被嚇大的——雖然他這一生，備受驚嚇。

他的膽，當然沒有大到包天，但是和豺狼虎豹、江洋大盜相比，可說毫不遜色。「喜怒不形於色」是親朋對他的評語。這些人不知道，玄德一怒，直教山河驚、風雲變；劉備一言，足以矇阿瞞、殺呂布。或者，再晚些出生，生在宋朝，蘇洵的「泰山崩於前而色不變」，就會是他的寫照。這一點，拿到後來的相親甘露寺、他和孫尚香的洞房花燭夜，可以得到印證。

他的心，眾所皆知：寬和溫厚，與人為善。沒有人不說他是好人。喜歡交友，識才愛才；在他年輕時，就懂得廣結八方豪傑，預作「大事」準備。酒逢知己，千杯不醉；醉後肺腑，騙死人不償命。

他的腦，沒能塞進萬卷書——百卷、十卷也沒有；但論智謀、講韜略，不會輸給當代任何一位理論家。

他的人，第一眼看見他的人，無不驚為奇人：身長七尺五寸，兩耳垂肩，雙手過膝，眼睛能瞧見自己的耳朵，面如冠玉，脣如塗脂。可惜，那時代沒有馬戲團或怪奇動物園；否則，少年劉備早已名揚四海。

他逢人就說，自己是「中山靖王劉勝之後，漢景帝閣下玄孫」。雖然拿不出皇家血統證明書，後來卻得到漢獻帝的親口認證。「劉皇叔」一詞，遂成為他問鼎中原的執照。

自幼家貧，早年喪父，鄉里讚他「事母至孝」；靠販屨織席維生，原本平凡過日。志學之齡曾外出遊學，師事鄭玄、盧植，而與公孫瓚等名士為友，增長了見識，也確立了志向——這就關係著他的夢：漢家宮闕，皇輦龍椅，滿朝文武，俯臨天下……

據說，劉備家門外，有一棵五丈高的大桑樹，樹冠如車蓋，遠遠望去，雄偉而氣派，有如天賜皇輦。

奇人行奇事，奇景、奇兆搭配奇異傳說，打造出天生王者的奇幻童年。據說，幼年時期的劉備，常和鄉中小兒在樹下嬉戲，指天立誓：「我若為天子，當乘此車蓋。」

桃園三結義

就在劉備二十八歲那年，黃巾之亂撲天漫地而來。幽州太守劉焉聞得賊兵將至，不得不出榜招募義兵。榜文行到涿縣，劉備立於告示前，想到國家分崩離析，皇帝身邊號稱「十常侍」的十大宦官，貪贓枉法，殘害百姓，陷害忠良……不免長吁短嘆——

「咗！大丈夫理當報國殺賊，嘆什麼鳥氣？」一道粗嘎聲自背後傳來，震耳欲聾。

劉備回頭，見到一名身長八尺、豹頭環眼、燕頷虎鬚的大漢，好奇一問：「閣下言之有理，請問尊姓大名？」

「姓張，名飛，字翼德，涿郡人。爺雖賣酒屠豬之輩，渾身氣力，只思報國。你呢？」

大漢伸出節瘤凸起、硬如石頭的手指，戳戳劉備的肩頭。

好勁道！此人一拳，應能穿牆破壁；再觀其聲若巨雷，勢如奔馬，定是武藝超絕的練家子。最重要的是，一張烏漆抹黑的大臉，雖稱不上倜儻瀟灑，而氣血飽足，顯見養尊處優；一身黑衣布裳，也談不上羅紈錦服，但織工和布料，頗為講究。

這位仁兄，絕非寒門中人。

劉備的眼睛亮了。

「咳咳！在下姓劉……」劉備開始自我介紹，從「自幼家貧」說到「廣結八方豪傑」，當然不忘加上那句「中山靖王劉勝之後……」；言及生平抱負時，暗瞅張飛一眼，又是重重一嘆：「唉！只恨我人單勢孤，沒錢沒業；空有淑世之願；斷無救國之機。」

「甭操心！錢爺有，有了錢，還怕沒人嗎？哥若不嫌我老粗，我這就變賣家產，咱們招募鄉勇，共圖大事。如何？」張飛拍拍自個兒胸脯，拍得劈哩啪啦震響。

好啊！這敢情好！劉備努力遮住咧嘴而出的牙齒，一手搭上張飛的肩，高聲說：「閣下胸懷壯志，實乃國之棟梁。劉備三生有幸，得以攀交如此英雄。走！咱們喝酒去。」

「哈哈！好哇！喝酒去。」張飛仰天大笑。

酒肆裡，三巡未過，感情更好的人現身了。

「喂！店家，快斟酒來吃，我待趕入城去投軍呢！」雄渾而清晰的嗓音，不卑不亢，不怒而威，在小店裡盪迴。

劉備回身一看：哇！一名身長九尺、髯長二尺的巨漢——或者該說，天神，赫然入目。瞧仔細了，面如重棗，唇似寶刀，丹鳳眼，臥蠶眉；堂堂相貌，凜凜威風。

那巨漢亦低眉側目，瞄了劉備一眼。一種介於睥睨與自豪、尋找同類卻又孤芳自賞的傲視。

劉備笑瞇瞇起身，一抱拳，恭請那巨漢同坐。連乾三杯，三杯下腹，巨漢朗聲報上名號：「我姓關，名羽，字長生，後改雲長，河東解良人。因家鄉土豪仗勢凌人，我看不慣，一刀將那畜生宰了，從此亡命江湖，已有五六年了。今聞此處招募軍勇，特來應徵。」

「我也是呢！要不要一起報名？」張飛為關羽、劉備和自己倒了三大碗酒，雙手捧起一碗：「來！我先乾為敬。」

劉備也舉碗：「既然我們三個有緣相識，又有志一同，彷彿上蒼安排；何不結為異姓金蘭，齊心為國？」

張飛一骨碌起身，用力鼓掌：「好哇！當然好哇！我的莊園後方有一處桃林，如今花開正盛；兩位若不嫌棄，咱們明日就在桃花園裡祭告天地，結為兄弟。如何？」

劉備拊掌點頭，關羽撫髯微笑。

翌日，桃花飛紅，金陽如火。烏牛、白馬祭獻，赤膽、黃湯結盟；焚香拜禱，三人同誓：「我劉備、關羽、張飛，今結為兄弟，同心協力，救困扶危；上報國家，下安黎庶。不求同年同月同日生，只願同年同月同日死。皇天后土，實鑒此心。背義忘恩，天人共戮！」

按年歲順序，劉備最長，做了大哥；關羽次之，後來人稱「關二哥」。張飛最小，是為三弟。

祭罷天地，主人張飛宰牛設酒，邀宴鄉民。四方勇士聽聞結義消息，蜂擁而至，一場數百餘人的豪門，喔不！是豪氣夜宴，就在花前、月下、桃園中，淋漓酣暢，痛飲一醉。

這齣「宴桃園豪傑三結義」的歷史佳話，就這麼流傳在經書、詩詞、章回、巷議街譚……以及，酒肆說書最熱呼呼的段子。

這三人是誰？

智、仁、勇的化身？可惜，尚缺一名諸葛亮。

忠、義、信的拼圖？拼出一幅逆勢操作的版圖。

守護、創造與殺戮的演義？中國歷史奉天承運的不變腳本。

有情而生、為義而聚、任性而亡的悲劇三部曲。

這三人，是神的腦、心、左右手，遺落在皇權式微、神恩散軼、百姓流離的亂世，經年沉潛，各自修磨，彼此尋覓……一旦合體，天雷接通地火，風雲攪動潮浪；萬丈毫光耀暗室，一線生機救末年。是的，兵馬倥傯的東漢末年，一尊赫赫神將、無敵戰龍，殺進百孔千瘡的神州，掀開萬年曆上最沉重的板塊、最血腥的史頁。

英雄首立功

他們有何戰功？

劉、關、張帶頭，聚合五百餘名鄉勇，組成一支義勇自衛隊，投入劉焉麾下，對抗來犯的黃巾賊眾。

拿什麼對抗？後人有詩贊曰：「英雄露穎在今朝，一試矛兮一試刀。」就在三兄弟率眾投軍前，劉備運用商賈資助的銀兩、鑌鐵，請良匠打鑄雙股劍，他自己要用。又為雲長造了根重八十二斤的青龍偃月刀，別名「冷豔鋸」；替張飛打了支殺氣騰騰丈八點鋼矛。神將歸位，神兵在手，賊寇只好倒大楣。

那個黃塵漫天的下午，黃巾抹額的五萬賊眾，和劉備統領的義勇軍，在涿郡大興山下，強勢對壘。

「呿！如此陣仗，也敢和『黃天』作對？」賊將程遠志見劉家軍區區五百，輕蔑一笑。

「反國逆賊，何不早降！」劉備揚鞭大罵。

隨即，黃巾副將鄧茂奉命出戰，張飛挺蛇矛迎擊，手起矛揚，直刺心窩，鄧茂翻身落馬，一命嗚呼。

程遠志見狀，怒不可遏，同時疑懼攻心——哪來的高手，一招就掛了我的副將……為求速決，快馬舞刀殺向張飛，卻被眨眼間逼至眉睫——他還沒瞧清楚這尊紅臉巨神怎麼過來的——的青龍偃月刀攔腰一斬，上半身飛落一丈遠，兩腳和抖溼的臀部，兀自夾緊馬背，好像還想策馬進攻。

主將陣亡，賊子賊孫登時潰散，四處逃竄。

有道是：「初出便將威力展，三分好把姓名標。」

翌日，又傳來青州「被圍將陷」的消息。打鐵趁熱，劉備自動請纓，率五千兵馬前往救援。只是，賊眾我寡，直取不易；劉備左思右想，心生一計：先退兵三十里下寨——此乃「退避三舍」的古典今用？喔不！劉玄德豈是晉文公？「三舍」太遠，一舍（三十里）就足以示弱欺敵。再令關羽引一千軍士埋伏山左，張飛領一千人馬隱藏山右，伺機而動。

這時，劉備的主軍大剌剌前進，正面叫陣；赫！月出驚山鳥，黃巾賊眾漫山遍野喊殺而來。哎呀！如果是生在魏晉南北朝之後，劉備可能會佯敗驚呼：「三十六計，走為上策。」大軍——其實沒多少人——調頭急退；賊眾見勢追趕，一過山嶺，忽聞鳴金之聲響徹四野，賊眾愕然四望，左關羽，右張飛，兩軍齊出，劉備軍也轉頭，洶洶殺來，形成三面夾攻。

黃巾賊眾前路受阻，側翼遇襲，被殺得丟盔棄甲，死的死，降的降，逃的逃……

涿郡首勝，青州解危，劉、關、張的名號，頓時傳遍烽火連天的中原大地。

第三戰，移師到廣宗和穎州，但，捧紅了另一人。

此人是誰？

廣宗傳來戰報：劉備的恩師、中郎將盧植與黃巾賊首領張角激戰，雙方築壘對峙，互有攻防，僵持不下。

「呼！打頭目呢！」劉備暗忖，「斬敵先斬首，若能一舉打垮張角，何愁沒有功勛？」

劉備的盤算，如果用五百年後大詩人杜甫的名句，更是一針見血：射人先射馬，擒賊先擒王。而「擒賊擒王」也被列入三十六計的第十八計。

劉備率領他的五百人小部隊，星夜趕往廣宗，投入盧植軍中。由於主戰場暫時無動靜，盧植撥給劉備一千兵士，要他前去穎州，支援皇甫嵩、朱儁的官軍，對抗賊弟張梁、張寶的人馬。可惜晚了一步：劉備豪情快馬趕至現場時，戰事已畢，殺戮未止；但見火焰張天，草木皆焚，旗倒營摧，哀鴻遍野……

一彪打著紅旗的軍馬，截住去路，刀起槍落，血濺頭飛，正在屠宰無處竄逃的黃巾殘眾。

但劉備的視線，死盯著這夥官兵的頭領：一名細眼長髯、面白如霜的書生武將。咦？究竟是書生？還是武將？或者該說，有著書卷氣息的將領，滿臉陰鷙戾狠的儒士。不只如此，那人還是個文學謀略家、政治軍事家，平時賦詩，戰時橫槊；動若狂風，不動如靜流的川河、棲伏的山巒。他若是生有順風耳，肯定樂意聆聽後世史官的褒詞：「手不舍書，晝則講武，夜則思經，登高必賦，對景必詩，深明音樂。善能騎射……」

此刻的他，騎著匹黑色寶馬——大宛良駒「絕影」，左眄右睞，雄霸之態，睥睨之姿，教人望而生畏。

此人是誰？劉備心頭一緊，眼皮一顫，全身汗毛直豎，如遭雷殛。這時，那人的目光，潑掃而來，像躲無可躲的驟雨，兜頭罩頂，將劉備淋得一身溼涼。那眼神，是發現獵物的鷹眼、尋找同類的鯨唱，是煮酒論英雄的預約，是鏖戰三分國的請帖；是死敵的會前會、示現的王見王，是飛越九重顧盼自雄之際，赫見峰巒迭起、天外有天。

天際忽忽一閃，是雷霆即起？暴雨將至？遠處兵燹迴映天幕的火光？或者，兩極駁火前的炯炯目光？那人的眼角餘光，從頭到腳，將劉備狠狠打量了一番，嘴角輕揚，似笑非笑，隨即策馬轉身，揚長而去。

亂世奸雄

「此人姓曹，名操，字孟德。官拜騎都尉，沛國譙郡人。其父曹嵩，本姓夏侯氏；因為中常侍曹騰之養子，故冒姓曹。曹嵩生操，小字阿瞞，一名吉利……」入城後，皇甫嵩盛情接待劉備，同時解答他的疑惑：「這曹阿瞞呀！膽量過人，機謀出眾，笑齊桓、晉文無匡扶之才，論趙高、王莽少縱橫之策。用兵彷彿孫、吳，胸內熟諳韜略。事實上呢，不論治軍理政，罰賞嚴明，恩威並施，堪稱一代奇才。」

原來，劉備率軍抵達穎州前，剛爆發一場關鍵性戰役：賊眾久戰失利，竟退入長社，依草紮營——此乃兵家大忌。皇甫嵩見狀，內心竊喜，決定火攻：命兵士人手一把束草，暗地埋伏；等到二更風起，引火為號，星火燎原，千軍萬馬同時縱火，大軍再直搗賊寨。結果呢？賊眾馬驚人慌，馬不及鞍，人不及甲，四散奔走……曹操的紅旗，是伏兵，也是這齣慘烈戰事最血腥的眉批。

「火攻，是一枚關鍵詞。不知劉皇叔是否窺透關竅？」若干年後，有人談論那貌似尋常的兩雄初會。

「是啊！水能載舟，也能覆舟；火可成事，也會敗事。怒火燒盡九重天，更將燒燬辛苦創建的一切。」另一人搖扇喟嘆。

是預言？預感？預見？蒼天一劃的預示？劉備乍見一片火海時，腦中閃過四個字：火光之災。大火燒光了什麼？可惜，當時的劉備，過分專注在曹操帶給他的震撼，忽略了天機圖讖般的野火象徵。

後來，戰戰兢兢的劉皇叔、各路諸侯、八方豪傑，乃至整個動盪神州，一直在豎耳收聽曹阿瞞——曹孝廉、曹都尉、曹丞相——教人驚嘆或令人髮指的事蹟：

自小即好游獵，喜歌舞，有權謀，多機變。

如何權謀？怎麼機變？從他年輕時就開始作惡多端，可見一斑。

譬如說，叔父見他遊蕩無度，向曹老爸告狀，曹操於是懷恨在心。有一回，他在叔父面前詐病倒地，叔父立刻通知曹嵩；等到曹爸爸焦急萬分趕來時，寶貝兒子竟完好無缺，還一臉委屈說：「兒無恙。叔父謊稱兒病，應該是……看兒不順眼吧！」果然騙倒老爸，再不信叔父之言。

話說回來，圍繞著曹操的流言還真不少。恣意、放肆是他的反骨天性，玩弄、欺凌是他的待人哲學；說穿了，他根本就是仗著家大勢大（雖然老爸的「太尉」官職是買來的）到處耍無賴的權貴子弟。當時，另一名紈袴子弟，出身「四世三公」家族背景的袁紹，常常跟著他整人、鬼混、魚肉——或者該說，漁色鄉里。怎麼說？搶人老婆，淫人妻女。也許是得手輕易，食髓知味；可能是吃在碗裡，看在鍋裡。除了自己妻妾成群（終其一生，至少有十五位），也對「人妻」懷著近乎瘋狂的貪婪。當曹操從覬覦、暗算、私通、偷掠進化到強取豪奪乃至掌握他人生殺大權，他會怎麼做？瞧瞧那句千古名言唄！「寧教我負天下人，休教天下人負我。」

在一個花好月圓的夜晚，有戶人家辦喜事，新娘子是公認的美人。小阿瞞色朝心頭湧，惡向膽邊生，一手編導「搶新娘」的戲碼：將笨袁紹拐到人家大門口，自己躲在暗處大喊「有賊」，然後趁眾人追打袁紹的空檔，擄走新娘，獨享……野戰版洞房花燭夜。

從那時起，曹操胃口大開，到處姦淫擄掠，弄美眉，玩人妻，搞熟女——降將張繡的伯母，搶對手呂布部將之妻——秦宜祿的老婆杜氏，連寡婦也不放過；生平唯一敗績，竟是輸給自己兒子：他肖想袁紹次子袁熙之妻甄氏——曹植〈洛神賦〉的女主角，卻被曹丕搶先一步，插旗兼播種，生下後來的魏明帝曹叡。

可惜，家世顯赫的袁大公子，沒能在「搶新娘」鼻青臉腫的慘痛教訓中，悟出自己和曹操的差異，也是差距；否則，就不會有後來官渡之役的一敗塗地。

當時的名流、儒士、智者怎麼看曹操？

橋玄認為他是「命世之才」。

南陽何禺見到曹操，驚呼：「漢室將亡，安天下者，必此人也。」

汝南許劭用一句撼天震地的話形容曹操：治世之能臣，亂世之奸雄。

順勢「操」作，固能突顯一己才幹。但，天命何在？民意何求？天生我才，意欲如何？或許，古往今來，若大旱之望雲霓的民心，養晦韜光的仁人志士，一直在殷殷期盼另一號人物：亂治世之奸雄，治亂世之能臣。

枵腹血戰

「果真是一方霸主，超級魔王？」劉備暗自吃驚。

而他早已看出，曹操不只是玄德壯志的夢魘，也是漢家天下的終結。

穎州之役，劉、曹匆匆一會，來不及互報姓名，曹操已引兵催馬，追殺張梁、張寶而去。

「這兩位二頭目勢窮力乏，必急奔廣宗，與大頭目張角聚合。玄德不妨循跡前往，將賊寇一網打盡。」皇甫嵩指點劉備。

「那還等啥？」張飛一馬爭先，揚起滾滾黃塵。劉小隊長只好率領他的小部隊，兼程趕回廣宗。不料，半路上遇見一簇軍馬，護送一輛檻車，車中之囚，竟是恩師盧植。劉備震驚不已，滾鞍下馬，問明緣故。原來，盧植軍馬早已將張角賊眾團團包圍，但因這位賊首擅使妖法，幻化陣形，以至於久攻不下。朝廷特派黃門左豐前來盧營，名為視察部隊，實則試圖索賄。盧植雙手一攤，一身創痕、朱跡猶歷歷在目，無奈地說：「國家蒙塵，百姓塗炭，軍糧尚且短缺，將士枵腹血戰……哪有餘錢『孝敬』閣下？」左豐忿然離去，回朝廷參盧植一本：「高壘不戰，惰慢軍心。」朝廷震怒，差遣中郎將董卓前來，帶領漢軍，而將盧植押解回京治罪。

張飛聽完故事，跳起一丈高，蛇矛上手，就要一刺一串，捅穿眼下幾位護送軍士。

「賢弟不可！朝廷自有王法，豈可造次？」劉備趕緊阻止張飛。

關羽建議：「看樣子，廣宗不能去了，咱們不如先回涿郡。」

這支小部隊於是北返。行軍二日，忽聞山後傳來喊殺聲，震天價響。三兄弟縱馬上崗，登高遠眺——赫！正在上演「追殺董卓」的好戲。前頭是倉皇敗逃的漢軍，後方是撲天蓋地如蝗蟲過境的黃色追兵，迎風獵舞的大旗，標著「天公將軍」的遒勁字體。是張角的主軍？劉備即刻下令：「太好了！咱們就充當一回伏兵，殺他個措手不及。」

三人帶頭，自山後突襲而出。青龍偃月刀殺賊如斬瓜切菜，丈八點鋼矛一刺封喉，再刺穿胸，又穿又刺，將敵軀當肉串。雙股劍左揮右劈，肢斷血濺，人頭紛飛……張角大軍被這支精銳小部隊一陣衝殺，陣腳大亂，敗走五十餘里。逃得老遠的董卓，也勒馬瞠望這票天降神兵的驍勇表現。

一個對時後，漢軍紮營整頓，療養歇息。董卓撇嘴一問：「你兄弟三人，現居何職？」

劉備恭謹回答：「在下一介布衣。」

董卓喔了一聲，語帶輕蔑，眼露不屑，轉頭吩咐屬下，烹羊宰牛，擺桌設酒，他要好好慰勞自己，不再理會救命恩人。

張飛又跳了起來，怒喝：「我等拚死拚活，救了這廝，他卻如此無禮！不幹掉他，難消我氣！」提刀就要入帳殺董卓。問題是，能殺嗎？當然不能！除非他們也想在額頭綁上黑巾、紅巾或白巾。

關羽按住張飛的手，氣憤的語調透著化不開的感慨：「人情勢利古猶今，誰識英雄是白身……」

當時的他們並不知道，這位傲慢無禮的中郎將，正是傾覆王朝的奸佞、造亂世間的禍根。

張飛若是一刀剖了董卓，天下大勢，又將如何？

妖法幻術

後來，劉備只好摸摸鼻子，帶著他的小部隊，投向穎州的朱儁，兩方合兵，討伐張寶。

同一時間，曹操跟隨皇甫嵩，和張梁大戰於曲陽。

張寶聚眾八、九萬，屯於後山。武功、戰術平平，但妖法、幻術了得。朱儁命劉備擔任先鋒，三兄弟直衝敵陣，殺敵無數。張寶見狀，披髮仗劍，作起妖法：忽見風起雲湧，雷電大作，一股黑氣從天而降，挾帶似真非真的千軍萬馬，直劈橫砍，撲面而來。劉備部隊窮於應付時而幻時而生、殺之不盡的影子軍團，不得不敗戰而歸。

「奶奶的！明的打不贏，就來陰的？」張飛邊退邊跺腳。

朱儁說：「那是妖法，虛虛實實，神鬼莫測。但曾有修道者、術士告知：有法有解，此妖術可用豬狗羊血、屎尿穢物破解。」

劉備於是派關、張領軍埋伏於山後高崗，備妥「法寶」，等君入甕。翌日，張寶搖旗擂鼓，前來叫陣。劉備正面迎敵，甫一交鋒，張寶又開始作法；頓時風雷大作，飛砂走石，黑氣漫天，滾滾人馬，自天而下。劉備撥馬退走，張寶驅兵追來，翻過山頭，乍聞號炮響、殺聲傳，關、張伏軍灑狗血、潑糞便、倒穢物——但見空中紙人草馬，紛紛墜地；風雷平息，砂石不飛。張寶驚呼「不妙！」急欲退兵。慢了！左關羽、右張飛自兩翼殺出，劉備、朱攜再來個回馬槍。賊兵慘敗，張寶落荒而逃，躲進洛陽城，堅守不出。臨走時，左臂還收下劉備的送行大禮：一記冷箭。

另一處戰場，董卓屢戰屢敗，皇甫嵩連番告捷。軍賊激戰時，傳來賊首張角已死的消息。漢軍士氣大振，皇甫嵩趁勢猛攻，連勝七場，最後斬張梁於曲陽。而死守洛陽的張寶，被部將嚴政刺殺，獻首投降。至此，各地雖仍有零星戰事，例如，黃巾餘黨趙弘、韓忠、孫仲等三人，聚眾數萬，組成報仇者聯盟，堅稱「死戰到底」，但「黃巾之亂」的主戲，算是告一段落。

論功行賞，皇甫嵩受封為車騎將軍，領冀州牧。盧植因皇甫嵩表奏有功無罪，恢復官職。曹操亦有戰功，除濟南相，從此平步青雲。劉備呢？繼續跟隨朱攜，東征西討，追剿餘黨賊孽，扮演「戰場志工」、「素人驍勇軍」。

又過了些時日，劉備三兄弟鬱鬱不樂，上街閒逛，巧遇郎中張鈞。劉備眼見機會難得，一五一十，比劃噴沫，娓娓訴說不該被遺忘的戰功。張鈞聞言震驚，入朝面聖，奏請皇帝斬除「賣官鬻爵，非親不用，非仇不誅，以至天下大亂」的十常侍。可惜，把持朝政的正是這些宦官，張鈞告狀不成，反遭驅逐。倒是劉備的「戰功」引起了注意，或者該說，不好再忽視。十常侍共議，總算派給劉備一個小官：定州中山府安喜縣尉，即日赴任。

怒鞭督郵

劉備解散了他的小部隊，只帶關、張和二十多名親隨，走馬上任。由於安喜縣沒有縣令，縣衙公務都由劉備代理。劉縣尉勤政愛民，不撈不賄，深獲人心；每天和二位義弟食同桌，寢同床，形影不離。而在人多嘈雜的公眾場合，關、張瞠目挺胸，侍立大哥身邊，像隨扈，也似門神，站一整天也不知疲倦。

四個月後，朝廷降詔：凡憑軍功出任地方長官者，都要淘汰。劉備惶惶終日，擔心自己也在「遣散名單」中。適逢督郵長官來到安喜縣巡視，劉備出城迎接，見到督郵施禮問安，不料那督郵高坐馬上，眼斜嘴歪，不瞧劉備一眼，只微微抖抖馬鞭，當作回應。一旁的關、張已氣得咬牙切齒，吹鬍子瞪眼。來到館驛，督郵一屁股坐上南面主位，東瞄西看，一言不發；劉備垂手立於階下，聽候吩咐。過了好久，督郵冷然一問：「劉縣尉是何出身啊？」

劉備低頭回答：「我是中山靖王之後，曾自願從軍，討伐黃巾，經歷大小三十餘戰，累積了微不足道的軍功，得以出任現在這個……」

「大膽！」不等劉備說完，督郵大聲斥喝：「你冒充皇親，虛報功績，恬不知恥。而今朝廷降詔，就是要淘汰你這種濫官汙吏。」

不好！遇到專程來找碴的，劉備含混應了兩聲，退出館驛，回到衙門，和縣吏商議此事。縣吏說：「督郵作威作福，無非是要你賄賂他。」

劉備苦著臉說：「我一身子然，兩袖清風；不偷不搶，不貪不枉。對待百姓更是秋毫無犯，哪有財物給他？」

翌日，督郵先召見縣吏，逼迫縣吏指證劉縣尉「侵害百姓」。劉備為求自清，幾番求見督郵，但都被看門的衙役攔住，不肯放行。

這時的張飛，見大哥百般委屈，一肚子鳥氣無處宣洩，喝了幾杯悶酒，騎馬從館驛門前經過，見五六十個老人，圍在大門外痛哭。張飛上前一問，老人說：「督郵逼迫縣吏，要他作偽證加害劉公；我等前來求情，看門衙役不但不放我們進去，還將我們趕打了一頓。」

什麼？有這等事？是可忍……嗯？下一句是啥？管他奶奶的！張飛怒睜大眼，咬碎鋼牙，滾鞍下馬，嗚哩哇啦闖入館驛——看門狗哪攔得住他，三拳兩腳，倒地的倒地，撞牆的撞牆；鼻不青的臉腫，臉腫的鼻子不青——因為發黑。雄偉張三哥直奔後堂，見督郵大剌剌坐在廳上，可憐的縣吏被綁在地，狂吼一聲：「害民賊！認得你爺爺嗎？」督郵還不及開口，就被張飛一把揪住頭髮，拖出館驛，綁在馬樁上，摘下柳條，死命鞭打，一口氣打斷十幾枝柳條，仍氣呼呼，威凜凜，不肯罷手。

劉備聽見縣衙外傳來喧譁聲，問身邊隨從發生何事？隨從說：「張將軍綁住一人，正在動鞭刑呢！」

劉備跑出去觀看（心裡感到不妙），赫見五花大綁皮開肉綻連聲哀嚎的……竟是督郵大人——好哇！打得好！打得妙！打得他屁股開花腦袋長瓜老爹老娘不認得他——嘴裡卻說：「三弟住手，大人是朝廷命官，你怎麼可以……？」打他而不把他打死？

「這等害民賊，不打死等什麼？等他繼續害大哥？」張飛心不甘情不願扔掉柳條，一回身，又補踹督郵一腳。

「哎喲喂呀！玄德救我。」督郵趕緊向劉備告饒。

劉備睖著督郵的狗熊樣，默然不語，神情複雜。

「唉！枳棘叢中，非棲鸞鳳之所；鵬飛萬里，豈是雀鳥能識？」一旁的關羽吐出一口大氣，給劉備一個大快人心的建議：「大哥心繫蒼生，功在社稷，只得到區區縣尉一職，還要受盡小人的氣。依我之見，咱們宰了這廝，棄官歸鄉，另圖大計。」

臉色倏地刷白，督郵的口水和血水，混成溼透前胸的汗水。他忙不迭地哀嚎：「玄德饒命！請玄德饒我一條賤命。」

劉備叫人取來印綬，掛在督郵頸上，斥責他說：「照你欺壓百姓、構陷忠良的行徑，就該一刀殺了你。現饒你一命，望你好自為之，將功贖罪。這芝麻官，我不要了。」

兄弟三人，拂袖揚塵，瀟灑離去；天下之大，欲往何方？

快意江湖？縱情山水？歸隱山林？不！他們一夕成名，變成八方通緝、公告欄上的人頭畫像。

所幸，代州牧劉恢識英雄重英雄，也珍惜劉備這位「漢室宗親」，收留他們，暫避風頭。此時，長沙有區星作亂，漁陽亦見張舉、張純造反；劉恢向幽州牧劉虞舉薦劉備，帶兵平定漁陽之亂。劉虞表奏劉備軍功，朝廷於是赦免了「鞭打督郵」之罪，還讓劉備擔任下密縣丞，轉升高堂縣尉。後來，好友公孫瓚上表列舉先前滅黃巾的功績，力薦他為別部司馬，代理平原縣令。

苦盡甘來？如果劉備的志向，是當一名深受千百人愛戴、溫良恭儉的小小父母官，那他算是得償夙願了。

是這樣嗎？

「他奶奶的！總算還咱爺們一個公道了。大哥你說是不是？」張飛笑咧了嘴。

「嗯，天道酬勤，地道酬善。大哥行天理，順民心，定能闖出一番偉業。」關羽手握《春秋》，也不禁莞爾。

劉備呢？微笑不語，始終在思忖什麼的目光，投向不知名的遠方。

不過，這回他還是歡天喜地上任，勵精圖治，事必躬親；身邊的「門神二將」也愈站愈挺。果然，沒多久，飽經戰火摧殘的平原縣，錢糧軍馬充足，漸漸恢復往日榮景。

問津之二

「宰董卓？砍督郵？哈！這殺或不殺，牽一髮而動全身哪！」青衣文士咂咂嘴，好像在品嘗某道美食。

「那兩人一無名，一顯赫，都該殺？」年輕書生微笑而問。

「該不該殺？誰來殺？不是你我說了算，也不是王法、官僚甚至皇帝說了算。」青衣文士也笑了，一種詭異的乾笑。

「那誰說了算？老天爺？」年輕書生開始搖扇子，他是在苦思對方叫賣的關子？

「天網恢恢，但也管不盡人間大小事。」青衣文士斜乜著眼，話語一頓，嘿嘿說道：「是『局勢』說了算。」

「局勢會說話？」年輕書生的問句不像提問，倒像和音。

「就像流過咱們眼前的滾滾江水，時時刻刻、日日夜夜都在傾訴。」青衣文士故意壓低嗓音，「聽見了嗎？它正在問：張飛數度喊殺，都被劉備阻止，為什麼？不要告訴我，因為他們是朝廷命官、押解公差，殺不得。」

「是嗎？當今之世，連皇上都朝不保夕了。所謂『朝廷』，早已淪為掌權者愚弄蒼生的虛詞。不才以為，不殺督郵，是因那人官小位卑，起不了任何作用；不殺董卓，只為那匹夫狼子野心，將起驚天動地的大用。」年輕書生仍是一派悠閒，搖他的羽扇。

「閣下是指，後來那廝領軍入京、欺凌皇室、禍亂天下，引起各路諸侯的討伐？而這大亂的天下，正是英雄崛起的良機？」

「而不才深知，若非那二人，換作另一人，不待張飛喊殺，劉備自己就想動手。給他一記冷箭，他會揚弓拉弦，射穿那人咽喉；賜他一把寶刀，他會毫不考慮斬斷那人未來。」年輕書生也刻意縮頸皺眉，對青衣文士睢眼瞅視。

「喔？閣下所指，何人？」青衣文士的眼珠流轉，心中所想，和年輕書生的答案，會是同一人？

「哈哈！不就是那紅旗黑馬、不可一世的曹操。」

從洛陽到長安的大道上，
擠滿人潮車流，
餓死、病發、互相劫掠、彼此踐踏、
毆鬥至死的百姓不計其數；
沿路曝屍，遍野哀嚎，
一幅活生生的煉獄圖景。

第二章

漢室終結者

權位爭奪戰

屢戰屢敗、昏庸無能的董卓，如何禍亂天下？

這就要從更腐敗混亂的皇室說起：

公元一八九年初夏，漢靈帝病危，引發皇位爭奪戰。靈帝不希望皇子劉辯繼任大統，打算立王美人所生的劉協為太子。十常侍中的蹇碩在病床邊對靈帝獻策：「如果要立劉協做太子，必須先殺死大將軍何進，以絕後患。」怎麼說？何進原來是個屠夫，因妹妹嫁入皇宮，成為何皇后，生下劉辯；舅因甥貴，從此掌握大權，而且囂張跋扈，弄到神人共憤，天子也恨。靈帝聽了蹇碩的話，猛點頭，立刻派人宣何進進宮。

這招「引君入甕」的毒計，被何進識破。他沒有進宮，而是回到家裡，召集親信，商議「反將一軍」之策：如何誅盡十常侍？滿室殺聲盈耳，座中一人大笑說：「宦官之勢，根深柢固，滋蔓極廣，如何殺盡？況且，一旦走漏風聲，便是滅族之禍。當心哪！」此人是誰？典軍校尉曹操。這時，靈帝駕崩的消息傳來，何進便令司隸校尉袁紹領五千御林軍進了皇宮，在靈帝靈柩前，扶立太子劉辯繼承皇位，稱為少帝。

好戲落幕？當然沒有！劉辯雖做了皇帝，但靈帝的母親董太后心裡偏袒劉協，又覺得兒子「死不瞑目」，終日怏怏不樂。大宦官張讓給她出了一個主意：老嬸上場，垂簾聽政；傳旨封皇子劉協為陳留王，封自己的哥哥董重為驃騎將軍，再命張讓幫她處理朝政。

從此朝野祥和，四海昇平，她董太后大權在握？一朝（ㄓㄠ）權來使，不等於一朝（ㄔㄠˊ）權來使；權力怎麼來，關係到戲法如何使。傳旨封誥是筆桿子的把戲，能不能成事？槍桿子說了算。

何太后見董太后專權，會善罷甘休？她在宮中擺了一桌酒，宴請董太后，勸董太后不要干涉朝政；還以「昔日呂后因握重權，宗族千口遭戮」，勸退老阿嬸。董太后氣得臉上紅一陣白一陣，也以何太后「毒死王美人」一事反脣相譏。兩個老女人轟天動地大吵一架。

當夜，何太后急召哥哥何進入宮，商量怎樣除掉董太后及董重。次日早朝，何進以「董太后原為藩妃，不宜久居宮中」為由，將其送至京城以外的河間去；又祕密下令，教護送的人暗地裡將董太后毒死，至於董重之家，遭大軍重重包圍，要追回他的官印。董重知道大勢已去，便在後堂自殺了。

董派既除，袁紹力勸何進，趁勢消滅十常侍：「張讓、段圭等人放出流言，說將軍鴆殺董太后，欲謀大事，導致朝野譁然，輿論沸騰；此時不誅這些賊佞閹宦，必釀大禍。」問題是，張讓見舊主失勢，開始討好何太后，「誅宦大計」被打了回票。袁紹再獻一策：調外地兵力入京，剷除宦官。何進一拍掌：「嗯，此計可行！」暗中派使者發檄文至各鎮，召請各路諸侯赴京勤王。

主簿陳琳卻極力反對：「萬萬不可！俗話說：『掩目而捕燕雀』，乃自欺也。如今將軍仗皇威，掌兵要，龍驤虎步，高下在心；要殺宦官，速戰速決即可。若是倚靠外力，兵臨京師，英雄聚會，各懷一心。那就叫做『倒持干戈，授人以柄』，恐怕誅宦不成，徒生大亂。」

英雄會聚，各懷異心。正是東漢末年的寫照。

揚眉瞬目

一旁的曹操拊掌大笑：「宦官之禍，古今皆有；欲誅閹豎，當除首惡。這麼一來，只要一名監獄官就夠了，何須勞師動眾，假外人之手？」

可惜，這一針見血的建議，何進沒有採納，還喝斥曹操有私心。

離開何府時，一名部將問曹操：「未來之局，將軍如何看待？何公手段，能安社稷保黎民？」

曹操笑而不答。直到曹校尉變成曹丞相，煮酒論英雄的當口，才對劉備說：「何進啊？禍亂之徒。怎麼亂？亂天下、亂軍心、亂陣腳，以及，自己被人亂刀砍死。我不知該叫他

『何進』？『何退』？『何不知進退』？」

而在群雄競出的前夕，曹操仰天，吐出一口憂國憂民的大氣；隨即揚眉，瞬目，目光閃閃，大步走向烽火延伸的極處、動亂時代的未來。

宮廷之亂

接到何進的檄文，西涼刺史董卓可樂了。他令女婿李儒先派人向朝廷上了一道「請除宦豎」的表章，洋洋灑灑，義正詞嚴：「揚湯止沸，不如去薪；潰癰雖痛，勝於養毒。」接著親率大軍，風風火火向京城洛陽進發。

張讓等人知道這是何進的計謀，決定先下手為強：派五十名刀斧手埋伏在長樂宮嘉德門內，以「十常侍謝罪」為名，請何太后召何進進宮。何太后不知是計，不疑有他，降詔宣進。何進自認手握天下大權，十常侍不敢動他，不聽陳琳、袁紹和曹操的輪番勸阻，進了皇宮。剛一進門，赫見前有刀，後有斧；兩側鉤鐮伺候，八方刺客包圍。他驚叫一聲，轉頭就跑，欲尋出路。無奈宮門盡閉，伏甲齊出，將何進亂刀砍死。

守在宮門外的袁紹、曹操等了很久，不見何進出來，就在門外大聲叫喊：「請大將軍上車！」咕哩隆咚！丟出來一顆張口瞠目、驚嚇未止的人頭，以及，陰陽怪氣的嗓音：「何進謀反，當場伏誅。」

曹操、袁紹交換眼神。袁紹厲聲大罵：「誰謀反？不就是你們這些閹宦？竟敢殺害大臣！我等忠君之士，勢必剿滅惡黨。」何進部將吳匡，在青瑣門外放火；袁術帶兵直搗宮廷，見到宦官就殺，一個不留。袁、曹主軍將剩下的太監逼至翠花樓，斬頭斷肢，剁肉成泥。巍巍宮殿，火光沖天。

張讓、段珪等人見大勢已去，慌忙劫擁少帝和陳留王，從後宮逃跑。三更時分，逃到北邙山下，乍聞後面一片喊殺聲，火光中一隊人馬洶洶趕到；張讓自知難逃一死，便投河自盡了。

帝非帝，王非王

混亂之中，沒有人發現，有一樣東西不見了：傳國玉璽。

少帝與陳留王，躲在河邊草叢中，不敢出聲。三更風冷，四更露重；飢寒交迫，兩兄弟相擁而哭。又怕被賊逆發現，硬將淚水吞回肚裡。

誰是奸？誰是忠？誰是我大漢王朝的救星？

若干時日後，當陳留王變成漢獻帝，會將激動的雙手按在一個人的肩頭，顫聲說：「中興漢室，拯救生民，全看你了！」

此刻，九歲的陳留王表現得比哥哥勇敢、果斷：「此地不宜久留，走！咱們另覓活路。」為防失散，兩人衣角打結，摸黑前行。暗夜之中，荊棘滿地，兩兄弟找不到路，又迷失了方向——忽見成群流螢，微光閃爍，合成一球照明燈，在少帝眼前飛轉；似引路，像前導，將兩兄弟帶到一戶隱世莊園的後門外。天時已近五更，皇帝哥哥腳破流血，寸步難行；兩人看見牆邊一蓬草堆，忽然氣虛腿軟，天旋地轉，當場倒下。

與此同時，莊主自一齣奇夢驚醒：兩枚紅日墜落在他的莊後。想想不對，披衣出戶，四下觀望。但見莊後紅光沖天，趕往一看，竟是二名少年倒臥草堆中，錦衣蒙塵，狀貌狼狽。

「你們是……誰家公子？」莊主的眼皮急跳。

少帝不敢應答。陳留王挺胸起身，指著皇帝說：「他是當今陛下，遭遇十常侍之亂，逃難到此。我是皇弟陳留王。」

啊！果真是天示異兆，皇室有難。莊主趕忙下跪奏表：「臣為先朝司徒崔烈之弟崔毅。因為看不慣世道大亂，十常侍賣官嫉賢、欺矇天聽，所以隱居於此。沒想到……唉！」

沒想到，皇權崩圮至此。崔毅立刻攙扶少帝入莊，命奴僕準備伙食，為陛下和陳留王壓驚；同時放出消息：當今聖上在此，文武百官速來接駕。

司徒王允、太尉楊彪、左軍校尉淳于瓊、右軍校尉趙萌、後軍校尉鮑信、中軍校尉袁紹……率領數百人馬，前來接迎。君臣相見，恍如隔世；上下一心，齊聲痛哭。頗有後代詩人杜甫「感時花濺淚」之悲，也有後來五胡亂華時期「楚囚對泣」之風。

據聞，洛陽城曾傳唱一首歌謠：「帝非帝，王非王，千乘萬騎走北邙。」一曲成讖，再語……罷了！更淒涼的事等在後頭呢！

董卓入京

回京的車駕行不到數里，忽見旌旗蔽日，塵土遮天，一撥人馬——喔不！是千軍萬馬浩浩蕩蕩攔路而來。

百官大驚，皇帝失色。袁紹一馬竄出，寶劍指天，大聲問：「陛下在此，何人擋駕？」

「喔？天子何在？」繡旗影裡，一將策馬而出，聲若洪鐘。

少帝戰慄不能言。

陳留王再度挺身而出：「你又是什麼人？」

「西涼刺史董卓。」這人神色輕佻，好像不把任何人放在眼裡。

「原來是董卿。你是來保駕？劫駕？」陳留王瞪視董卓，毫無畏懼。

「這……當然是來接駕、保駕。」董卓眼珠溜轉，開始打量陳留王。

「既是保駕，何以見到皇上不下馬？」陳留王繼續逼問。

董卓神情一變，慌忙下馬，心不甘情不願朝皇帝一拜，眼角餘光卻掃向伶牙俐齒的皇弟。這一瞥，預留了更激烈的宮廷之亂的伏筆。

總之，最貪狠的豺狼董卓，扛著「保駕」的大纛，堂而皇之，入京了。

前門拒虎，後門進狼

何謂「前門拒虎，後門進狼」？除掉一名禍害，又來一個叛臣？

一個國家、王朝或政權，如果淪落宦豎干政、軍閥割據、奸佞弄權、內外交侵的局面，孰令致之？從靈帝開始，每一位繼任者祭天拜地，無語問神明：誰是我大漢終結者？蒼天可曾示諭：終結漢天下者，不是別人，正是自己？

很多年後，另一位「挾天子以令諸侯」的一代豪雄志得意滿之際，不忘告誡屬下：「所謂『董卓之亂』，成於趁亂崛起，卻也敗在陣腳自亂。」

「敢問其詳？」部將們好奇問道。

「淫亂、穢亂、亂而不叛、在自己的地盤作亂。最要不得的是……」這位豪雄嘿嘿笑了，「為了個女人，方寸大亂。」

董卓把少帝和陳留王送回宮中，而將自己的軍馬駐紮在城外。天天率領鐵甲騎兵入城，橫行街市，鬧得老百姓惶惶不安。

不只如此，這位「保駕大將軍」帶劍出入宮廷，面聖不跪，見后不拜，肆無忌憚。斯情斯景，滿朝文武都看不下去，但沒有人敢吭聲。

後軍校尉鮑信，找上袁紹和王允計議：「董卓必有異心，我們應該儘速剷除他。」得到的答覆卻是「朝廷新定，不可輕舉妄動」、「容後再議」。

直到某日，董卓在溫明園大擺酒筵，遍請公卿。大臣們畏懼董卓，誰敢不來？待百官到齊，董卓才施施然於園門下馬，帶劍入席。酒行數巡，突然下令停斟止樂，高聲宣布有話要說。眾官無不屏息以待。董卓斜睨全場，厲聲說：「天子為萬民之主，無威儀不可以奉宗廟社稷。當今的皇上性格懦弱，不像陳留王聰明好學。我想廢了皇帝，改立陳留王，諸位大臣以為如何？」

鴉雀無聲。百官眉頭深鎖，面面相覷。

「各位既然……」董卓面露得意之色。

「不可！萬萬不可！」忽見一人推開桌案，站出來大呼：「你是什麼人？膽敢妄議廢立？難道想要謀逆篡位？」

董卓一看，說話的人是荊州刺史丁原，不由得大怒，迸出那句後來的古裝劇、宮廷片和布袋戲大魔頭共用的口頭禪：「順我者生，逆我者亡！」同時手按佩劍，想當場宰了丁原。

咦？不對！丁原背後站著一名年輕人，生得器宇軒昂，威風凜凜，手執方天畫戟，正對著董卓怒目而視。

此人是誰？一陣心驚，拔到一半的劍，僵在半空，進退不得。董卓若有天眼通，能預知未來事，就該想方設法遠離那人，至少，要相信此刻的感覺：不寒而慄。

李儒急忙上前，給董卓一個臺階下：「哎呀！今日純飲酒，只談風月，不論國事。」

丁原和那名執戟年輕人，橫眉揚長而去。

董卓還是氣不過，怒問百官：「老夫所言，不合乎天公地道？」

盧植搖搖頭，說：「明公此言差矣。昔日伊尹放逐太甲、霍光廢黜昌邑王，是因為他們無道作惡。如今皇上雖年幼，並無分毫過失；你只是個外郡刺史，從未參與國政，又無伊、霍之才，怎麼可以強行作主，廢立皇帝呢？難怪有人說你居心不良。」

董卓氣得七竅生煙，又要拔劍殺人。這一回，輪到侍中蔡邕、議郎彭伯和眾大臣上前勸阻，七嘴八舌結束那場鬧劇。

事實上，董卓握劍的手，像打擺子的疾患，抖個不停。他的心魂意識、思慮盤算，全繫在一人身上，一個能助他打天下、手執方天畫戟的未來戰士。

「那人是……？」當晚，董卓用欲言又止的詢問，向女婿李儒吐露了內心的渴望。

「姓呂，名布，字奉先。他是丁原的義子，身懷絕世武功，戰場未逢敵手。日後對陣，若遇此人，請主公能避則避。」李儒一面回答，一面偷瞄董卓嗯嗯喔喔的神情。

「啊！區區丁原，竟能得此良將。」重嘆一聲，表露愛才之心，也種下血雨腥風的因果。

赤兔馬

翌日，丁原率兵前來叫陣。董卓大軍出寨迎敵，聲威浩壯。丁字旗的陣前，但見挺拔的呂布，頂束髮金冠，披百花戰袍，擐唐猊鎧甲，繫獅蠻寶帶，縱馬挺戟，威風凜凜。

丁原破口大罵：「國家不幸，閹宦弄權，以致萬民塗炭。你這匹夫，無尺寸之功，竟敢妄言廢立，禍亂朝廷？」董卓正在想回敬之詞，呂布已一馬當先，衝殺而來。

李儒驚呼：「主公速退，不可硬擋。」董卓立刻回馬退走，大軍不戰而敗。

當晚，董卓召集眾將商議對策。虎賁中郎將李肅挺身而出，獻上一計：「主公勿憂。在下與呂布同鄉，知其有勇無謀，見利忘義。只要動之以好，曉以大利，定能遊說呂布拱手來降。」

「喔？有何良策？」董卓的眼睛亮了。

「聽聞主公有名馬一匹，叫做『赤兔』，可日行千里。在下以為，寶馬當贈英雄；主公若肯割愛，再輔以金銀珠寶和在下的三寸不爛之舌，何愁呂布不來？」

「嗯……」董卓陷入沉思。

一旁的李儒再進一言：「捨一馬而取天下，這輕重利害，主公比誰都清楚。」

「好！就這麼議定。」董卓不但贈馬，還加碼：黃金一千兩、明珠數十顆、玉帶一條。

呂布如何反應？

當李肅帶著禮物來到呂布營寨，笑稱：「聽聞賢弟匡扶社稷，赤膽忠心，萬軍仰望。今有良馬一匹，日行千里，渡水登山，如履平地，名曰『赤兔』。特來獻給賢弟，以助虎威。」

呂布定睛一看，赫！那馬渾身上下，紅似火炭，無半根雜毛。從頭至尾，長一丈；從蹄至項，高八尺。嘶喊咆哮，有騰空入海之狀。

呂將軍的文采若能媲美武功，或將衝口而出：「奔騰千里蕩塵埃，渡水登山紫霧開。掣斷絲韁搖玉轡，火龍飛下九天來。」

當然囉！無功不受祿，受「賂」，豈能無功？果真如此，呂布可要改名「呂不韙」了。

事實上，他甘冒大不韙，當夜就大剌剌割下丁原人頭，投奔董卓。

別人是報殺父之仇、奪妻之恨，呂將軍是殺父如仇（日後還有「奪妻生根」）；不過還好，他不必改名，改姓即可。

俗話說，良禽擇木而棲，賢臣擇主而事。奸臣呢？擇主而噬。

呂布不只是擇董卓為主，還認老賊為義父。瞧！在董卓的帥營裡，呂小孩穿著董爸爸賞賜的金甲錦袍，揚眉搖尾，顧盼自雄，走路有風；為他鋪好的征戰之途，簡直就是以貪饕人性為霓裳的歷史伸展臺。

穢亂後宮

得到呂布的歸靠，董卓如虎添翼，換成他自己的說法，如旱苗之得甘雨。從此橫行無阻，再沒有顧忌。他當著太傅袁隗與百官之面，廢黜少帝為弘農王，改立陳留王為帝。他在圖什麼？將九歲小皇帝抓在手裡，視作操控政權的傀儡、宰割天下的禁臠。少帝呢？和何太后、帝妃唐氏一起囚禁在永安宮中，日夜遭人監視；宮門深鎖，與世隔絕，群臣不得擅入。

可憐的少帝，四月登基，九月被黜；生活困蹇，飲食漸缺。終日以淚洗面，寫下哀詩一首：

嫩草綠凝煙，裊裊雙飛燕。洛水一條青，陌上人稱羨。
遠望碧雲深，是吾舊宮殿。何人仗忠義，洩我心中怨！

董卓獲悉此事，二話不說，用鴆酒毒殺少帝，命武士絞死唐妃；何太后則被扔下樓，活活摔死。

這種逆天之舉，滿朝文武要不視而不見，要不噤若寒蟬。反而是後來被曹操評為「色厲膽小」、「好謀無斷」的袁紹，做出可能是此生最英勇也最正義的舉動：大聲反對廢帝之議，和董卓怒目相向，甚至拔劍對峙。差點被兵衛亂刀亂劍殺死——死了就少掉後來「官渡之戰」的好戲。畢竟，袁氏不可輕忽的家族背景：四代公卿，門生故舊遍布天下，教董卓有所忌憚，眼睜睜看怒氣沖天的袁紹翻桌走人，投奔冀州。事後，董卓為攏絡人心，不僅不「追殺」袁紹，反而封他為渤海太守。這一著棋，是對？還是錯呢？

人說董卓粗蠻壯碩，力大無窮，但頭大無腦。真是如此？袁紹雖逃過一劫，但他不知道，董卓早暗中吩咐冀州牧韓馥，就近監管袁紹的一靜一動。

從那時起，董卓每天帶劍上殿，見皇帝不拜，遇女人就搞；每晚深入後宮，姦淫宮女，夜宿龍床。無人、無法也無天可管。

殘殺百姓

有一回，董卓出城打獵，來到洛陽城，正趕上村民舉行二月社賽集會。不知哪把火燒到哪根筋？董卓的嘴角忽揚，雙眼一瞪，命軍士將人群團團圍住，來一場即興大獵殺：男人統統殺掉，女人悉數擄回。一刀一斷首，一擄一慘嚎。千餘顆人頭綁在車下，滾滾揚塵；數百名婦女瑟縮車上，哀聲動天。

入城時，這群殺人狂舉劍高喊：「我等破獲賊窟，大勝而回。」城門下，梟首焚燒，火光沖天；女人、財物等「戰利品」，輾轉軍帳，遮掩夜幕，上演另一齣凌虐屠戮的午夜場。

如此暴行，人神共憤？問問洛陽城的冤死富豪就知道。

董卓以「囤積糧食，破壞國家財政」為由，將京城內的富豪全數逮捕，抄家充公，斬首示眾。牽連者不計其數，人們躲的躲、逃的逃，美麗的洛陽城淪為殘破的廢墟。

後來的遷都長安，董卓下令洛陽的百萬居民，全體搬遷。從洛陽到長安的大道上，擠滿人潮車流，餓死、病發、互相劫掠、彼此踐踏、毆鬥至死的百姓不計其數；沿路曝屍，遍野哀嚎，一幅活生生的煉獄圖景。

大臣們都想除掉董卓，只是苦無機會。越騎校尉伍孚，使出「荊軻刺秦王」的段子：在朝服內披小鎧、藏短刀，伺機動手。某日早朝，見董卓隻身上殿，伍孚曲意恭迎董相國，行至閣下，拔刀就刺——可惜被肥碩的董卓牢牢抓住雙腕，動彈不得；這時呂布一溜煙上前，三拳兩腳將伍孚撂倒在地，鼻孔噴血，嘴角濺紅。

董卓一腳踩在伍孚頭上，怒問：「誰唆使你反我？」

伍孚啐一口血，瞪目痛罵：「你非吾君，吾非爾臣，何反之有？你這老賊，罪惡盈天，人人得而誅之。我恨不得將你車裂，以謝天下！」

結果，伍孚變成比干，慘遭開膛、破腹、挖心。不過，這條硬漢從頭到腳、由裡而外、骨頭和嘴巴都硬：直到嚥氣前，一直罵不絕口。

伍孚的沖天豪氣，像引信，點燃漫漫惡夜的一線光明，也將引爆群雄並起、「王司徒巧使連環計」的新局。

七星寶刀

遠在渤海的袁紹，廣納賢達，集兵練卒，或者說，韜光養晦，只待天時一到，就要揮軍直取京師，肅清王室。

袁紹寫了封慷慨激昂的密信：「卓賊欺天廢主，人不忍言；而公恣其跋扈，如不聽聞，豈報國效忠之臣哉？」遣派親信交給司徒王允，請王允找忠臣舊部商議，如何裡應外合，聯手除掉董卓。

王允一籌莫展，只好假借「賤降」（過生日）名義，設宴後堂，邀公卿舊臣一敘。酒行數巡，這位司徒大人忽然掩面大哭，驚嚇了在場眾人。「司徒貴誕，何以傷悲？」王允說：「今天其實不是我的生日，用這個名堂請大家來，是為避開董卓的耳目。話說回來，那董賊欺主弄權，社稷傾危；你我苟且偷生，高祖皇帝誅秦滅楚創建的基業，怕是旦夕難保。我……我……怎能不哭？」

眾官聞言，也悲不自勝，抽抽答答、唏哩嘩啦起來。你一聲「愧對先皇」，我一句「萬死難辭」。

一陣大笑聲，震響偌大的廳堂，如砧鐵敲壁、寒鴉噪啼，分外刺耳。

誰這麼囂張？王允抹臉一看，原來是驍騎校尉曹操。

「滿朝公卿，夜哭到明，明哭到夜，你們準備用眼淚淹死董卓？」曹操邊笑邊撫掌。

王允怒喝：「你的祖宗老爸也是食君之祿，國家有難，你不思報國，反而取笑我們這些憂國老臣？」

曹操收斂了笑容，瞇起了雙眼：「我不是笑各位的憂國之心，而是笑你們的救國無計。操雖不才，倒有一方，可以斷賊頭，謝天下。」

「喔？孟德有何高見？」王允離開座席，趨近一問：「聽說董賊對孟德信任有加，多次交付重任，也常將孟德帶在身邊……」

「我之所以屈就在董賊身側，就是想找機會幹掉他。聽聞司徒有一口七星寶刀，削鐵如泥，可否借給不才，刺殺董卓？為此犧牲性命，我也在所不惜。」曹操拍拍胸脯，一副烈士模樣。

「好！太好了！孟德果真有心，此乃蒼生之幸。」王允命人斟酒，連敬曹操三大杯。

操刀？獻刀？

翌日，曹操身藏寶刀，來到相府。董卓坐於床上，呂布侍立一旁。曹操見狀暗忖：不成！憑我一人一刀，怎麼同時對付天下第一大力士和天下第一高手？董卓瞅著若有所思的曹操，問：「孟德為何來遲啊？」曹操謊稱：「馬羸行遲。」董卓喔了一聲，便叫呂布去為曹操選一匹西涼好馬。這時，曹操見屋內只剩董卓一人：你奶奶的！天賜良機啊！便要拔刀下手。但又擔心董卓身肥力大，砍他手腳就顧不得腦袋，一刀砍不斷腦袋，可能會被當場打趴……想著想著，不由得猶豫了起來。

還好，肥胖的董卓不耐久坐，倒身朝裡睡下。哇哈哈！背對敵人，空門大開，你這老賊，合該受死！曹操邊暗笑邊拔刀——不對！大象翻身，董卓動了動，就要轉過身來。曹操嚇得縮刀入鞘，吞笑入喉，險些嗆咳出聲。嗯，喔，嗚，呼……董卓發出聲聲震耳的……夢囈？打鼾？曹操躡手躡腳接近龐碩得好像千刀殺不死的董怪物，進一步，退一步；前一尺，董卓一動——抓抓後背搔搔屁股什麼的，曹操嚇得倒退三尺，仔細觀察彷彿睡死的董卓。

不知是豬投胎？還是熊轉世？竟有人類的鼾聲，可以震銅鏡，穿屏風，響徹房廳，迴旋雕梁，形成轟隆如雷如蛇蟒繞室的環場音效。小曹！莫等待！別耍賴！勝利不會從天上掉下來。此時不動手，難道要等月圓花好你娘子自己掀起蓋頭來？曹操搖搖頭，揮開心中顧忌、耳畔雜音，霍然拔刀，踱向董豬的臥榻——不對！那豬頭忽然一睜眼，從銅鏡裡照見舉刀欺近的曹校尉，目露凶光，一副要報殺父之仇的蠢相。

「你要幹什麼？」一骨碌翻身，董卓瞪著曹操問。

哎呀！一個急剎車——趕緊想，我要幹什麼？與此同時，呂布正牽著一匹黑馬來到門外。快！反應不夠快定要葬身此處。曹操反轉刀身，刀柄朝前，手握刀刃，兩腿順勢彎曲，身體跟著低斜，再來一個膝蓋小滑步，跪在董相國面前，雙掌捧寶刀，畢恭畢敬回話：「操無意間得到寶刀一口，特來獻給恩相。」

董卓接下一觀：刀長一尺多，七寶嵌飾，極其鋒利；隨手遞給呂布收了起來。

呂布冷冷一問：「觀孟德急轉變招的態勢，不似獻刀，倒像操刀。孟德以為呢？」

曹操面不改色，呵呵一笑：「操刀嘛……果真是操的刀哪！」

「來！隨我來相馬。」董卓打了口呵欠，帶曹操出來看馬。

曹操看都不看，立刻說：「好馬！可否借我試騎？」

董卓好像未生疑心，教人準備鞍轡。曹操千謝萬謝，氣定神閒牽馬出相府；四望無人，一躍上馬，快馬加鞭，往東南譙郡方向飛奔而去。

這不是曹阿瞞的「落跑初體驗」。據說，在他天不怕地不怕的少年時代，有一回藉著探望在京城當官的父親名義，擅闖皇宮，溜進大太監張讓的寢室，鬼鬼祟祟，一副要行刺張公公的模樣。「大膽狂徒，意欲為何？來人哪！給我拿下。」張讓發現曹阿瞞的行跡，大聲叫人，持槍帶劍的衛士從四面八方蜂擁而至。沒想到曹操不慌不忙，拿起身邊短戟，鏗鏗鏘鏘，和追兵從臥房打到廳堂，再從廳堂打到院牆，沒有人能「拿下」他。愈戰愈勇（或者該說，愈亢奮）的架勢，打得眾人節節敗退，甚至不敢接近他。最後，在張公公嗲聲嗲氣的呼嚷中，眾目睽睽下，輕鬆愜意翻牆逃走。

呂布望著一溜煙消失的黑色背影，皺眉說：「孩兒始終懷疑，那曹操是藉著『獻刀』

之名，意圖行刺。」

董卓揉揉惺忪睡眼，淡淡說：「我也有此看法。放心！他跑不了。」

後人有謂：跑得了和尚，跑不了廟。董卓命李儒前往曹府「傳喚」曹操，理由很簡單：曹操若來，「獻刀」之說姑且信之；如若不來，必是「意圖行刺」無疑。

結果呢，不但曹操本人不曾回府，而是直出東門，逃逸無蹤；他的一家妻小，包括嗜錢如命的老爸曹嵩，早已離開京城，不知去向。

李儒說：「看來那廝早有預謀，連家小退路都安排好了。枉費丞相如此重用他。」

董卓冷哼一聲，令發通緝文書，畫出人頭圖像，捉拏曹操。擒獻者，賞千金，封萬戶侯；窩藏者，與曹操同罪。

逃亡

於是，而立之年的曹操，展開了此生第一齣政治流亡戲。憑藉著他的處變不驚，以及，奉天承運，可以想見，這一路有驚無險；或者該說，有險無驚——不是凶險，是陰險。

後來，和部屬談及「此行凶險」，曹丞相說得激動又得意：「董卓那廝啊！粗蠻壯碩，但頭大無腦。想想他一手創造的亂局，所謂『董卓之亂』……」

那時，曹操的身邊，猛將如雲，謀士多如過江之鯽。真該有個人跳出來，諫他一言：「啟稟丞相，您的眼光應往前看，看誰？您瞧不起的人：惶惶如喪家之犬的劉備、黃口小兒孫權……」

曹操逃到中牟縣時，被守城的兵士認出擒住，押往縣衙。縣令陳宮是個憂國憂民、常嘆生不逢時的清官，問明因由後，感佩曹操的鴻鵠之志、「召天下諸侯興兵共誅董卓」之心，不但不拿他去領賞，還私放這名朝廷欽犯，甚至收拾盤費細軟，當夜就跟曹操「私奔」。

寧教我負天下人

俗話說：患難見真情。此語不假，但還有下一句：臨危見本性。

日夜兼程，走了三天，兩人來到成皋地界。

天色向晚，天空布滿血光和疑雲。曹操用馬鞭指著樹林深處，說：「林子裡有戶人家，主人姓呂，名伯奢，是家父的結義弟兄；咱們去借宿一晚，順便問問家中消息，如何？」

陳宮欣然同意：「好！當然好！」

二人策馬入林，來到一間草屋前，下馬，入門，見到呂伯奢。伯奢驚訝地問：「啊！

是賢姪！我聽說朝廷遍行文書，八方通緝你。令尊已避逃到陳留，你是如何來到這裡？」

曹操詳述事情經過，嘆了口氣：「若非陳縣令，我早已粉骨碎身。」

呂伯奢朝陳宮一拜：「啊！若無使君，小姪傾危，曹氏滅門矣。兩位寬懷安坐，如不嫌棄，今晚就下榻寒舍唄。」

呂伯奢起身，進入屋後，準備酒菜；過了許久才出來，一臉歉意地說：「家無好酒，請容老夫前往西村，沽一樽本地佳釀招待你們。」說完，急匆匆騎上驢子出門。

夜幕低垂，繁星眨眼；時間，在愈來愈促急的呼吸聲中，點滴流逝。

陳宮無聊四顧，曹操眉頭深鎖；兩人從酉時等到亥時。曹操不時起身，踱步，張望窗外、門口、影影幢幢的密林深處。

霍霍磨刀聲從屋後傳來，夾雜著細碎的私語。曹操兩耳豎起，壓低音量說：「其實啊！那呂伯奢非我至親、知交，幹嘛要幫我？此去偌久，著實可疑。咱們……去後面偷聽他們在搞些什麼？」

陳宮點點頭，便隨曹操潛步接近屋後廚房，隔著門板，聽見裡面有人說：「綁起來殺，怎麼樣？」

綁起來殺？你們以為我曹阿瞞會束手就擒？

又有個聲音說：「要用大刀宰？還是小刀殺？」

「你拿那麼大把刀，要殺誰呀？」

「對喔！先下手為強，趕快動手唄！」

曹操聽得眼歪嘴斜，轉頭，對陳宮說：「你聽見沒？先下手為強，晚下手遭殃。」拔劍破門而入，不問男女，不分老少，見人就殺，刷刷刷刷！好一手忘恩負義絕情劍法，刎頸，割喉，穿胸，破腹……一連殺死呂家八口，或者該說，不留活口。

「等等！」陳宮還來不及阻止殺紅了眼的曹操，轉眼之間，已是遍地屍骸。而曹操踹踹這個肚腿，探探那人鼻息；到處翻搜，在廚下搜出一隻被綑綁待宰的大豬公。

「哎呀！孟德多心，誤殺好人了。這要怎麼辦？」陳宮愣在當場。

「怎麼辦？趕緊走人囉！」曹操催陳宮出莊上馬，揚蹄夜奔。行不到二里路，遠遠看見呂伯奢的小毛驢，迎面而來：驢鞍前方掛著二瓶酒，伯奢兩手提著瓜果蔬菜；哼著小調，笑容可掬。

熱情的主人挪不出手，扯足嗓門大叫：「喂喂！別急著走哇！賢姪與使君為什麼這麼快離開？」

曹操一手握劍，刻意放淡語調：「戴罪之人，不敢久留。」

呂伯奢說：「我已吩咐家人殺豬招待你們。賢姪、使君不要怕，我那裡很安全，先跟我回去，飽餐一頓，睡個好覺，再走不遲。」

曹操不理他，繼續前行；走沒幾步，忽然拔劍回返，劍指伯奢後方，驚呼：「哎呀！來者何人？」

呂伯奢回頭一看——劍光一閃，血濺，顱斷，殘軀墜地；那落花般飛旋落土眼裡猶帶笑意的人頭，瞠目，張口，彷彿不明究竟，或者不敢置信，這齣發生在自己身上且將改變世界的微小插曲。

忘恩負義絕情劍最終式：斬草除根。

一旁的陳宮嘴張得更大，半晌說不出話來。直到曹操抹淨劍血，收劍入鞘，陳宮才回過神，怒問：「先前是誤殺，倒也罷了。你殺呂伯奢，又是為何？」

曹操瞇著丹鳳眼，用教育小孩的口吻說：「用你的腦子想想，那呂伯奢回家，撞見滅門血案，會不率眾來追殺我們？」

陳宮搖頭，大聲說：「不教而殺，謂之虐；而你孟德，知而故殺，大不義也。」

曹操斜眉，昂首，迸出那句流傳千古的曹氏名言：「寧教我負天下人，休教天下人負我。」

魔頭崛起

那夜，促急的馬蹄聲詰問衝撞的心跳；明月高掛，宛如沉默的證人。他們在數里外找到一間客店投宿，飽了肚，餵了馬，夜深，人定；咄咄逼人的心，卻始終不肯安靜。

曹操倒頭就睡，鼾聲隱隱。陳宮凝視著榻上之人，袒胸露腹，自在酣夢。而他這個棄官潛逃的前縣令，千絲萬縷，一顆心糾成亂線團；抖個不停的手，緩緩、緩緩抽出鞘中利劍……

如此野心狼子、狠戾小人，殺？不殺？殺了他，是為世間預除一害？還是阻斷一代豪雄登龍之階？

不殺，是為人間留下希望？或者，坐視魔頭崛起？

想我陳宮，何愁一官半職？只盼海晏河清；難受的是，識人不明，認賊為君……「還有哇！錯估形勢，無力回天。」什麼？誰在說話？搖搖頭，陳宮繼續窸窣碎語：再怎麼知白守黑，遵奉聖人之道——啊！儒家大道，亂世何用？能夠留給仁人志士、善良百姓一條活路？

董卓欺主弄權，敗壞朝綱，該不該殺？該殺！問題是，誰來殺他？像我這種苟且偷生的小輩？還是，可能比董卓更凶殘的未來霸主？

是曹操嗎？曹操羽翼未豐，魔性已現；一念生疑，就殺人滅口。日後坐大，對敵人、異己或反抗者，會採取什麼恐怖手段？

陳宮的疑慮並非無稽：後來，這位曹阿瞞「為報父仇」，何止抄家滅族，還屠城焚市，雞犬不留。

別急！往前看，再過些時日，風光顯赫的曹丞相，將博得「不念舊惡」、「至仁待人」的美名。

「至仁待人」是一名仙子，「至殘殺人」是一頭魔獸，兩者理應水火不容。問題是，在曹操身上，這一神一魔，竟詭異地共棲合體，無常翻變。

曹操啊曹操！你是神州大地善惡孿生的異胎？能滅蒼生也能救天下、聖潔與邪穢媾誕的矯龍？

有一個人，絕對能幫曹操作證：先後領教過曹操的「仁」與「殘」——他的名字叫做劉備。

劍尖抵住咽喉的瞬間，鼾聲中斷，臥榻之人翻了翻身——空間震盪，時流凝止；握劍的陳宮，熟睡的曹操，突然變成時間展場的蠟像、歷史迴廊的浮雕，一動不動，瞠望或夢見，自己也在其中的時代盛會。啊！數之不盡的時光碎片，像繁星那樣閃爍明滅，陳宮愕視著雷厲風行的曹都尉、殘酷嗜殺的曹孟德、知人善任的曹丞相、治國有方的魏王……或怒或喜或得意或悲傷或暴虐無道或正氣凜然的千萬個曹操，他該相信哪一個？等等！他還覷見血流漂櫓的官渡之役、烈焰沖天的赤壁之戰、倉皇敗逃的曹操大軍，以及，休養生息生機漸復的中原大地。那些碎片，輻散又聚攏，暴走且崩亂，正所謂「天下大勢，分久必合，合久必分」。時間的勢力範圍，又豈是「逝者如斯」一語所能道盡？

咕嚕嗚哇！殺！殺殺！連串囈語自曹操流涎的嘴角竄出，像游魚吐泡，晶透瑩亮，漫天漂浮，震碎了時空結界，也幫陳宮解封。如何？殺？不殺？劍鋒能和時間爭鋒？不對！我若斃了他，那些畫面從何而來？一劍刺下，萬一殺不了呢？陳宮的頭皮發麻了。如果未來發展已屬必然，殺或不殺，能夠改變什麼？

一念驚魂，陳宮竟又忽忽撞見未來一景：

「那陳宮拘泥小節，遇事猶豫，臨險退縮，難成大器也。」曹操的聲音。

「喔？但他曾意圖危害主公，您不追究，還打算放他一馬？」部將的提問。

「呵呵呵！」教人渾身起雞皮疙瘩的奸笑聲，「我還考慮請他出仕，賜他一官半爵。只是……」

「敢問主公，只是什麼？」

「有樣東西啊！食之無味，棄之可惜。」曹操話語一頓，像是在玩猜謎。

「雞肋？主公說他是雞肋？」另一人的聲音。陳宮當然不認得，那人是主簿楊修。

雞肋的故事，到了魏、蜀交戰期間，還會再演一次。

「主公大量，不念舊惡，堪為當世表率。」部將又問，「然而，當時那陳宮若真一劍刺下……？」

「那他就不會是雞肋。」曹操說得斬釘截鐵。

「不是雞肋，是什麼？」部將再問。

「死人。」

問津之三

「好一句『患難見真情，臨危見本性』。這『本性』，不到緊要關頭，還見不著真面目呢！」青衣文士猛點頭。

「只可惜，陳宮的真心，換來曹操的絕情；而曹操殘毒的本性，又扼殺了日後忠臣、良將對他的真情。」年輕書生輕搖羽扇，話鋒一轉：「話說回來，曹操從來不在乎真心或假意，他自己就是個真真假假、虛實莫測的人物。他的真，怎麼瞧都像是假面；他的假，往往出自某個千真萬確的企圖。難怪深思熟慮如先生你，也避不開……」

「有時候啊！大家都捉摸不透的人，才能做出人們想像不到的事。」青衣文士突然插播，打斷年輕書生的話。

「哈！若說那曹操『捉摸不透』，先生豈非鏡中花、水裡月，不但捉不到，想摸也摸不著？」年輕書生迸出一句不是恭維的恭維。

「豈敢！在下不才，哪比得上自比管仲、樂毅的閣下？」青衣文士毫不客氣，回贈檸檬一顆：「閣下雖隱居山野，號稱什麼龍的，對廟堂之事，猶能說三道四；天下大勢，想必也在指掌之間？」

「好說！好說！說到『隱』字，先生才是見首不見尾的『藏龍』。」年輕書生一抱拳，作拜服狀。

「怎麼說？」

「不才的小隱，只是隱於山野；先生的大隱，境界可高了，不但隱於市井，還能藏於劍下。假以時日，隱於官場朝廷，也非不可能。」

「喔？閣下的隱修之道，我倒是第一回聽說；後人有幸，當能力行體會箇中滋味。倒是說我『藏於劍下』，這……在下愚昧，願聞其詳。」青衣文士面無表情。

「先生年方弱冠，才名已動天下，被推舉為計掾。那時的曹操，派人召你到府中任職；而你似乎……不願屈居漢賊手下？不想過著提心吊膽隨時掉腦袋的生活？以『風痹病』為由，稱疾不出。曹操何等人物，一聽便知是推詞；為測試真偽，夜裡派人到府上『刺殺』先生，可有這回事？」

「是又怎樣？」青衣文士面色不改。

「人稱先生足智多謀，不才以為，處變不驚、慎謀能斷，方為先生強項。想那『刺客』一刀砍向床上裝病的你——換成別人，早就翻滾抵抗或起身逃跑。你卻能沉著不動，繼續擺出病懨懨等死模樣——因為你斷出那是『刺探』，不是『刺殺』，騙過了刺客，也教曹操拿你沒轍——雖然他洞悉了你的偽裝。」年輕書生話聲一頓，「只是……」

「只是？」青衣文士的臉部表情，終於出現細微變化：眼神忽閃，揚眉變成蹙眉。

「曹操後來逢人就說：『那年輕人不簡單啊！刀斧臨頭，不慌不亂，面不改色。還能讓呼吸如游絲、心跳像擂鼓、哀叫似病危；只差沒對我派去之人交待遺言。』瞧！你的心跳、呼吸、假呻吟，盡在曹丞相——喔！不對！那時還是曹司空——的『指掌之間』，不才敢說……」瞅著青衣文士愈來愈凝重的眉眼，年輕書生愈笑愈得意：「知先生者，莫若曹孟德。」

四種兵器錚鏦交響，
火花竄飛，
如英雄共舞，
金屬和鳴。

第三章

三英戰呂布

嶄新時代

一覺醒來，天濛亮，日將出，惡夜與美夢，皆已遠走。

白花花的嶄新世界，等待能者、豪雄為她彩妝。

霍然睜眼，曹操用眼角餘光掃視四周，確定沒有逼面快刀、破窗冷箭，露出個似笑非笑的笑容，一骨碌翻身而起。

沒有出聲喚人，不問同伴去向；對無故「失蹤」的陳宮，好像絲毫不放在心上。

正所謂「道不同，不相為謀」。陳宮不留，我還有陳留。來日狹路相逢或戰場見面，我可饒你不死，但僅限一次。

出發吧！我曹孟德的英雄之路。

陳留招兵

回到家鄉陳留，曹操與父親曹嵩會合，打算散盡家財，招募義兵。但養兵要錢，很大的一筆錢，曹家的家產恐怕不夠用。曹嵩想到當地的孝廉衛弘，為人豪爽，疏財仗義；最重要的，腰纏萬貫。父子倆置酒設筵，邀衛弘一敘，表明「消滅董賊，匡扶社稷」的決心。衛弘感動不已，慷慨解囊，協助曹操成立了第一支反抗軍。

曹操廣發假詔書給各路諸侯，請他們出兵共討董卓；同時招兵買馬，豎起一面白旗，上書「忠義」二字。才沒幾天，有心之人、報國志士，如蜂聚擁，似雨駢集。

精忠行義的大纛，迎風招展，為傾危的社稷燃起第一把火炬。

募兵期間，曹操得到英雄好漢、文才武將相挺，為日後霸業建立了堅強而壯大的班底。

文才方面，有樂進、李典等人投效，封為帳前吏。武將則有夏侯惇及其族弟夏侯淵，各領壯士千人，納入曹操麾下。夏侯兄弟其實也算是曹操的同宗弟兄，怎麼說？曹嵩本為夏侯氏之子，後來過繼給曹家，才改姓曹。一場招募，宛如尋親之旅，又像是「兄弟會」的創設大典：曹氏本門的曹仁、曹洪兄弟，也各率一千多人，前來援助。這兩位曹氏宗親，武藝高強，熟讀兵書，在接踵而來的大小戰役中，發揮了極為關鍵的作用。

諸侯會師

曹操的詔書雖假，討董檄文倒是寫得真情流露：

董卓欺天罔地，滅國弒君；穢亂宮禁，殘害生靈；狼戾不仁，罪惡充積！今奉天子密詔，大集義兵，誓欲掃清華夏，剿戮群凶。望興義師，共洩公憤；扶持王室，拯救黎民。

渤海太守袁紹率先響應，聚麾下文武，領兵三萬，與曹操會盟。各路諸侯也自四面八方湧至，揚言齊心為國，共襄盛舉。計有：後將軍南陽太守袁術、冀州刺史韓馥、豫州刺史孔伷、兗州刺史劉岱、河內太守王匡、陳留太守張邈、東郡太守喬瑁、山陽太守袁遺、濟北相鮑信、北海太守孔融、廣陵太守張超、徐州刺史陶謙、西涼太守馬騰、北平太守公孫瓚、上黨太守張楊、烏程侯長沙太守孫堅等十八路軍，少則一、二萬，多達三、五萬，朝洛陽而來；各軍安營下寨，連綿三百餘里。

咦？不對！先不算曹操的兵馬，怎麼撥數，都只有十七位刺史或太守，還有一路是誰？

天道之行

統領一萬五千名精兵的北平太守公孫瓚，路經德州平原縣時，遙見桑樹叢中，一面黃旗飄揚，數名騎兵來迎。公孫瓚定睛一看，原來是平原縣令劉玄德。說是聽聞大軍過境，特來奉候。其實呢，是劉備想搶搭「保衛社稷」的順風車。公孫瓚對劉備身邊的兩位「門神」頗感興趣，聽到兩人大破黃巾賊的事蹟，更是驚豔，急問：「他倆現居何職？」

劉備苦笑：「關羽為馬弓手，張飛為步弓手。」

公孫瓚頓足大嘆：「弓手？我看拱手讓我好了。如此埋沒英雄，天理何在？如今董卓作亂，天下諸侯準備聯手對付他。賢弟可願棄此卑官，一同討賊，力扶漢室？」

準備聯手？這事兒，準不能少我劉備。公孫瓚之邀，正中劉備下懷，二話不說，連行李都不必收拾——早就收拾好了，立馬帶領他的迷你小部隊，跟在公孫瓚的大軍後，朝洛陽城進發。

一路上，只聽見張飛在吱吱喳喳：「你們看！當初讓我一刀殺了董賊，不就啥鳥事也沒？」

劉備說：「三弟啊！事已至此，咱們只有盡人事，行天道，順民心；不教此生庸碌無為，了解嗎？」

劉備萬般渴望的「天道之行」，可是座縱橫棋錯的迷宮，也是亂線糾纏的歷史岔口。一波才動萬波隨。這一步踏出，風雲忽變，潮浪驟起；劉玄德和曹孟德的江山爭奪戰，正要揭開序幕呢。

武林盟主

豪雄猛將，八方雲集；旌旗獵獵，晴空萬里。

曹操殺豬宰牛，大會諸侯，共商進兵之策。河內太守王匡主張先選盟主，擔任兵馬總指揮。

曹操極力推薦袁紹：「袁本初家世顯赫，四世三公，門多故吏，又是漢朝名相之裔；盟主之尊，當之無愧。」

袁紹環左顧右，再三推辭。而在眾人力拱下，嘴上勉為其難，眼裡喜不自勝，登上大位。

翌日，築臺三層，插上五方旗幟，展列白旄黃鉞、兵符將印。袁盟主整衣佩劍，昂然登壇，焚香盟誓：

漢室不幸，皇綱失統。賊臣董卓，乘釁縱害……凡我同盟，齊心戮力，以致臣節，必無二志……

辭氣慷慨，天人皆感；含悲歃血，涕泗橫流。貓與耗子，同聲一哭。

禮成。袁紹下壇，升帳而坐，令長沙太守孫堅為先鋒，起兵攻打汜水關。南陽太守袁術負責調度糧草，供應各營。

戰火點燃。孫文臺披掛爛銀鎧，豪勇無匹；流星馬疾往丞相府，前線告急。

董卓召集眾將商議，一干佞臣一籌莫展，惶惶如鍋上螞蟻。溫侯呂布挺身而出：「父親勿慮。那些跳梁小丑，孩兒視之如草芥。願提虎狼之師，斬光他們腦袋，高懸都門。」

董卓開心大笑：「哈！我有奉先，高枕無憂——」

「憂」字還沒說完，呂布背後，傳來渾雄之聲：「『割雞焉用牛刀』？不勞溫侯親往。我華雄斬眾諸侯首級，易如探囊取物。」

華雄是誰？關西人氏，身長九尺，虎體狼腰，豹頭猿臂，猛不可當。

董卓樂不可支，封華雄為驍騎校尉，撥馬步軍五萬，率領李肅、胡軫、趙岑等將，星夜赴關迎敵。

各懷異心

十八路諸侯這邊，雖然「大集義兵」，但真能「戮力齊心」？

濟北相鮑信，擔心先鋒孫堅搶了頭功，暗中命胞弟鮑忠，率領三千馬步軍，搶在孫堅之前，抄小路，直抵汜水關叫陣。正好遇上華雄的五百鐵騎兵，兩軍交接，華雄手起刀落，將鮑忠斬於馬下。

捷報和鮑忠首級傳回相府，董卓大喜，立刻加封華雄為都督。

華雄陣營正要慶功，孫堅已率四大部將來到關前。分別是：程普，使一條鐵脊蛇矛；黃蓋，舞鐵鞭；韓當，揮一口大刀；祖茂，雙刀高手。華雄登上城樓一看，赫！那孫堅頭裹赤幘巾，騎著花鬃馬，馬背上橫放著古錠大刀，指著華雄怒罵：「助惡匹夫，何不早降！」

華雄派出副將胡軫和五千兵馬，出關迎戰。程普飛馬挺矛，殺向胡軫。不出數回合，蛇矛刺中對手咽喉，胡軫落馬而亡。

孫堅指揮軍馬殺至關前，關上箭矢、滾石如雨點般落下。眼見難以強攻，孫堅只好收兵暫退；一面派人向袁紹報捷，同時找袁術催討糧草。

有人向袁術建言：「孫堅是江東猛虎，若讓他攻破洛陽，殺掉董卓，就如同當初董卓進京，後門進狼也。此所謂『除狼而得虎』，對我們有什麼好處？反過來說，只要不給他糧草，軍心必潰，陣腳必亂。」

嗯，有理。袁術故意扣下糧草不發，孫堅陣營果然躁亂，士氣低落。華雄得到細作密報，與李肅兵分兩路，乘夜下關，偷襲孫營。孫堅措手不及，慌忙應敵；又遇到李肅的火攻，亂成一團。一場混戰，孫堅兵敗，死傷慘重，只有祖茂跟著主帥，突圍而走。背後華雄緊追不捨，孫堅回身，連放兩箭，都被華雄躲過。再射第三箭時，因用力過猛，折斷了鵲畫弓，只好縱馬狂奔。祖茂大叫：「主公頭上的赤幘巾太顯眼，請脫下給我戴，用來欺敵。」孫堅立刻拿下幘巾，交換祖茂的罩盔，分「頭」逃走。

祖茂的瞞天過海之計，果然奏效：大隊人馬像狗追骨頭，追著赤幘巾跑，孫堅得以從小路逃脫。祖茂還故意將頭巾掛在一處廢墟的庭柱上，自己潛入樹林躲藏。華雄大軍將廢墟團團包圍，飛箭亂射；這時，祖茂從林後殺出，揮動雙刀，想要將華雄劈成兩半。可惜，技不如人，氣力也差一大截；只見那華雄大喝一聲，熊腰一扭，將祖茂一刀砍於馬下。

祖茂捨身護主的消息傳來，讓孫堅傷感不已，星夜遣人通知袁紹戰況。袁盟主大驚失色，立刻召集眾諸侯商議：「沒想到孫文臺也會敗於華雄之手。該怎麼辦？」

眾人你看我，我看你，不發一語。袁紹舉目四望，發現公孫瓚背後站著三個人，容貌異常，氣態不凡，一直冷笑，很沒禮貌。盟主大人忍不住問：「公孫太守背後是何人啊？」

公孫瓚請劉備到座席前，大方介紹：「這位是平原人劉備，我自幼的同舍兄弟。」

一旁的曹操驚呼：「莫非是破黃巾賊的劉玄德？」

公孫瓚豎起大拇指，拍拍劉備胸膛，活像個產品發表會的主持人，大聲說：「正是劉、關、張三兄弟合力破賊，有這三位英雄，何愁亂不能平？而且，玄德先生乃中山靖王劉勝之後，漢景帝閣下玄孫……」

「喔！原來是漢室宗親、帝家之胄，劉先生請坐。」袁紹命人取了張座椅，讓劉備坐下——敬陪末座。

這時，探子來報：「華雄率領鐵騎精銳，用長竿挑著孫太守的赤幘巾，來寨前大罵叫陣。」

袁紹眉頭一皺，問：「誰敢迎戰？」

驍將俞涉向前一步：「小將願往。」

袁紹喜露眉梢：「好！若能取下那華雄首級，定有重賞。」

結果，袁盟主的笑意剛下眉頭，未上心頭，探子又報來：「俞涉與華雄戰不到三回合，就被斬了。」

「啊！」一陣驚呼，眾人愕然。只有曹操發現：那紅臉關雲長不只是嘴角冷笑，眼眸、面頰、額頭、下巴，甚至鼻孔噴出來的氣，都透著譏誚之意。

冀州刺史韓馥推派陣中愛將：「我有上將潘鳳，可斬華雄。」

這一回，探子回報得更快：「報！華雄只出三刀，潘鳳將軍就身首異處，一命歸西了。」

溫酒斬華雄

「什麼?」在座諸侯的表情，由大驚轉為失色。袁紹氣得拍椅子，怒道：「可惜我的上將顏良、文醜不在陣中，否則，區區華雄，何足懼哉?」

話沒說完，階下一人大聲請纓，聲如巨鐘：「在下願斬華雄頭，獻於帳下！」

誰呀?眾人的目光，聚焦在那人身上：身長九尺，髯鬚二尺；丹鳳眼，臥蠶眉；面如重棗，昂然立於帳前。

袁紹正要問：「你又是何方神聖?」

「戰場公關」公孫瓚趕忙拍拍關羽粗壯如巨樹幹的腰身，大力推薦：「此人是劉玄德之弟關羽，有萬夫不敵之勇，曾一刀斬殺賊將程遠……」

「喔！這樣啊！」袁紹問得漫不經心：「現居何職啊?」

公孫瓚答：「劉備身邊的馬弓手。」

袁紹怒喝：「馬弓手?你欺我陣中無大將?怎麼不乾脆派步弓手?」張飛正要表態：「俺就是——」袁盟主已忿然起身，大罵：「來人啊！將這大膽狂徒轟出去！」

曹操立馬上前緩頰：「本初息怒！此人敢出狂言，必有勇略，不妨讓他試試。如其不勝，責之未遲。」心想：袁本初，你這個笨蛋！關羽若無本事，那就是自己尋死，你又何必攔阻他？

袁紹皺眉，搖頭：「我們派出一介弓手，挑戰對方上將，成何體統？不怕被人取笑？」

曹操瞇起雙眼，乾笑一聲：「嘿！你瞧他虎背熊腰，儀表不俗；你不說，我不說，華雄怎麼知道他是弓手？」

這時，關羽挺胸，吐出豪語：「關羽願領軍令狀，如不能取華雄首級，就請斬下關某的腦袋。」

劉備伸手欲阻：「啊！二弟切莫——」

張飛卻在一旁鼓掌：「好哇！待二哥斬了華雄，就輪到俺去宰董卓。」

曹操立刻命人熱一盞酒，敬關羽：「來！喝了再上。」

關羽推開杯盞，嘴角一撇：「斬了再喝。」又補上一句：「待那華雄人頭落地，若酒已涼，關某願受軍法。」

大步出帳，飛身上馬，單刀指天，青龍偃月。關雲長直衝敵陣，衝進那咚隆的鼓響、喧噪的喊聲、各路諸侯的瞠目、方家論者的結舌……以及，流傳千古的詩、史：威鎮乾坤第一功，轅門畫鼓響咚咚……

天摧地塌，岳撼山崩，鸞鈴響處，馬到中軍。眾人皆問：勝負誰屬？

咕隆咕隆，一顆驚愕瞠眼的頭顱，睖著天地翻覆，不敢相信身首已離。袁紹不及回座，酒杯猶在曹操之手，但見關雲長提著華雄之頭，擲於地上，滾落帳前。

曹操偷偷以小指測酒溫，哎呀！還有些燙手呢！

虎牢關

華雄兵敗，震動京城。董卓急召李儒、呂布等心腹大將商議。

李儒又出狠招：「咱們失了上將華雄，我方力消，敵方勢長。那袁紹為賊軍盟主，其叔袁隗，現為太傅。倘若叔姪聯手，裡應外合，對丞相極為不利，可先剷除袁隗，杜絕內憂。」

「嗯，有理。」董卓命李傕、郭汜，領軍五百，將太傅袁隗家團團圍住，不分老幼，滿門抄斬。

同時發動二十萬大軍，兵分兩路：一路令李傕、郭汜，領兵五萬，據守汜水關，只守不攻；另一路由董卓親率十五萬主力軍，連同李儒、呂布、樊稠、張濟等愛將，固守虎牢關。當浩浩大軍捲起漫天塵沙，招喚了風雲，擺好了陣勢，董卓叫呂布帶領三萬軍馬，在關前紮寨，自己則在關上屯駐。

盟軍這邊也有因應之道：王匡、喬瑁、鮑信、袁遺、孔融、張楊、陶謙、公孫瓚等八路諸侯，各自起兵，赴關迎敵。曹操擔任即刻救援部隊大隊長，調兵遣將，支應四方。河內太守王匡的軍馬，率先殺到虎牢關，迎戰呂布的三千鐵騎——赫！又見那名凜凜威風的無敵戰神，傲然出陣：頭戴三叉束髮紫金冠，體掛西川紅錦百花袍，身披獸面吞頭連環鎧，腰繫勒甲玲瓏獅蠻帶。弓箭隨身，畫戟在手；坐下赤兔奔如雷、嘶如風。一夫當關，誰人可敵？

人中呂布，馬中赤兔

「唉！怕是當世無敵。」後來，烏煙瘴氣的軍機會議上，八路諸侯的共同感慨。

「果然是人中呂布，馬中赤兔！」公孫瓚也不得不讚嘆。

「人馬合一，疊屍無數。」孔融接著說。

「莫測人間兵棋步，先問人中擎天柱。」鮑信總結。

「這算什麼？」袁紹的抗議，「長他人志氣，滅自己威風。要不要繳械投降，求那董卓饒你不死？」

投降不至於，這八路諸侯，有點像追星的粉絲，恨不得幫那呂奉先組一支「無敵特攻啦啦隊」。

一旁的張飛也想起鬨：「怕他個鳥呂布！要不要你爺爺挺起那根——」被劉備以眼神阻止。

但張飛說的想的都沒錯，只差靈光一閃，來上一句：休話三姓淪家奴，先看三英戰呂布。

而在關前臨陣的瞬間，瞠望逼面森寒的方天畫戟，王匡忍不住回頭問：「誰敢出戰？」「我來！」河內名將方悅，縱馬挺鎗而出，攻向呂布；兩馬相交，鏗鏗鏘鏘，不出五回合，畫戟貫身，方悅慘亡。呂布一收一挺，又朝王匡直衝而來。匡軍大敗，四散奔走。呂布東西衝殺，如入無人之境。就在軍馬死傷殆盡，王匡危如累卵之際——塵揚風起，馬蹄錯響。「王太守！我來助你！」喬瑁、袁遺的部隊及時來援，三軍合擊，暫時逼退呂布。

呂布一人一戟，就殺得三路兵馬傷亡慘重。其他五路諸侯雖陸續趕來，卻是坐困軍帳，無計可施。

帳外小校呈報，呂布整軍後，又來叫陣。

怎麼辦？八路諸侯，一齊上馬。軍分八隊，環列高崗。遙望呂布的鐵騎精銳，鋒芒刺目，繡旗招颭。上黨太守張楊的部將穆順，出馬迎敵，被呂布一記狂戟舞殺起手式，刺於馬下。一陣驚呼中，北海太守孔融的部將武安國，鐵錘霍霍，飛馬而出。這位武先生比較持久，竟和呂布大戰十餘回合，才被一招迴龍逆斬砍斷手腕，棄錘逃走。

「哎呀！快救安國！」孔融可以讓梨，但絕不讓愛將肝腦塗地。他情急大叫，同時拍馬狂奔。八路軍兵齊出，你遮我擋，交叉掩護，連拖帶扛，總算救回武安國。

公孫瓚見狀，怒吼一聲，揮動長槊，親自出戰。只是，武功這玩意兒啊！全憑真刀真槍真本事，不是官位高、聲望隆或人氣足，就能克敵致勝。公孫太守哪裡擋得住變化萬千的方天畫戟？甫交手，就被打得倉皇敗走。潰敗之勢，猶如覆水難收。呂布縱馬急追，要知道，那赤兔馬日行千里，疾走如風；一陣促蹄響，眼看就要拍上公孫瓚的馬屁和馬腿。呂布高舉畫戟，準備後背通前胸，來個穿心刺——「喂！三姓家奴！」如雷吼聲，貫耳而來。一名黑臉將軍（其實是步弓手），圓睜環眼，倒豎虎鬚，挺丈八蛇矛，策馬大叫：「就是你！三姓家奴休走！燕人張飛在此！」

英雄共舞，金屬和鳴

呂布放掉公孫瓚，轉戰張飛。畫戟劈，蛇矛擋；蛇矛刺，畫戟撥。張飛精神抖擻，呂布戰志高昂；你來我往，互不相讓。兩人酣戰五十餘回合，竟然不分勝負。崗上眾人瞠著眼，張大嘴，說不出半句話。這時，關羽把馬一拍，加鞭揚蹄，揮舞八十二斤重的青龍偃月刀，和張飛聯手，夾攻呂布。二人決鬥有你死我活的纏綿；三馬廝殺，關張刀起矛落，呂布左砍右劈，戰成丁字陣形。戰到三十回合，還是扳不倒呂布。始終緊握著雙股劍的劉備也按捺不住了，催動黃鬃馬，闖進飛沙揚礫，直刺斜挑，卯力助戰。三個打一個，又如何？三人有三人的激情，四匹有四匹特有的狂烈。刀、劍、矛燦爛奪目，輝耀日、月、星；方天畫戟破空穿雲，攪動丹青，在天際劃下一道彗尾。

四種兵器錚鏦交響，火花竄飛，如英雄共舞，金屬和鳴。丁字兒轉成走馬燈。分進合擊，征擋輪替；馬蹄到處，鬼驚神嚎。會須一飲三百杯，會戰怎堪三百回？這場車輪大戰，讓地球快轉，也教哀哀歷史加速翻轉。搶攻、急攻、輪番猛攻，三英終究未竟全功；午時、未時、鏖戰多時，溫侯也有力窮之時。我消敵長，威風漸成下風；山崗上觀眾，刀槍閃閃，齊聲吶喊，為三英掠陣。呂布心知拖戰不利，使出一招攻其不「備」：朝劉備臉上虛刺一戟，趁劉備閃躲的空檔，蕩開陣角，倒拖畫戟，拉馬往回急奔。

「呂布逃了！別放他走！」八路大軍擂鼓吼叫，四野兵馬揮旗衝鋒，殺聲震天動地。劉、關、張當然不肯輕放，緊追呂布軍馬，直奔虎牢關。

張飛看見關上一面青羅傘蓋，隨風飄動，大叫：「哈！董卓必然在此！追呂布有個鳥用？不如拿下董賊，斬草除根。」

可惜，箭矢、落石如瀑如雨，防線又固若金湯；盟軍前進不得，只好先行退回。

這一戰，雖未能誅董卓、擒呂布，卻打響了劉、關、張三兄弟的名號。

遷都長安

呂布兵敗，董卓陣營士氣低落。滿肚子壞水的李儒，獻上一策：「近日街市傳唱一曲童謠：『西頭一個漢，東頭一個漢。鹿走入長安，方可無斯難。』臣思此言，『西頭一個漢』，乃應高祖旺於西都長安，傳一十二帝；『東頭一個漢』，是指光武興於東都洛陽，也傳了一十二帝。而今，天命有歸，周而復始，丞相遷回長安的時候到了。」

董卓聞言大喜：「好！咱們這就星夜趕回洛陽，商議遷都事宜。」

數日後，朝堂之上，文武百官在列，董卓宣布：「漢東都洛陽，二百餘年，氣數已衰。我夜觀天象，發現王氣臨降長安，此乃重回舊都之兆。近日內，我將奉駕西幸。各位大人，你們也要早些準備。」

司徒楊彪極力勸阻：「丞相萬萬不可！關中殘破零落，何以成都？如今無故捐宗廟，棄皇陵，恐驚動百姓，釀生不安。」

太尉黃琬進言：「昔日王莽篡逆，將長安燒成一片瓦礫；如今丞相棄宮室而就荒地，實非治國之道。」

司徒荀爽也投下反對票：「執意遷都，將造成天下動盪，人民流離失所。請丞相三思。」

董卓氣得大罵：「我為天下計，不要跟我扯那些升斗小民的死活。」

結果呢，楊彪、黃琬、荀爽被罷免官職，貶為庶民。這下子，再沒有人敢忤逆董卓了吧？沒想到董卓一出宮門，又跑來兩個「冒死力諫」的傢伙：尚書周毖、城門校尉伍瓊。

「冒死」是不是？那就黃泉路上對閻羅王說吧！董卓一怒之下，命武士將這兩人推出都門斬首。從此，遷都大計再無雜音。

但，百姓的苦難正要揭開序曲。

李儒的賤招再出：「此事勞師動眾，耗費龐大，但錢糧短缺，難以成行。我看哪！洛陽富戶極多，金山銀海取之不盡，用之不竭；不如請他們……嘿嘿嘿！共體時艱，相忍為國。」

「要是不從呢？」董卓問。

「那就安他們個『囤積糧食，破壞國家財政』、『圖謀造反』的罪名……」李儒搓著手，抖著腿，得意至極。

於是，五千鐵騎，揚起鐵蹄，踐踏奄奄一息如垂暮老者的洛陽城。那是一場無罪問斬、抄家滅族的整肅行動：數以千計的洛陽富豪，身穿囚衣，頭上插著「反臣逆黨」的旗幟，跪在都門外，茫然望天，瑟瑟顫抖。然後呢，手起刀落，遍地人頭；闔家大小，雞犬不留。

噴灑的鮮血、迴盪不絕的哀嚎，像破體取出的明珠，照亮董卓及其親信黨羽貪婪、嗜血的眼瞳。

遷都之日，是四百年大漢歷史最沉重的一頁，後代詩人白居易的名句「骨肉流離道路中」也難以「道」盡的煉獄圖景。

董卓下令洛陽的百萬居民，全體搬遷。一隊官兵押送一隊百姓，日夜催逼，風雨兼程。走不動的，迫令爬行；爬不動的，當場格殺。從洛陽到長安的大道上，擠滿人潮車流，餓死、病發、互相劫掠、彼此踐踏、毆鬥至死的人民不計其數。董卓又縱容軍士欺壓百姓：淫人妻女，奪人糧食，或有意虐殺，或無故施暴。老天有眼，化作空拍，將目睹沿路曝屍、溝壑填殍、山河啜泣、遍野哀嚎的慘狀。

臨行前，先來一齣焦土大戲：一把火燒盡宗廟宮府、民房庭院，讓原本美麗的洛陽城，化為廢墟。又命士兵毀皇陵、挖墓寶，將地面以上和以下的財物，搜刮一空；裝滿金銀財寶的輜車，多達數千輛，輾過百姓的屍骨，昂揚離京。董卓的「財產」，不只如此，還包括被他挾持的天子、后妃、大小官員……那條百孔千瘡的官道，熠熠閃閃，浩浩蕩蕩，是死亡的蟒舞、流徙的眾生，是新鬼煩冤舊鬼哭的血肉長城。

屯駐廢墟

董卓西進的消息傳出，汜水關自動棄守，孫堅驅兵直下，隨即飛奔洛陽。問題是，這一路上，火焰沖天、黑塵鋪地，方圓二、三百里內，不見雞犬人煙。孫堅沿途救火，卻救不了變色的江山、變調的史詩。各路諸侯紛紛趕至，無屋可棲，只能在荒地上屯駐軍馬。

曹操見到袁紹，劈頭就問：「董賊西逃，馬亂兵慌，正可乘勢追襲，本初為何按兵不動？」

袁紹說：「大戰方歇，諸侯兵疲馬困，追之無益。」

曹操試著遊說諸侯：「董賊焚燒宮室，劫遷天子，海內震動，不知所歸；此天亡之時也，一戰而能定天下，諸公為何疑而不進？」

得到的答覆，不是「稍安勿躁」，就是「不可輕動」。

曹操見這些人目光短淺，不能成大事，大罵一句：「豎子不足與謀！」便獨自帶領夏侯惇、夏侯淵、曹仁、曹洪、李典、樂進等部將，和一萬多名兵馬，追趕董卓。

兵敗滎陽

董卓的人馬來到滎陽，太守徐榮率領官員前來接駕。李儒為防阻追兵，布下「引君入甕」之計：由徐榮率軍，埋伏滎陽城外山塢；若有兵追來，先行放過；讓敵軍深入我境，待我方將之擊退，再從後路截圍掩殺。正所謂，甕中捉鱉，教你來得，去不得！

「好計！」為求一擊得逞，董卓將「斷後」的重任交給呂布。

果不其然，曹操的兵馬順利通過伏軍的「放行」，直接對上呂布的精銳。一陣廝殺，曹將夏侯惇敵不過呂布的強攻，飛馬回陣；左、右兩側又見李傕、郭汜的人馬殺來，三軍合攻，勢不可當。曹軍潰散敗走，退至一處山腳下。時約二更，月明如晝，正要聚集殘兵，埋鍋造飯，四周喊聲忽起，徐榮的伏兵殺到。

曹操慌忙策馬，奪路奔逃；不料正面對上徐榮，轉身落跑。徐榮搭箭，一箭射出，正中曹操肩膀。曹操帶箭逃命，踅過山坡，又遇「伏卒」：兩名小兵藏在茂草中，蓄勢待發，看見曹操的坐騎奔來，二槍齊射，那戰馬中槍而倒。曹操翻身落地，被二卒當場擒住，興奮大叫：「抓到了！抓到了！我們就──」這時，天降神兵，曹操的大將曹洪飛馬而來，一刀起，兩頭落，滾地相撞，咕隆一聲，兩名小兵的四隻大眼互望，嘴裡還在嚷著：「我們就可以，就可以，就可以……」

曹洪下馬，要讓給曹操騎，自己步行跟隨。曹操反手搭上曹洪肘臂，急問：「賊兵趕上，你要怎麼辦？」

曹洪一抱拳，說得慷慨激昂：「天下可以無洪，不可無公。」

曹操的臉上，出現此生罕見的感動表情，顫聲說：「我若逃過此劫，全憑將軍仗義。」

隨即，曹洪攙扶曹操上馬，自己脫去衣甲，拖刀跟馬而行。走著走著，忽見前方橫著一條大河，後面喊聲漸近。曹操大嘆一聲：「天亡我也！」曹洪趕緊扶操下馬，卸去曹操的袍鎧，揹著主公渡水。還沒到岸，追兵已至；搭弓拉弦，隔水放箭。漫天箭矢凌空而降，像蝗軍過境、暴雨斜飛……

刮骨剜心

很多年後，長大的曹丕問曹操：「父相南征北討，馳騁稱雄，哪一場戰役，最教父相刻骨銘心？」

「你說的是刮骨剜心吧？」曹操瞇眼，撚鬚，淡淡反問：「丕兒以為呢？」

「這……」曹丕遲疑著，不敢說出「赤壁之戰」。

「你想說『赤壁之戰』?」曹操的小眼珠，像暗室裡乍亮的燈炬，卻笑著說：「呵呵！非也！飛也！」

「嗄?孩兒愚昧……」曹丕的頭壓得更低了。

赤壁之敗算什麼?不過是煮熟的鴨子飛走了。天不絕我，江山終究盡入我手。想那滎陽江畔，寶馬戰死，左肩中箭；拖命涉水，追兵在後。兒啊！那一遭山窮水盡，你的父親，還是個熱血青壯年哪！沒想過龍圖霸業，沒玩夠別人老婆；為了救皇帝、振朝綱，一腔傻勁，奮不顧身。怎麼竟面臨大魔王窮途末路的窘境?那該是董卓才配享有的待遇。那一刻，為父幡然醒悟，獨力不能回天，但隻手可以遮天。

殺人放火金腰帶，修橋補路無屍骸。

「父親！父親！」曹丕的喚聲，是急流中的套繩，將曹操牽回現實。

「嗯?你說什麼?」

「父親神機妙算，孩兒愚昧不懂，請父親明示。」曹丕跪地請教。

曹操睖著十數名兒子中，最像自己的曹丕，又瞇起了眼睛，話鋒突轉：「你說為父『馳騁稱雄』，可知，父親為什麼不稱帝?」

梟雄降生

利鏃逼面，生死擦肩；毫釐之間，魂飛魄散。飛箭洩勁，紛紛落水，激起串串水花。水珠凝成冰花，冰氣消散，又潑出一幕水墨江山，一個尚未成形的蛟龍身影。

是幫英雄送行？是為梟雄接生？

天微明，又拖走三十餘里，好不容易在一座土崗下歇息，大氣來不及喘一下，喊聲又起，一彪兵士紅著眼掄著刀殺來——緊咬不放的徐榮人馬，從上流繞道，渡河襲擊。曹操愣在當場，慌忙無措間，上蒼又施援手：夏侯惇、夏侯淵率領十數名騎兵「飛到」現場，大喝：「大膽徐榮，敢傷吾主？」徐榮提刀，轉攻夏侯惇，夏挺鎗迎戰；交手不過數回合，徐榮慘叫一聲，摔落馬下，當場斃命。剩下的殘兵餘勇，嚇得四散奔逃。

隨後曹仁、李典、樂進等兵馬陸續趕來。見了曹操，憂喜交集，又哭又笑。曹仁激動得抱緊曹操，不停地說：「主公！沒事就好！沒事就好！」

算算，這回出兵，一萬人去，五百人回，是曹操嶄露頭角以來，首嘗敗績，而且是險些丟掉性命的慘敗。

「唉！所謂『八路諸侯』，不可輕信。主公！咱們得另起爐灶，圖謀大計。」李典望著眼前一干傷兵，一群同生共死的兄弟，不由心生感慨。

曹操咬牙，點頭，整軍——回返，也是再出發。惡狠狠的眼光，掃視烽煙的大地、灰霾的天空，暗自嘟囔：「天哪！你不亡我，休怪我來收天。」

同一時間，洛陽城內，滿目灰燼、到處瓦礫不說，另一波看不見的「崩解」，正鬼鬼祟祟降臨。

傳國玉璽

率先入京的孫堅部隊，屯紮在漢宮建章殿的殘垣斷柱之上。這一夜，星月交輝，萬里無雲；孫堅按劍，露坐石階，仰觀天文。但見紫微垣中白氣漫漫，忍不住喟嘆：「帝星晦暗，賊臣亂國，萬民塗炭，唉！」想著想著，潸然淚下。

這時，士兵來報：「建章殿南邊的一口枯井中，冒出五色毫光。」

「有這種事？」部將程普說，「難道是天示異兆？」

孫堅命軍士燃點火把，下井打撈，撈起一具宮女屍首。雖然已死了很久，但屍體不腐不爛，臉色紅潤，膚如凝脂；脖子上還繫著一個錦囊。孫堅叫人取下錦囊，裡面有個朱紅色小匣，用金鎖鎖著。打開一看，竟是一枚四寸見方的玉璽，鐫著五龍交扭的圖案。旁缺一角，用黃金鑲補；乍看之下，忽忽閃過一抹異芒，像飛龍裂天、燭龍睜眼。正面篆刻八個大字：「受命於天，既壽永昌。」

「這……難道是？」孫堅張大嘴，一臉不敢置信。

「傳國玉璽。」見識淵博的程普，娓娓解說箇中曲折：

很久很久以前，楚人卞和在荊山之下看見一隻七彩鳳凰棲息於大石上，直覺事不尋常，將大石進獻給楚文王。文王命人解開石封，赫見璞玉。秦二十六年，始皇叫玉匠將璞玉雕琢為璽，上面的八字篆文，就是出自秦相李斯的手筆。後來秦王子嬰歸降，玉璽也歸於高祖，成為大漢的傳國之寶。直到王莽篡位，向孝元太后索討玉璽，太后一怒，將國寶擲於地上，摔崩了一角。光武皇帝中興漢室，在宜陽尋回此寶，傳位至今。聽說不久前十常侍作亂，劫持少帝出逃北邙山，慌亂之間，沒人留意此物的下落；再回宮時，已遍尋不著這傳國玉璽。

嗯，孫堅頻頻點頭，但也有些疑惑：這不就是「和氏璧」的傳說？卞和最初是獻給楚厲王，被不長眼的玉工鑒定為普通石頭，厲王一怒，以「欺君」罪名砍掉他的左腳；後來武王即位，卞和再獻，又被砍掉了右腳。等到文王即位，卞和抱玉石到荊山下大哭三天三夜，有沒有哭出一隻七彩鳳凰呢？或者，那七彩鳳凰是在暗喻識貨的楚文王……

算了！算了！這些都不是重點，重要的是——

「天下無主，有『得』者居之。如今『璽』從天降——」程普話語一頓，擺出一副天機不可洩漏的神情。

「你是指？」孫堅豎起了耳朵。

「要得天下，先得民心；欲知天意，先得玉璽。」程普壓低音量，「此乃主公位登九五之兆。」

孫堅愣了半晌，緊抿的唇線，漸漸揚起一個幾乎看不出來的坡度。

見孫堅不語，程普再進一言：「此處不可久留，我們應該火速回到江東，綢繆大計。」

「先生之言，正合我意。明天我就託病去向袁紹辭行。」兩人商議好了，又密諭知道此事的軍士，不得洩漏消息。

皇權爭奪戰

雞蛋再密也有縫。消息，總是不脛而走。

孫堅部隊裡，有一位袁紹的同鄉，為求進身之階，夜奔紹營，向袁盟主告密。

翌日，孫堅前來辭別。袁紹冷笑著戳破孫堅的謊言：「孫太守生什麼病啊？是『害璽』嗎？」

「害喜？」孫堅沒聽懂。

「可不是！」袁盟主怒瞪江東猛虎，譏諷連發：「心懷鬼胎，名為『玉璽』，不是狼子野心，意圖篡逆，是什麼？」

孫堅矢口否認：「絕無此事！袁盟主從哪兒聽來的假消息？」

「喔？那麼，建章殿井中撈起之物，又是什麼？」袁紹繼續逼問。

「本來無一物，何苦強相逼？」孫堅當然裝傻。

「趕快拿出來，交給我保管，日後歸還朝廷，孫太守可免招禍端。」袁紹向前一步，一副不肯善罷干休的模樣。

「我如果得到玉璽，私自藏匿，就讓老天罰我不得善終，死於刀箭之下。」孫堅一手指天，發出了毒誓。

各路諸侯見狀，趕緊緩頰：「文臺敢立此誓，料想『絕無此事』。」

這時，袁紹請出了告密者，尖聲說：「是嗎？這位小兵的『證詞』，可是大大不同。」

孫堅大怒，拔出佩劍，要斬殺那名軍士。袁紹也拔劍橫擋：「你斬我的人，就是騎在我頭上。」袁紹背後的顏良、文醜也都寶劍出鞘，怒目冷眉；孫堅那方的程普、黃蓋、韓當亦掣刀在手，準備開幹。好一幅劍拔弩張、一觸即發的火爆場面。

「哎呀！不要衝動！有話好說！」「既為同盟，最忌內鬥。」各路諸侯齊聲勸架。

孫堅隨即上馬回營，率領全軍離洛陽而去。袁紹怎麼反應？修書一封，差心腹連夜趕往荊州，交給刺史劉表。做什麼？半路截擊，搶奪玉璽。

聯盟瓦解

國賊未除，「英雄內戰」的戲碼已搶著上檔？

與此同時，兵敗而回的曹操，雖被袁紹設宴安撫，仍氣沖沖開罵：「當初我興兵舉義，為國除賊。諸公仗義而來，為何不能堅持到底……」

曹操最初的擘畫：袁紹領河內之眾，臨孟津、酸棗；諸將固守成皋，據廒倉，屯兵轘轅、大谷，制其險要。再率南陽之軍，駐丹析，入武關，以震三輔。這些地方，都掘深溝，築高壘，不輕易興戰，卻教董卓腹背頭尾皆受敵；可說是以順誅逆，形勢大好。

「結果呢？諸位遲疑不進，錯失良機，教百姓大失所望，我也愧對天下人。」慨當以慷，憂思難忘。曹操大口大口借酒澆愁，一腔不平，怎麼也澆不熄。

眾人你看我，我看你，無詞以對，猛灌悶酒。

曹操看出諸侯們各懷異心，不能成事，率領殘存兵馬，前往揚州，另起爐灶。

公孫瓚也感到不對勁，召集劉、關、張和各部將，鄭重宣布：「袁紹無能無為，日久生變。我們還是北歸吧！」諸侯們也四分五裂，紛紛拔寨離去。這段期間，還發生兗州太守劉岱，向東郡太守喬瑁借糧不成，劉岱趁夜突襲、殺死喬瑁的慘案。

袁紹呢？見眾人作鳥獸散，也帶兵離開京城，前進關東。

問津之四

「不才曾問，在先生眼中，天意為何？說完了玉璽故事，先生的想法，可有改變？」年輕書生話題再轉，偏頭一問。

「又要問我？你何不直接問天：天哪！我這頭潛龍、藏龍、臥龍、睡龍兼夢龍，何時遇見真龍？」青衣文士嘲諷一笑。

「哪裡！哪裡比得上先生的……伴君如伴虎？」年輕書生也語帶機鋒，毫不相讓。

「豈敢！我知閣下日憂天下，夜觀天象，盱衡天時，心中早有一幅天機輿圖了吧？」

「其實，『天意』很簡單：民之所好而好之，民之所惡而惡之。順民心，應公理，行天道，如此而已。」年輕書生雙手抱拳，仰天一拜。

「你說的是『王道』。天吃不吃這一套，沒人知道。」青衣文士揮揮手，滿臉不以為然。

「喔？怎麼說？」

「哈！還要怎麼說？堯、舜、禹、湯、文、武、孔、孟以降，不都是你們這些迂儒在說？」青衣文士大袖一揮，迎著勁風，獵獵作響：「豈不聞，天籟玄妙，天威難測；風雲不測，禍福旦夕。有人勞心勞力，只換來勞民傷財一場空；你『做牛做馬』，卻比不上他人作威作福搶收成。那麼，何謂天理昭彰？天命，究竟誰屬？」

「先生同意了『事在人為』？」年輕書生的目光，投向波光粼粼的江面。

「而勢，也在人為。」青衣文士突然壓低音量。

「勢，如何為之？」年輕書生聽懂了。

「聯盟解散，勢在必然；袁紹暴起，勢焰傾天。文臺匿璽，蓄勢待發；曹操以退為進，等待勢轉。劉備養軍修武，靜觀局勢。誰來造勢？誰先去勢？盤根錯節各方勢力的競逐，牽一髮而動全身。好看哪！誰滅了誰，誰又背叛誰？是過去十年來劣者從不錯過的好戲啊！」青衣文士輕撫頦下短髭，面露賊笑：「只是啊……」

「如何？」

「誓在，人也危。」青衣文士瞟了年輕書生一眼，見對方微笑不語，接著說：「人哪！可以負心，不能欺天；虛情假意的咒誓，不宜輕易說出口。」

「喔？先生是在惋惜那藏璽招禍的孫文臺？」年輕書生目露好奇。

「可不是！孫堅戰死，袁紹竊喜，董卓鬆了一口氣；曹孟德的未來霸業，也少了一名可敬的對手……」青衣文士搖頭晃腦，分析局勢。

「這一點，先生就過慮了。」年輕書生又搖起了羽扇。

「喔？」輪到青衣文士目露驚訝。

「虎父無犬子。何況，江東人傑地靈，物產豐饒；青年才俊多如過江之鯽。」

「你是說，英雄出少年？」

「可不是！」年輕書生模仿青衣文士的口吻，「說到少年英雄，先生先想到誰？」

「嗯……孫堅短命，其子孫策有乃父之風，可惜也是命短。」

「次子孫權呢？」年輕書生又問。

「黃口小兒，不足掛齒！先不說逐鹿中原，能不能保住江東，偏安一隅，猶在未定之天呢！」青衣文士撇撇嘴。

「哈哈哈！先生固然老成，論年紀，不也是未至而立的『年輕人』？這麼瞧不起『少年』？」年輕書生揚眉大笑。

「少年如何英雄？舉個例子，我洗耳恭聽。」青衣文士斜著頭，伸出右手小指，摳挖耳道。

「這個嘛……」年輕書生曼聲沉吟，「雲長驍勇，斬華雄一戰成名。」

「不成！不成！關羽斬華雄時，比現在這個『老成』的我還老，早就超齡了。不算！」

青衣文士猛搖頭。

「西涼馬超名動八方時，只有十七歲……」年輕書生又丟出一條魚。

「不成！」可惜貓兒不上當，還反將一軍：「馬超的武藝不差，但還看不出英雄模樣，也沒有驚人事蹟可供流傳。也許，那馬兒的精彩故事，等著你這名智多星來點化——」

「啊！不才想到一人。」年輕書生打斷青衣文士的「預言」。

「何人？」青衣文士也在動腦筋。

「身高八尺，姿顏雄偉，常山猛將，白馬縱橫。」羽扇搖風，遍地落葉竟旋飛而起，盤繞空中。

「喔？咱們想到的，會是同一人？」青衣文士的眼睛亮了起來。

英雄所見略同。智者所思呢？

兩人同時開口：「常山趙子龍。」

那少年不追不趕，
挺腰臨風，昂首四顧；
那身影，那姿態，
有如擎天巨樹。

第四章

常山趙子龍

懷璽其罪

俗話說，匹夫無罪，懷璧其罪。懷璧尚且有罪，何況懷璽？璽者，喜也？得玉璽者得天下？或者，所謂「天下」，才是王者貨真價實的「欲」和「喜」？

孫堅的返鄉路，以及未來的登輝大道，果然遙遙迢迢，而且凶險重重。

荊州刺史劉表看了袁紹的密函，立刻命令蒯越、蔡瑁率領一萬兵馬，在半路截擊孫堅。蔡瑁一馬當先，攔住孫堅人馬大叫：「大膽狂徒！交出玉璽，保你性命無憂。」

「你才是狂徒，憑什麼擋我？」孫堅一聲令下，全軍向前衝殺。

孫營大將黃蓋連劈帶砍，逼退蔡瑁。大軍剛衝過界口，忽聞山後金鼓齊鳴——劉表親自領軍而來。

孫堅雙手抱拳，馬上施禮：「景升為何誤信袁紹說法，逼壓你的鄰居？」

劉表冷哼一聲：「你匿藏傳國玉璽，欲造反嗎？」

「我若有此物，就讓老天罰我：死於刀箭之下！」衝動的「江東猛虎」又在亂發毒誓。

劉表說：「你若要我相信，就讓我搜查隨軍行李，怎麼樣？」

「欺人太甚！」孫堅大怒，拔劍就攻，劉表反而步步後退。孫堅不假思索，縱馬追去。只是，一進隘口，兩山後方，伏兵齊出；背後蔡瑁、蒯越又包抄而來，將孫堅困在垓心。一場奪璽大戰轟轟烈烈展開：劉表人多勢眾，孫堅以一擋十；圍兵層層湧至，孤軍寸步難行，折損大半。幸賴程普、黃蓋、韓當三將死守中軍，奮勇殺敵，終於殺出一條血路，狼狽回到江東。

不用說，孫堅與劉表，從此結怨，也埋下另一齣戰禍的伏筆。

謀糧陰招

屯兵河內的袁紹，缺少糧草，數十萬大軍飢餓難熬，士氣低落。冀州牧韓馥，好心送糧，卻被當作肥羊。

俗話說，吃人一口，還人一斗。不過，袁紹陣營相信另一句話：吃人一斗，還人一刀。俗話說，吃人的嘴軟。偏偏，袁紹這人……吃人的嘴硬。他的謀士逢紀，深明主公心思，趁機獻上奸計：「大丈夫縱橫天下，怎麼可以等待別人的施捨？冀州是錢多糧盛之地，將軍想不想拿下，供應我軍之需？」

「想哪！你有何妙策？」袁紹瞪大了眼珠。

「嘿嘿嘿！」逢紀附在袁紹耳邊，一陣嘰嘰咕咕：「主公！如此如此，這般這般……」

笑了。袁紹綻露的唇齒，彎揚得意，像一把刀。

背信嫁禍

於是，一齣陰謀密戰分路進行：袁紹發信給公孫瓚，邀他「夾攻冀州，平分其地」；公孫瓚喜出望外，立刻興兵配合。另一方面，袁紹又派人密報韓馥：「公孫瓚大軍正長驅而下，準備奪取冀州。」

韓馥嚇得不知所措。麾下謀士荀諶建議：「將軍何不請袁軍入駐，共治州事。以袁紹豪情重義，必厚待將軍，如此一來，就不必畏懼那公孫瓚。」

但長史耿武持不同看法：「袁紹孤客窮軍，仰我鼻息，有如嬰兒在股掌之上，斷其乳哺，立刻餓死。為何要將州事交付他手？此舉無異『引虎入羊群』，我們是在自找死路。」

可惜，苦口勸諫，韓馥不聽。耿武感嘆不已：「袁紹擺明虎狼之心，我們偏中虎狼之計。唉！冀州完了！」

果不其然，袁紹登堂入室後，拿兵權，奪政權，將韓馥架空：安排自己的心腹，田豐、沮授、許攸、逢紀等人分掌州事，只給韓馥一個有名無實的封號：奮威將軍。

如何奮起？怎麼威風？將軍一夢，四大皆空。

心知受騙，萬念俱灰，韓馥拋家棄小，單槍匹馬投奔陳留太守張邈去了。

袁紹的詭計得逞，公孫瓚哪裡肯善罷干休？遣弟公孫越前來討地。袁紹一面勸哄公孫越：「沒問題！請令兄親自跑一趟，我和他當面談。」一面派人埋伏路上，假意高喊：「我們是董丞相的家將。」然後亂箭射死公孫越，又故意留幾個活口回去通風報信。

消息傳回，公孫瓚當然不上當，緊握雙拳，怒不可遏：「如此狠毒的居心，如此卑劣的手段。是可忍，孰不可忍！」立馬發動大軍，兵進冀州，要和袁紹決一死戰。

少年將軍

二軍在磐河兩岸對峙。紹軍位於橋東，瓚軍立於橋西。公孫瓚一馬上橋，大罵：「背信之徒，為何出賣我？」

袁紹也策馬至橋邊，聳聳肩，回說：「韓馥無才，願讓冀州給我，與你何干？」

公孫瓚繼續罵：「昔日以為你是忠義之士，推舉你為盟主；今天所為，真乃狼心狗肺之徒。你有何面目活在世間？」

袁紹被激怒了，大叫：「誰來擒下這匹夫？」

文醜第一個策馬挺槍，殺上橋板，與公孫瓚交鋒。戰不到十回合，公孫瓚抵擋不住文醜的猛攻，敗陣而走。文醜乘勢追趕，飛馬入瓚軍，往來衝殺，無人可敵。公孫瓚手下四名健將，一齊迎戰；文醜一槍就刺死一將，其他三人不敵潰走。文醜繼續追殺公孫瓚，邊追邊嚷：「快快下馬受降！」公孫瓚弓箭盡落，頭盔墮地；披髮縱馬，奔轉山坡。馬又失前蹄，頭下腳上摔落坡底。文醜快馬追至，鐵槍高舉，迅疾一刺——這時，草坡左側忽然冒出一名少年將軍，騎白馬，挺長槍，急如流星，直攻文醜。鏗鏗鏘鏘，格架刺擋。公孫瓚爬上山坡，一看，赫！那少年英雄身長八尺，濃眉大眼，闊面重頤，威風凜凜；與文醜大戰五、六十回合，毫不遜色。兩人戰興正酣，公孫瓚的援軍趕到。文醜見久攻不下，惡瞪那少年一眼，撥馬回營去了。

那少年不追不趕，挺腰臨風，昂首四顧；那身影，那姿態，有如擎天巨樹。

公孫瓚整衣束髮，向救命恩人一鞠躬：「請問尊姓大名？」

少年英雄欠身答禮：「我是常山真定人氏，姓趙，名雲，字子龍……」

原來，少年隸屬袁紹麾下，滿腔熱血，只想救國淑世。眼見袁紹既無忠君之心，也無拯民之志，故而萌生另投明主之念。公孫瓚敢於對抗袁紹，引起少年的好奇：公孫太守會是我切切尋找的英雄？

其實，早在華雄來叫陣時，他就想挺身而出。無奈人微職低，袁紹不識，各有居心的諸侯們也不把他放在眼裡。

這回投效公孫瓚，是正確的決定？不算是！但他來對了地方。原因有二：其一，白馬少年加入「白馬陣營」——公孫瓚擁有戰馬五千餘匹，大多是白馬，號為「白馬將軍」——可謂實至名歸；其二，他即將在這裡遇見此生真正的主公。

翌日，袁軍和瓚軍再戰。趙子龍白馬縱橫，擔任先鋒？沒有！他還是不受重用。公孫瓚顯然對這名初來乍到的小伙子半信半疑，只敢將開路重任交付武功平平的愛將嚴綱，而派趙雲居後接應——萬一敗陣，還有一道保命符。

後軍變前軍

問題是，下駟如何戰上將？先不談對上顏良、文醜的下場，袁紹派出的麴義，拍馬舞刀，一招就將嚴將軍斬於馬下。瓚軍大敗，一路退至界橋邊；麴義揮刀直追，先斬執旗將，再把大紅圈金線「帥」字繡旗砍倒。刀勢未歇，又朝公孫瓚的腦門而來。公孫瓚嚇得狼狽逃竄，從橋上逃到橋下，坡下跑到坡上；麴義領軍，緊追不捨，從瓚營的前軍殺到後軍，和久候的趙雲狹路相逢。結果如何？白馬小將挺槍躍馬，快打麴義，不出三招，長槍穿胸過，麴義摔下馬。這時，袁紹的前軍變成敗軍，公孫瓚的後軍變作前軍；原本潰逃的前軍轉為後軍，個個拄槍喘息，慶幸生還，同時目送風馳電掣的白馬背影。

誰也想不到，趙子龍一馬殺入紹軍，左衝右突，如入無人之境。刺、捅、揮、砍、劈，所到之處，血花飛濺，人仰馬翻旌旗倒。原本敗退的瓚軍精神一振，高喊一聲，舉槍揮刀，重回戰場。

翻覆逆轉

戰場風雲，變化莫測；而翻轉，只在談笑、彈指間。

探馬剛剛回報：麴義斬將搴旗，追趕敗兵。袁紹忍不住呵呵大笑：「公孫瓚啊！公孫瓚！你真是個無能之輩！」話沒說完，咦？怎麼有一道連人帶馬白色形影急衝而來，左刺右撩，所向披靡，轉眼間就殺到袁紹眼前。靈動的長槍有如翻江蛟、過海龍，破天裂地，雷霆一劃，竟似迸出十道光芒，朝八方而去。袁紹大驚失色，周圍弓箭手急拉弓，待瞄射，只見寒芒一閃，弓弦斷，人頭落，慘叫聲來不及傳進貼土的雙耳，氣息已絕。前軍變後軍的公孫瓚部隊，也緊跟趙雲背後，洶洶圍抄而來。

袁紹身邊的部將，趕緊調集兵力，結成人牆，簇擁主公撤退。趙雲揮槍突刺，傷敵無數，但始終衝不破愈疊愈厚的人肉盾牌。槍身染赤，戰袍濺紅，飲不盡的寇讎血，殺不完的敵人頭。他像是力挽狂瀾的孤獨勇士，單槍撐起正在崩落的世界。殺呀！趙雲進逼半吋，袁軍後退一步；殺一人，補十士，滅十口，又來千百眾。槍尖點刺撥，人牆團團轉，如亂針刺繡，綿織密縫。鳥雀傻眼，百獸走避；漫漫沙土遍開血豔奇花。一隻蒼鷹盤旋半空，俯瞰水洩不通、萬頭攢動；或者該說，人類自相殘殺的造孽行動。千年後，殺戮變裝，繼續上演蝟集散熱的造勢活動。

時間快馬

有人問，快刀快劍，能有多快？快得過死亡和恐懼？

一鋒斬萬首？斷盡三千煩惱絲？或者，只堪喋血，不許人間見白頭？

銀槍一刺，白影一閃，意念的白駒，能夠闖過時間的門隙？挺進英雄的首役和末路？

數個時辰後，有人激動擁抱趙子龍，語帶哽咽：「啊！不知何故，見君如見手足。」

很多年後，有人瞠望萬軍之中殺進殺出的趙子龍，驚問：「那是何人？」接著大喊：「不准放箭！我要活捉此人。」

數十年後，有人不可置信地搖頭：「真是一身雪白啊！他穿銀甲，騎白馬，鬚髮皆白，怎麼還有如此身手？」另一人說：「我沒瞧見白鬚、白頭，感覺上，那是一名身形如電的少年將軍，衝鋒陷陣，如入無人之境。」

四雄初會

可惜，袁紹的援軍潮水般湧來。顏良、文醜扮演雙箭頭，分路而至，夾擊瓚軍。攻守易位，形勢又轉。趙雲只好保護公孫瓚，且戰且走，退回界橋；袁紹驅兵大進，過橋追殺，落水溺死的瓚軍，不計其數。這時，山後喊聲大起，閃出一彪人馬；為首三員大將，竟是劉玄德、關雲長、張翼德。袁紹神情一變，三匹馬，三種鋒芒耀眼的兵器，飛奔前來，一副要斬敵首、拔帥旗的狠樣。戰局再變。袁紹左眼瞧著關雲長的青龍偃月刀，右眼瞄到安頓好公孫瓚舉槍回攻的趙子龍，嚇得身急抖，眼皮跳，魂飛九霄三千里，手中寶刀也握不緊，墜落馬下。二話不說，他撥馬轉身，逃之夭夭。

凱旋回營，公孫瓚千謝萬謝：「玄德仗義，感激不盡！請問如何得知我與袁紹血戰？」

劉備的目光一直停留在趙雲身上，像骨董玩家發現稀世珍寶，答得漫不經心：「喔！瓚公與袁紹之戰，驚動神州，我等特來助陣。」

公孫瓚為劉備引見趙雲。不知為何，劉備對眼前少年萌生一腔子難以言喻的「親切感」：如何親？怎麼切？他說不上來。一種比一見如故、如兄如弟更進一步的感覺。劉備只能模糊感應到「風從虎」、「雲從龍」之類的王者直覺、天命歸趨：此人必將為我所用，渾然不知：何謂「子龍」？望子如何成龍？眼前之人與他的嫡親子嗣密切相關，是護守他劉氏王朝唯一血脈的天降神兵。

心頭竄熱，咽喉凝噎，劉備突然抱住對方，又是拍肩，又是搥背：「真是……少年出英雄哪！我在遠山觀戰，望見小哥一人一馬，縱橫無敵，真乃國之棟梁……啊！不知何故，見君如見手足。」

老劉的內心旁白：四弟啊！為兄能喚你一聲「四弟」否？

少年子龍傻愣愣望著演技一流的劉玄德，一臉受寵若驚，兩眼盈滿感動。

一旁的關雲長、張翼德，也伸出友誼的鐵拳，敲擊子龍小弟結實的臂膀。

張飛說：「好樣的！哥兒們認定你了。」

四雄初會，劉玄德示範了「收買人心」的起手式：激動熊抱，將眼淚、鼻涕、哭聲沾滿對方身體；喔！還有，發自腔內的震顫，如山岳鳴動，地牛翻身，從四肢、五臟到喉頭、雷殛般抖個不停。

一丘之貉

倉皇敗走的袁紹，偃旗息鼓，不敢再犯。兩軍對峙一個多月後，竟是由「共同敵人」董卓出面調解。

有人說：二桃可以殺三士。互鬥的兩隻貓，要如何安撫？很簡單，各賜一條魚。

當然，計出李儒：「袁紹與公孫瓚，在磐河廝殺、搶地盤：所謂『當世豪傑』，不過是追名逐利腥羶之輩。丞相不妨假天子之詔，差人前往調停戰事；再加他們官爵，賞他們錢糧。二人感恩懷德，必順主公矣。」

董卓立刻派遣太傅馬日磾、太僕趙岐來到兩營下休兵詔。果然，兩位「豪傑」有了臺階下，不但言歸於好，還發表共同聲明：回京復命，報效朝廷。

和平降臨，猛將何用？劉、關、張只好再回平原縣（還好，公孫瓚表薦劉玄德為平原相），做什麼呢？繼續擦槍、磨刀、蹲馬步。

臨別依依，劉備握著趙雲的手，再點一次眼藥水：「子龍啊！為國為民，千萬保重喔！」

少年英雄也淚眼汪汪：「我一直以為公孫瓚是一代豪雄。今日觀其所為，不過是袁紹、董卓等人的一丘之貉。」

劉備一把抹去滿臉水沫，慷慨陳詞：「大丈夫志在天下，請老弟暫且屈身事之，咱們相見有期。」

「不錯！咱們定有併肩作戰的一天。」張飛豪語，是承諾，也是袍澤情深的預告。

將星殞落

屯兵南陽的袁術，聽到袁紹占據冀州的消息，想來分一杯羹：求馬千匹。袁紹不給，袁術惱怒，自此兄弟不睦。袁術接著又遣使前往荊州，向劉表借糧，劉表也不借。袁術恨得牙癢癢，日思夜想如何報復。

有了！江東孫堅曾和袁紹因「私藏玉璽」一事生怨，又與劉表結下「截擊」之仇。袁術趕忙修書一封，邀孫堅「公為我伐劉表，我為公取本初」，結盟互援，連手出擊。

孫堅得信後，蠢蠢欲動。但程普認為：「袁術多詐，不可輕信。」

江東猛虎一拍胸脯，鬥志盡顯：「我將席捲天下，位登至尊，有仇不報，豈不被人笑話？」

於是，江東水師，舳艫連綿，裝軍器，盛糧草，載戰馬，浩浩蕩蕩西進。

荊州這邊如何因應？

在江邊埋伏弓弩手，見船靠岸，亂箭齊發，阻敵登陸。雖然箭飛如雨，孫堅臨危不亂，下令諸軍：不可輕舉妄動，只需隱伏船中，往來誘敵──或者該說，引誘敵人之箭。一連三日，大小船艦離岸又靠岸，靠岸又離岸；自甘作靶，百般招搖。荊州軍射了又發，發完再射，連發猛射，只顧射發。等到鏃矢用盡，無箭可發──孫堅大手一揮，眾兵士拔下船上之箭，約十數萬，連本帶利射還。當日正值順風，漫天箭矢如飛瀑怒潮，洶湧而至；岸上守兵擋不住箭雨，只好退走，讓敵軍登岸。

就這樣，江東大軍一路「劈荊斬岌」，取樊城，破江夏，直抵漢水，殺到襄陽城下。見孫堅無堅不摧，劉表嚇得深溝高壘，暫避其鋒；卻也養成孫堅驕傲狂妄之心，埋下輕敵飲恨的伏筆。果然，劉表謀士蒯良略施小計，引自信天下無敵的孫堅單騎入陷阱：就在峴山之內、曲折小徑，追敵不成的他，忽見落石、亂箭兜頭兜腦撲來，退不及，閃不開，肝腦塗地，命喪當場。得年三十七歲。

人頭大餐

孫堅戰死的消息傳到長安，董卓大喜望外，說：「太好了！除掉了我一個心腹大患。」

從此更加驕橫暴虐，自號「尚父」。出入僭用天子儀仗。封弟董旻為左將軍鄠侯，姪董璜為侍中，總領禁軍。董氏宗族，不問老幼，不分雞犬，皆封官列侯。他強徵二十五萬民夫，在距離長安城二百五十里的地方建了一座塢城，規模大小和長安城不分軒輊，簡直就是另一個「國都」、「皇城」。他又從民間遴選少年、美女八百人，藏在城中，供他「享用」；倉庫裡屯積了足夠吃上二十年的糧食，金玉、彩帛、珍珠更是堆積如山。董卓將家屬安排在塢城居住，自己往來於長安、塢城之間，或半月一回，或一月一回。每次都有禁軍護衛，公卿大臣都要出城迎接或恭送。

有一回，董卓設宴招待百官，侍衛來報，北地招安的降卒，共計數百餘名，已來到京城。不料董卓心血來潮，讓這些人跪在座前，命人將他們斷手剁腳，鑿眼割舌，放在大鍋裡烹煮。哀號之聲震天動地，百官戰慄失箸；而董卓呢，照吃照喝，談笑自若。

又有一天，董卓在相府大宴群臣。酒至數巡，呂布走進來，在董卓耳邊嘀咕了幾句，董卓冷笑一聲：「原來如此。」命令呂布當場將司空張溫揪下堂，拖了出去。大臣們臉色慘白，面面相覷，不知發生何事？過了一會兒，侍從托著一個紅盤進來，上面擺著張溫的人頭。

原來，張溫暗通袁術，意圖策反，不料送信密使擺烏龍，將密函送到呂布手中，致使計劃曝光，張溫慘死。

董卓的暴行虐政、恐怖手段，看在百官和百姓眼裡，作何感想？

美伎貂蟬

這一夜，月明星稀，嘆短吁長。

司徒王允在後花園拄杖散步，回想董卓的種種行徑，不由得搖頭嘆息，仰天垂淚。忽然聽到一旁的牡丹亭裡，有人在長吁短嘆。王允感到好奇，悄悄走過去，偷偷一看——竟是府中歌伎貂蟬。此女自幼選入王府，練歌習舞，年方二八，色藝雙全，王允一直將她當作親生女兒撫養。

只是，夜深人靜，獨自一人跑出來嘆大氣，是為了哪樁？

忍不住了，王允衝出來大罵：「妳這小賤人，三更半夜不睡覺，是和什麼人有了私情嗎？」

有私情有什麼不對？青春年華的女子，不能思春？王老先生，您管得也太多了吧！

貂蟬當然不會這麼說。她看見王允，立刻跪下回答：「小女子承蒙大人恩養，訓習歌舞，優禮相待，縱使粉身碎骨，也不能回報大人於萬一。怎麼敢有什麼私情！」

「嗯……起來吧！」王允的表情稍見和緩，「那，妳在嘆什麼氣？」

「近來見大人兩眉愁鎖，一定是為國家大事操煩。」貂蟬輕聲細語訴衷曲，「小女子不敢多問，也不好打探；又怕驚擾到大人，只好躲在花園裡哀嘆……」

重點是這一句：「若有用得上賤妾之處，小女子粉身碎骨，萬死不辭。」

靈光一現，一道嚴絲合縫的必殺連環計，浮出王允腦海。

王允以杖擊地，仰天高呼：「啊！誰能想到，漢家運命、社稷興衰，全繫在一介女流手中！」隨即拉著貂蟬的手，「來！隨我到畫閣中來。」

來到畫閣，王允支開侍從婦妾，讓貂蟬坐好，身形一轉，突然向貂蟬跪拜叩頭。小妮子嚇壞了，趕緊趴俯在地，扶起王允，顫聲說：「大人何故如此？小女子擔當不起。」

「請妳可憐可憐天下蒼生吧！」王允淚如泉湧，滔滔說道：「百姓有倒懸之危，君臣有累卵之急，非妳不能得救。想那賊臣董卓，玩弄朝綱，把持朝政，一心要篡位；朝中文武，無計可施。方才聽妳一言，我突然有了想法：那董賊有一名義子，姓呂，名布，驍勇異常，但拳大無腦。我觀察了很久，發現這對賊父子皆是好色之徒……」

美人計

翌日，王允將家藏的數顆明珠，雇巧匠嵌造成一頂金冠，派人密送給呂布。

呂布接獲天上掉下來的大禮，欣喜異常，親自來到王府致謝。好！第一招引君入甕達陣。王允早就備好佳餚美饌，把呂布接入後堂，請他上坐。呂布好奇一問：「啊！閃閃美冠，珍饈美饌，我只是相府一員家將，司徒是朝廷大臣，為何對我如此厚愛？」

美冠、美饌算什麼？還有美人伺候呢！

王允的家釀迷湯也屬一流：「放眼當今天下，只有將軍稱得上是英雄。我王允敬的不是將軍之職，而是將軍之才。」呂布聽了，眉飛色舞，得意之情溢於言表。

王司徒慇懃敬酒，呂溫侯大笑暢飲。酒至半酣，王允摒退左右，吩咐侍女：「喚孩兒來。」不一會兒，二名青衣丫鬟引著絕豔盛妝的貂蟬，婀娜走出內室，蓮步蹕進後堂。那姿態，那眉眼，那美目、絳脣與俏鼻……原是昭陽宮裡人，驚鴻宛轉掌中身。

呂布看得目瞪口呆，嘴角流涎，舌頭打結：「這……這位姑娘是？」

王允瞅著失神的呂布，露出一抹詭笑：「小女貂蟬，待字閨中。仰慕將軍威名，特來一見。蟬兒，還不敬酒？」

貂蟬低眉巧笑，嬌羞把盞：「將軍乃當世英雄，小女子敬將軍。」

「好！好！哈哈！」呂布大口乾杯，一雙眼珠子，像沾黏腥羶的蒼蠅，在貂蟬的雪頸、酥胸打轉。

「姑娘請坐。」呂布拍拍身旁的蒲團，邀貂蟬入座。

貂蟬搖頭，假意要轉回內室。一旁的王允幫忙開綠燈：「既是溫侯要妳坐，陪將軍喝兩杯又何妨？咱們一家子，以後還要仰仗將軍呢！」

何止仰仗，還得依偎呢！貂蟬幾乎挨著呂布的臂膀坐下，又刻意留著一段伸手可攬、郁香撲鼻的距離。

呂布側著身，擰著頸，目不轉睛，魂不守舍。

美人計快要成功了。王允趕緊加碼：「小女仰慕將軍已久，今有緣一見，是她三生有幸。老朽私心，想將小女許配給將軍為妾，不知……區區寒門，是否有這分榮幸？」

霍然起身，呂布硬挺挺的軀體，宛如金槍屹立。他嚥下口水，一抱拳，大聲說：「司徒若肯將貂蟬許配給我，而今而後，司徒的事，不論大小，吩咐一聲，布當效犬馬之勞。」

「那好！我就選一個良辰吉日，將小女送至將軍府。」王允又斟上一杯酒，瞇著眼，咧嘴而笑。

「感謝！太感謝了！」臉紅脖子粗的呂布，擊髀乾杯。

臨別時，呂布依依不捨，又多瞄了貂蟬幾眼。

貂蟬呢？回眸一笑，秋波送情。

一女二夫？

過了幾天，王允在朝堂見到董卓，趁著呂布不在旁邊，拜伏在地，邀董卓「到寒舍喝兩杯水酒」。董卓點點頭：「司徒盛情相邀，我當然會去。」

翌日晌午，董卓大隊人馬駕臨王府。王允穿著朝服出來迎接，百餘名持戟甲士，簇擁董卓入堂。王允一路歌頌董卓的「盛德偉業」，冠絕古今，伊尹、周公也不能及。董卓聽了十分受用，言談氣態益發自豪。到了傍晚，酒酣耳熱，王允捧著酒杯，再灌迷湯：「屬下自幼修習天文，夜觀乾象，發現漢家氣數已盡。太師功德無雙，有如舜之受堯，禹之繼舜，正合天意民心。」

「哪有這回事？你酒喝多了。」董卓揮揮手，一臉陶然，滿眼醉意。

「自古以來，不都是『有道伐無道，無德讓有德』？這樣會過分嗎？」馬屁不嫌多，王允再進一言。

「哈哈！如果天命歸我，你王司徒就是我的開國元勛。」董卓樂了，樂不可支。

夜闌，人不靜。司徒府的歡宴，才要上主菜呢！

堂中點畫燭，香暖不勝春。簾櫳放下，笙簧繚繞；影影綽綽間，數名歌伎簇擁著貂蟬，在簾外輕歌曼舞。紅牙催拍燕飛忙，一片行雲到畫堂。榆錢不買千金笑，柳帶何須百寶妝。美絕，豔極，遐思無際，風月無邊。一曲舞罷，隔簾窺望，腦滿腸肥的老董心中，漾著軟玉溫香。

絕代美姝步入簾內，上前，深深一拜。一點櫻桃啟絳脣，兩行碎玉噴陽春。董卓瞧得眼斜嘴歪，忙問：「此女何人？」

王允答：「府中歌伎貂蟬。蟬兒，還不向太師敬酒？」

貂蟬取杯，眼波放電，眼珠溜轉，嬌聲說：「太師乃當世英雄，小女子敬太師。」哇！這臺詞，怎麼和前幾天一模一樣，只是換了稱謂？這等高手，不去從政，只是當陪睡女間諜，太糟蹋人才了！

「好！好！哈哈！」董卓舉杯，大笑：「妳，芳華幾何啊？」

貂蟬恭敬回答：「賤妾年方二八。」

「真是仙女下凡，國色天香哪！」董卓色瞇瞇的老眼，緊盯著貂蟬仙桃般的臉蛋。時機成熟了。王允像番邦進貢般獻上最美麗的貢品：「微臣想將貂蟬獻給太師，不知太師意下……」

豈止意下，董卓的嘴下（舔脣）、眼下（目不轉睛）、腳下（起身趨前）、手下（托起貂蟬的下巴）都說好，一副要現宰活羊的猴急相。

「太師既然不反對，下官立刻準備氈車，將貂蟬送到相府？」打鐵要趁熱，見董卓點頭，王允用超快遞的方式，現時專送精心打造的「美人連環計」。

董卓呢？精蟲充腦，渾身癢癢，再喝三兩杯，居然稱醉，急急忙忙回家，大享豔福去了。

望著遠去的車隊，王允的臉上，浮現既得意又悲傷的神情。他在想什麼？計謀得逞的快意？俗話說，一女不事二夫。但，一女可弒二名殘暴獨夫。等著瞧！好戲，就要接踵而來。

連環計．計連環

果然，過不了多久，呂布急吼吼找上門，一把揪住王允的衣襟，厲聲問：「司徒既然將貂蟬許我，為何又送給太師，你是在戲弄我嗎？」

王允裝出一副無辜相：「這……將軍有所不知，昨日朝堂之上，太師對老夫說：『我有一事，明日到貴府相商。』允因此備宴，恭候太師。酒過三巡，太師說：『聽說你有一女，名喚貂蟬，已許吾兒奉先。我很好奇，是哪位姑娘？特來一見。』老夫不敢有違，喚貂蟬出來拜見公公。沒想到太師又說：『今日良辰，我就先帶她回去，籌備婚事。怎麼樣？』將軍試想，太師親臨要人，老夫怎麼敢說不？」

呂布呆了。硬錚錚的漢子，瞬間變成泡了水軟綿綿的油條。過了好半晌，才訥訥說：「呂布一時錯怪，請司徒見諒。來日定當負荊請罪。」

那天起，呂布有如熱鍋上的螞蟻：這裡闖闖，那裡瞄瞄，就是覓不著意中人。登後堂，入內室，向侍妾打聽。侍妾笑答：「哎喲！這些日子，太師夜夜春宵，與新人共寢，日上三竿還起不來呢。」

呂布聽了，五雷轟頂，七竅生煙，六神無主，四大皆空。像小偷般潛入董卓的臥房四周，東窺西探。這時，貂蟬已起床，正在窗下慵懶梳頭；忽見窗外荷花池中映出一具高大威武的人影，頭上戴著可笑的髮冠。哈！除了呂將軍，還會是誰呢？

貂蟬蹙緊雙眉，左手托腮，一副憂愁不樂的樣子；另一隻手不時拿起羅帕，悲戚拭淚。呂布像個偷窺狂，又似林園中的暗哨，雙拳握緊，兩眼賁紅；一把妒火，燒得滿園春色盡如秋楓。過了許久，才黯然離開。

淚眼汪汪

後來，董卓染病臥床，貂蟬衣不解帶，悉心照料，曲意逢迎；董卓對貂蟬，自是更加寵愛。

有一回，呂布趁董卓熟睡，以「入內問安」為由，試圖接近貂蟬。他在董卓的鼾聲波浪中倉皇四顧，赫見貂蟬站在床後帷幔間，探出半身，淚眼汪汪看呂布。相對無言，一對郎才女貌中間，隔著好色貪睡的豺狼；貂蟬以手指心，又指指董卓，淚流不止。呂布呢？感覺自己被萬箭穿心，每一支破體入胸的鏃頭，都沾著他此生不渝——或者該說，此生不餘遺力要幹掉董卓的愛意。

這時，董卓翻轉身軀，朦朧睜眼，瞥見義子、愛妾相看兩不厭，怒叱呂布：「你在看什麼？」下令侍從將呂布逐出臥房，今後未經傳喚，不准入後堂。

董卓痊癒後，入朝議事。呂布不動聲色，執戟相隨。有一天，天賜良機，呂布趁董卓和皇帝共商國事的空檔，溜到相府找貂蟬。沒想到，四目交投的瞬間，貂蟬像苦候情郎多時的小怨女，抓住呂布的手，小聲說：「你去後園的鳳儀亭等我。」

私會鳳儀亭

亭閣下，曲欄旁，濃情蜜意為哪樁？

提戟鐵漢錐心斷腸而立，月宮仙子分花拂柳而來。是啊！一笑山河動，一顰天地哀；

貂蟬的婀娜姿影，合該在身邊，不似在人間。

執子之手，與子傾訴。呂布嘰哩呱啦訴說相思苦。貂蟬呢？無語淚先流，緊握呂布力拔山河的爪子，一聲一哽咽，一字一淅瀝：「妾雖非司徒親生女，然而司徒待妾如己出，一心為妾尋良媒。遇見將軍，箕帚侍奉，妾得償所願，此生已足。誰想太師起不良之心，將妾淫汙；日夜摧殘，逞其獸欲。妾恨不得立刻赴死；只因，只因……」

「如何？」呂布的心碎了。

「只因未與將軍一訣，故而忍辱偷生。如今有幸得見將軍最後一面，妾心願已了。此身汙穢，不能再侍奉英雄；願死於君前，以明妾志！」灑完了血淚告白，貂蟬手攀欄干，俐落翻身，就要投池自盡。

「不可！千萬不可！」呂布從背後熊抱，死箍著貂蟬的蛇腰不放，抽搐的臉孔磨擦雪頸，泣不成聲。

幽幽轉身，輕輕推開全身惡臭的男人，貂蟬強忍著嘔吐的衝動，繼續催淚：「妾今生福薄，不能與君結連理。但求將軍不棄，妾願相約於來世，生生世世侍奉君。」

今生？不行！我呂布今天就要得到妳。呂布激動大叫：「今生不能娶妳為妻，我還算是大丈夫嗎？」

「是嗎？妾身在牢籠，度日如年，將軍何時來救我？」貂蟬的眼睛一亮，幽怨中透著希望的光芒。

呂布左顧右盼，壓低音量說：「我今天是偷空而來，恐怕老賊會懷疑，必須儘快離去。」

咦？怎麼突然軟下去了？你呂布還是男人嗎？貂蟬使出激將法：「妾在深閨，聞將軍之名，如雷灌耳，以為是當世第一人；沒想到將軍如此懼怕老賊，唉！妾身永無可能重見天日……」話沒說完，將水龍頭開到最大：淚如雨下。

呂布滿臉羞慚，摟抱貂蟬，不斷好言哄慰：「給我時間，容我徐圖良策。」

花前亭下，兩相偎倚。貂蟬趴在呂布肩頭，咕咕噥噥，抽抽答答。

棒打鴛鴦

「你們這對狗男女，在搞什麼？」一聲巨吼，一尊肥碩的身軀衝進後園，攪亂一池春水鴛鴦夢。

「啊！是義父！」

「太師！」

原來，和皇帝議政時，董卓忽然心神不寧，連忙告退，登車回府。看見呂布的赤兔馬繫在大門前，急問門吏：「呂布何在？」

門吏回答：「溫侯入後園去了。」

不妙，董卓立馬奔向後園，正好撞見兩情繾綣——

「布兒，你在幹什麼？你這畜生，竟敢動你義母！」

董卓大喝一聲，像個相撲大力士，伸爪拔腿、鋪天蓋地向呂布衝來。呂布轉身就跑，董卓急追，沒想到呂布的一雙快腿不輸寶貝坐騎赤兔馬；董大胖追不到，氣得抓起靠在亭柱的畫戟，朝呂布擲去，想來一記飛戟串燒，又被閃過。「畜生不要跑！來人啊！」董卓追出園門，氣急敗壞叫人時，一人狂奔而來，和董卓撞了個滿懷，罵聲、怒氣、董卓肥碩的身軀和那人的牙齒，滾落一地。

董卓割愛？

「自古英雄愛美人。太師若就此機會，將貂蟬賜給呂布，那呂布感念大恩，必竭忠赴死報效太師。」李儒的將計就計。

撞倒董卓的人，正是李儒。因為有事來相府，正巧遇見邊跑邊喊的呂布：「太師要殺我！」直覺府裡有大事發生，趕緊入內調解。

「這豎子逆賊！調戲我的愛姬。不殺他，難消我心頭之根。」董卓說得氣呼呼。

李儒搖頭勸說：「恩相此言差矣。昔日楚莊王的『絕纓』之會，不追究蔣雄調戲愛姬的過失，因而得到『將心』；後來被秦兵所困，死力相救的人不是別人，就是蔣雄。而今呢，貂蟬不過是一名女子，而……」沒說的是，而且來歷可疑。「呂布是太師爭天下的心腹猛將。試問，恩相要選擇床上小女子？還是馬上真英雄？」

還有一個疑問，李儒也忍著沒說：王司徒為何突然獻上美姬？呂溫侯又偏偏在此時愛上貂蟬？

「這個嘛……」董卓沉吟了許久，「你說得不無道理，讓我再想想。」

董卓回房，質問貂蟬：「妳為什麼與呂布私通？」

貂蟬花容失色，悲腔泣訴：「哪有什麼『私通』？妾在後園看花，呂布突然出現。妾思量孤男寡女有所不便，正要走避。誰料那呂布攔住妾，調笑說：『我是太師義子，妳我是一家人，何必走開呢？』隨即提戟逼妾到鳳儀亭。妾見其心術不正，容貌猙獰，恐為其所辱，卻又進退不得，只好投池自盡，被那廝強行抱住不放。若非太師及時來到，妾的貞節，妾之性命……嗚！嗚！」

是嗎？遠遠看你二人，如膠似漆，卿卿我我，怎麼瞧都不像是「強抱」；也不似「調笑」，而是調情。

董卓冷笑一聲，問：「那麼，我將妳賜給呂布，如何？」

貂蟬一愣：你這個該死的變態老色魔，是在玩換妾遊戲？還是亂倫大廝殺？隨即發出瘋狗浪般的嚎啕：「太師不要我了？太師要拋棄賤妾？太師要將妾丟給那粗魯蠻橫的呂布？妾已跟定太師，怎麼可能再去接受其他男人？太師若將妾下賜家奴，妾寧死不屈！」

怎麼「不屈」？貂蟬轉身，一把抽出掛在牆上的寶劍，架在自己白鷺鷥般的脖頸上——瞧！絲絲血痕劃開了雪豔的肌膚。哇哇！這還得了？董卓慌忙奪劍，將愛姬深擁入懷，用疼憐的口吻說：「吾戲汝！我是開玩笑的！」

貂蟬癱倒董卓懷中，掩面大哭，但仍不忘倒打一耙：「太師一定是誤信讒言，或中了別人奸計，才想要犧牲貂蟬。搞不好呂布就是主謀。妾身危在旦夕。雖蒙太師憐愛，但此處恐不宜久居。」

董卓偏頭想想，然後點頭：「嗯，這樣吧！我明天就帶妳回去塢城，共享鴛鴦之樂？」

貂蟬溫順點頭，一雙嬌滴滴的眼珠子，怎麼看都像是……那個時代還沒被發明出來的致命武器：血滴子。

策反呂布

翌日，李儒來到相府，得知董卓又「為婦人所惑」，改變主意時，不禁喪氣離開，仰天長嘆：「唉！三戰虎牢徒費力，悲歌卻奏鳳儀亭。我等都要死在女人之手了！」

董卓還塢之日，百官拜送，百姓圍道，像一場轟動的告別式。

貂蟬像隻小貓，坐在董卓腿上，偎靠太師胸膛，十分纏綿，好不恩愛。無意間瞥見人潮中的一雙紅眼珠——呂布撕心裂肺的目送，哎呀！趕緊以袖遮面，虛掩笑臉，變成痛苦的容顏。

沙塵飛揚，車隊遠颺。呂布登上高崗，依依不捨的視線，拋向灰濛濛、空茫茫的前方。

「溫侯為何不跟隨太師去塢城，卻在這裡遙望興嘆？」

不用回頭也知道，關鍵人物王允登場的時候到了。

「唉！當然是為貂蟬。」呂布又重嘆一聲。

「怎麼，太師沒幫你們完婚？」陷害他人前，裝傻和聆聽，是卸下對方心防的開罐器。

「老賊奪我愛妾，自己拿去『寵幸』了……」呂布的一腔委屈，終於有了傾訴對象：

從淚眼相望到小亭私會，從兒女情長到父子反目……

「不知情」的王允瞠目結舌，仰面跌足，半晌不語；許久，才迸出一句：「想不到啊！堂堂太師竟有此禽獸之舉！」然後面露同情，拉著呂布的手說：「這裡說話不方便，且到寒舍商議。」

反賊？忠臣？

回到王府，王允仍故作不可思議狀，驚呼：「太師淫我之女，奪將軍之妻，實為天下恥笑。只是，天下人不是笑太師，而是笑我王允和將軍。」

「怎麼說？」呂布的身體猶在顫抖，氣得發抖。

「唉！淫女之辱，奪妻之恨。」王允火上加油，「我乃老邁無能之輩，不足為道；可惜將軍蓋世英雄，也要遭受此汙，不值啊！」

呂布愈聽愈氣，忍不住大叫：「我呂布誓殺老賊，以雪奇恥！」

王允趕緊遮住呂布的嘴，低聲說：「老夫失言，請將軍息怒。將軍之怒，可是會招來殺身之禍啊！」

呂布推開王允的手，愈說愈火：「大丈夫俯仰天地間，豈能鬱鬱久居人下？我非殺了老賊不可！」

水已到，渠將成。王允立刻進言：「壯哉斯語！將軍若扶漢室，就是忠臣，青史傳名，流芳百世；將軍若助董卓，就是反臣，載之史筆，遺臭萬年。如今殺一反賊而列登青史，正是將軍揚名立萬之機。只是，事若不成，你我皆有抄家滅族之禍。」

呂布離開座席，向王允一拜，慷慨陳詞：「我意已決，司徒不必擔心。有什麼計劃，儘管差使，呂布赴湯蹈火，在所不惜。」

見王允不說話，目光閃爍，呂布當場抽出佩刀，刺血為誓。

王允終於露出狐狸笑容：董太師啊！董太師！你的死期到了。

甕中宰鱉

王司徒有什麼計劃？引君入甕，甕中宰鱉。

什麼東西讓董卓非回長安不可？聖旨，或者該說，假傳聖旨。

什麼事情能誘騙董卓欣然回京？天子禪位，太師登基。

什麼人負責傳訊，可使董卓不疑有他？李肅。曾是董卓愛將卻因未能加官進爵懷恨在心的李肅。

慫恿呂布殺掉義父丁原的李肅？沒錯！而這一回，要幹掉的是董卓。

所以，當能言善道的李肅拜見董卓，說：「天子有詔，想要召集文武百官於未央殿，禪位給太師」時，董卓眉一挑，笑問：「喔？那王允之意如何？」

李肅說：「王司徒已命人築『受禪臺』，只等主公到來。」

董卓哈哈大笑：「老夫昨夜夢見一龍罩身，今日果得喜信。哈！天命歸我，機不可失！」

做了一輩子的皇帝夢，今朝實現。董卓再也沉不住氣，安排部將李傕、郭汜、張濟、樊稠四人率領三千飛熊軍守塢城，自己風風光光起駕回京。

只是，行不到三十里路，董卓的座車，忽然折斷一輪，只好下車乘馬。行不到十里路，那馬咆哮嘶喊，扭斷轡頭。怪了！董卓問李肅：「車折輪，馬斷轡，是何徵兆？」

李肅回答：「此乃太師應紹漢禪，棄舊換新，將乘玉輦金鞍之兆。」

哇！真會掰！管他呢！董卓相信就好。

隨即，狂風驟起，昏霧遮天。董卓又問李肅：「這又是什麼兆頭？」

李肅想都不想，就說：「主公將登龍位，紅光、紫霧是諸神獻禮，以壯太師天威。」

狂風昏霧怎麼變成「紅光紫霧」？無所謂，董太師喜歡就好。

來到長安城外，百官出迎，只有李儒稱病在家——董卓不知道，他的狗頭軍師正盤算著如何落跑。

夜裡，郊外傳來小孩的歌聲。聲調悲切，風吹入帳：「千里草，何青青！十里卜，不得生！」董卓問李肅：「這曲童謠是吉是凶？」李肅照樣順口溜：「當然是指劉氏滅、董氏興。」

清晨，董卓盛裝進朝，群臣都穿上朝服，沿道迎接。李肅手執寶劍，扶著董卓的車駕而行。到北掖門，董卓帶來的兵士都被擋在門外，只有御車人員陪同進入。董卓遙見王允等人執寶劍立於殿門前，驚問李肅：「他們為何持劍？」李肅不應，推車直入。這時，王允忽然大叫：「反賊至此，武士何在？」一百餘名持戟挺槊的武衛從兩側衝出，直攻董卓。董卓皮厚軀肥，又裹著鎧甲，刀槍不入，但臂膀傷痕累累，整個人摔墜車下，左顧右盼，狂呼：「我兒奉先何在？」呂布從車後閃出，厲聲叫道：「奉旨討賊！」一戟刺穿董卓咽喉，李肅再補一刀，血濺頸斷，身首分離，一代巨梟就此伏誅。

接下來的發展：斬李儒，破塢城，呂布奪回貂蟬，董卓四部將率飛熊軍投奔涼州。

王允下令將董卓屍體扔在街頭，供百姓洩憤。由於屍身肥胖，軍士以董卓的肚臍為芯，點火燃燈，夜空霍亮，膏流遍地。路過的人爭相丟擲他的頭顱，踐踏他的肥軀。至於塢城內董氏一族的下場如何？當然是抄家滅族。

問津之五

「要得天下，先得民心；要得民心，先得軍心。所謂『馬上得天下』，動亂時代，強大、團結的部隊，才是開國、建業的根本。」青衣文士低頭，凝睇江面下隱隱游竄的魚影。

「要得軍心，該當如何？」年輕書生拋出議題。

「閣下以為？」雖是反問，青衣文士又露出蹙眉思索的神情。

「先得將心。此『將』，非指顏良、文醜之流，而是一夫當關、萬夫莫敵的雄才猛將。」年輕書生微笑解答。

「喔？閣下是指那『大利滅親』的呂奉先？」青衣文士挑眉提問。

「董卓誤中美人計，失奉先心；劉備仁義待人，得子龍心。」年輕書生不直接回答，而是將話題引開。

「董卓失呂布，進而丟掉江山與性命；劉備仁義待——待什麼呀？我看是唱作俱佳，但他得到關、張和子龍，而有了龍圖爭霸的本錢？」青衣文士接上年輕書生的話。

「爭霸？劉備行嗎？君不見那劉玄德被曹軍殺得七零八落，惶惶如喪家之犬？」這是反問的反問？年輕書生故意模仿青衣文士的挑眉動作。

「瞞者瞞不識，識者不能瞞。」青衣文士撇撇嘴，也繞開話題，卻是一句一問，直刺對手：「十八路諸侯討伐董卓時，你會向袁紹獻策？王司徒巧使連環計，你願助一臂之力？曹操挾天子以令諸侯，你怎麼不去勤王？」

「哈！先生說笑了。不才八歲時，父母相繼去世，依靠叔父諸葛玄過活。後來叔父病逝，我就與弟弟諸葛均在襄陽城西二十里的隆中蓋了幾間茅屋，開始了躬耕生活。先生所說的那些國家大事，譬如說，十八路諸侯的時代，不才還是個『黃口小兒』，能做什麼事？」年輕書生雙手一攤。

「是嗎？當時諸葛隆中臥，安肯輕身事亂臣。就算你到了姜太公的年紀，現在的皇帝請你出馬，重振朝綱，你肯？」青衣文士不理會年輕書生的開口欲辯，繼續說：「你之所以不答應，是在等一個人；或者說，那人也在尋你。只是，他還不知道你的存在。」

「喔？我在等誰？」年輕書生看天，看地，瞧瞧江水又瞄瞄樹林。

「一個嘴上功夫勝過編草鞋本事的大騙子。」青衣文士的目光，始終盯著年輕書生的雙眼。

「先生是說……」年輕書生笑了，「劉皇叔？」

「劉備徒有武將，欠缺『大腦』。他的龍圖，還得再添一人，才可能有譜。那人便是閣下，不是嗎？」青衣文士像偵破懸案的青天老爺，閃爍著眼瞳，放慢了語調：「而閣下韜光養晦，沉潛待時——不是自己的『時』，是你在等待的那人的時機——天時一至，從『喪家之犬』進化為『匡復漢室』的契機；簡言之，你選擇躬耕南陽，就是為了等那個人。」

「曹操兵強馬壯，實力雄厚，我為何不投效他？搞不好，還能與先生同朝為官呢！孫權少年老成，氣度不凡，我何不順江而下，協助江東？」年輕書生還是一副不置可否的樣子。

「曹操生性多疑，而且麾下謀士如雲；你去，備受排擠不說，甚至可能會丟掉性命。而江東才俊多如過江之鯽，閣下同樣有志難伸。」

「先生不必為我這山野散人操心。倒是先生，身處亂局，不慌不懼，進退有據。教不才佩服得五體投地。」年輕書生真的大彎腰，一鞠躬。「聽說那曹丞相又在徵召先生。這一回，先生要裝什麼病？無頭症？」

「豈敢！豈敢！曹丞相得我，一如劉皇叔得你。」青衣文士抱拳回禮，「曹操雄才，優於劉備；在下謀略，怕是略遜閣下一籌。兩相加減消抵，算是打了個平手。唯獨……」

「曹操想求一『萬夫莫敵』的英雄猛將而不可得？」

「是啊！直至今日，他仍對關羽的離去，耿耿於懷。閣下以為，何以如此？」

「道理很簡單，他一直搞不懂一件事，也是自古以來的王者、霸主不容易明白的事……」年輕書生輕搖羽扇。

「何事？」青衣文士豎起耳朵。

「將心比心。」

被野火燒盡的洛陽城，
是什麼模樣？
道路破敗，街景荒蕪，
滿目皆是蒿草，
宮院中只有頹牆壞壁。

第五章

泉皇崛起

四人幫

董卓既除，天下平靖？

當然沒有！「以暴易暴」是東漢末年百姓蒼生萬劫不復的宿命。除掉亂政的十常侍，換來跋扈的何進；滅了何進，竟引來暴虐的董卓。王司徒為國除賊，總算能夠振興漢室，恢復朝綱？錯！他化身正義魔人，錙銖必較，除「惡」務盡：

其一，不顧百官求情，執意處死才名滿天下、正在撰寫《漢史》的蔡邕。為什麼？蔡邕因感懷董卓的知遇之恩，在千夫怒指唾罵的大街上，抱著董卓的屍體痛哭，被視為「不為國慶，反為賊哭」，而慘遭橫禍。一身才學和寫到一半的《漢史》，成為絕響；只留下「倒屣相迎」的典故，流傳於文人墨客的口舌筆尖。

其二，李傕、郭汜、張濟、樊稠等人逃居陝西後，畏罪懼禍，上表求赦。皇帝有些心軟，但王允堅決反對：「董卓雖跋扈，但這四人助紂為虐更可惡；而今大赦天下，唯獨不赦免這四人。」

好了，官逼民反，「這四人」只好搧動涼州人民「起義」：聚眾十餘萬人，兵分四路，殺向長安。呂布雖武藝過人，奮勇抵抗，但中了郭汜和樊稠的「聲東擊西」之計，受困戰場，動彈不得。李傕、張濟等人的主力軍直接攻陷長安，亂刀殺死王允。從此，朝廷大權、皇城後宮，落入更加橫行無忌的董卓四部將手中。可憐的皇帝，再度成為亂臣賊子的人質。

賊兵破城時，李傕、郭汜本想連皇帝一起殺了。被張濟及時阻止：「不可！貿然弒君，恐天下人不服。」轉而向皇帝討官索爵。皇帝無奈，只好封李傕為車騎對軍池陽侯，領司隸校尉假節鉞；郭汜為後將軍美陽侯假節鉞，和李傕同掌朝政。樊稠為右將軍萬年侯；張濟為驃騎將軍平陽侯，領兵屯駐弘農。其餘賊將如李蒙、王方等人，名列校尉。

少年馬超

遠在西涼的太守馬騰、并州刺史韓遂接到皇帝的求救密詔，以「討賊」名義，揮師而來。李蒙、王方率軍出戰，不料對上一名少年將軍：面如冠玉，眼若流星；虎體猿臂，彪腹狼腰。手執長槍，坐騎駿馬，從陣中威猛而出。此人是誰？馬騰之子馬超，字孟起，年方十七歲。

王方見對手年幼可欺，哈哈大笑，躍馬迎戰。誰也想不到，鏗鏘三兩聲，戰不到數回合，竟被馬超一槍刺穿，墜死馬下。馬超昂首轉身，勒馬回營。李蒙快馬加鞭，從背後趕來。馬超佯裝不知，策馬緩步；眼看亮晃晃的槍尖就要後背透前胸。馬騰在陣門下大叫：

「超兒小心！背後有人追趕！」聲音的尾巴還在空中款擺，像一縷隨風溢散的輕煙——咦？怎麼馬超的馬背上多了一人？或者該說，馬超像老鷹抓小雞般，將李蒙擒在手上。

原來，馬超掐準李蒙的追擊節奏，故意拖慢速度；等李蒙快馬追近舉槍刺來，馬超身形一閃，李蒙撲了個空，變成兩馬並行。但見少年將軍伸展猿臂，一捶（臉頰）、一扣（肩頸）、一擒拿（整個人提起），那賊將臉歪嘴斜，口角噴血，被馬超生擒活捉。

賊將遭劫，賊軍無主，望風奔逃。馬騰、韓遂乘勢追殺，大獲全勝，直逼隘口下寨；同時，下令將李蒙斬首。

部將接連被殺，四人幫改採「緊守關防」策略：只守不戰，不論西涼軍如何叫陣，就是不出戰。不到兩個月，馬騰部隊因糧草用罄，不得不退兵。李傕、郭汜見機不可失，在馬軍拔寨時發動突襲，造成西涼軍應變不及，潰不成軍。馬超奮勇斷後，擊退張濟；由樊稠統領的另一路軍追上韓遂，卻在緊要關頭因顧念同鄉情誼，未下殺手，放韓遂回西涼。

這一波討賊勤王行動，宣告失敗收場。各路諸侯再也不敢輕舉妄動。

不過，也引發四人幫的內部矛盾：李傕知道樊稠私放韓遂，設下鴻門宴，埋伏刀斧手，一句「為何欲謀造反」，不聽辯解，就將樊稠剁成肉泥。嚇得張濟領兵回到駐地弘農，遠離殺戮鬥爭。

更精彩的戲碼還沒上檔呢！不久後，李傕和郭汜間的「綠帽疑雲」，竟然引爆長安城中一連五十餘日的混戰、廝殺。

青州兵

這時，青州又傳來黃巾賊作亂的消息：賊眾數十萬人，橫行於山東一帶，打家劫舍，擄掠良民，百姓苦不堪言。

誰能消弭此禍？

太僕朱儁向李傕、郭汜保舉一人：「要破山東群賊，非曹孟德不可。」

嗄？就是那個討伐董卓卻搞得一敗塗地、落荒而逃的曹操？

沒錯！此一時、彼一時也。這時的曹操擔任東郡太守，經過一段時間的休養生息，百姓安居，兵強馬壯，實力不可同日而語。很多年後，有人用「東山再起」形容東晉謝安的翻身復出；千餘年後，到了民主時代，依舊有人用「我將再起」比喻不甘雌伏的雄心壯志。這麼一來，若將「東郡再起」用在曹操身上，再適合不過了。

果然，曹操領旨後，會合濟北相鮑信，一同興兵，勢如破竹。雖然鮑信誤中圈套，在壽陽被賊兵殺害；但曹操大軍一路追擊、挺進，直到濟北，黃巾餘孽狼狽不堪，怕死投降者高達數萬之眾。

曹操用了一招「以賊制賊」：用降賊為前驅，繼續招降賊眾。兵馬所到之處，那些烏合之眾無不望風投降。不過一百多天，接受招安的降兵高達三十餘萬人，男女合計百餘萬口。這群人，成為崛起的梟皇的先鋒及後盾。曹操選擇其中精銳，納入麾下，號稱「青州兵」；其餘男女老弱，安排他們歸田務農，廣植作物，提供曹操部隊的軍糧所需。

經此一役，曹操威名遠播，奠定了日後逐鹿中原的堅實基礎。捷書報到長安，朝廷加封曹操為鎮東將軍。

招賢納士

不只是招降納叛，募兵練軍，曹操更懂得招賢納士：文有荀彧、荀攸、程昱、郭嘉、劉曄等人投效，武有于禁、典韋等將加入；一時之間，風雲際會，人才濟濟。

尤其是荀彧，字文若，潁川潁陰人。曾是袁紹舊部，眼見袁紹無德也無能，和姪子荀攸一起棄紹投操。朋友讚他「腦中機關算不盡」；曹操一見他就說：「此人乃吾之子房！」果不其然，後來成為曹操爭天下的重臣。

謀士、武將兼備，曹操正式崛起，威鎮山東。他想到先前陳留避難、隱居琅琊的父親曹嵩，立刻派人前往琅琊郡，接老爸爸過來團圓。赫！曹門業大家大，一家老小共四十餘人，侍從超過百人，輜車一百多輛，金光閃閃，浩浩蕩蕩，朝兗州進發；連綠林裡的強盜都險些被瑞氣千條的金銀珠寶閃瞎了眼。路過徐州時，太守陶謙出境迎接，大設筵宴，好生款待。曹嵩告辭那天，陶謙親自送行到城外，還特意派都尉張闓，率領五百兵士護送曹家老小。

殺他全家

沒想到，黃巾出身的張闓見財起意，串通其他兵士，在一個風雨交加的夜晚，諸神見證的古寺裡，殺光曹家大小，奪財取物，逃奔淮南去了。

滅州屠城

滅門消息傳回，曹操七竅生煙，哭倒在地，肝膽俱裂，昏迷不醒。醒來後咬牙切齒的第一句話：「此仇不共戴天！來人啊！大軍出動，血洗徐州，才能雪我恥，洩我恨！」

一場報復性的毀滅戰爭就此展開：夏侯惇、于禁、典韋為先鋒，攻郡陷鎮，滅州屠城；所到之處，挖墳毀墓，九族盡誅，雞犬不留。百姓逃生無門，仁厚的陶謙手足無措，欲哭無淚。

陶謙的好友陳宮——陳宮？沒錯！就是那個救過曹操的陳宮——聽說徐州有難，星夜趕來勸曹操：「陶謙乃仁人君子，非好利忘義之輩；尊父遇害，是張闓行惡，非陶謙之罪。且州民何辜？明公要將他們趕盡殺絕？」

曹操冷言回罵：「你曾棄我而去，如今有何面目來見？他日戰場相逢，你要記住！我會饒你一次，只有一次。」

說客沒當成，陳宮感到無顏去見陶謙，便投奔陳留太守張邈去了。

無邊烽火

曹軍壓境，徐州瀕危。遠遠望去，大軍如鋪霜湧雪，中軍豎起二面白旗，大寫「報仇雪恨」四字。軍馬列成陣勢，威不可擋。曹操縱馬出陣，身穿縞素，揚鞭大罵：「老匹夫！敢殺吾父！誰來生擒老賊？」

夏侯惇應聲而出，陶謙慌忙入陣；一陣槍來刀往，陶謙不敵，率軍退回城內，任由曹軍在城外叫罵。

萬般無奈之下，陶謙願意自行捆綁，前往曹營請罪；用他的一命，換徐州百姓之命。

此時，陶謙的部屬糜竺建議：向北海孔融、青州田楷求援。來得及嗎？不管了！就算是死馬，也要當作活馬醫。陶謙二話不說，派陳登到青州告急、糜竺去北海求援。

一場私人恩怨，就要蔓延成無邊烽火。

小時了了

北海孔融，字文舉，魯國曲阜人。孔子二十世孫。自小聰明伶俐，人稱「奇童」。他有多聰明？十歲時，孔融跟隨父親到洛陽，想去拜訪當時頗有聲望的司隸校尉李膺，可是只有才德之人和李氏親戚才有機會通報接見。這位小朋友大剌剌走到李府門口，自稱是李膺的親戚。李膺接見他時驚訝地問：「我和你有親戚關係嗎？」孔融回答：「我的祖先孔子和你的祖先老子有師生關係，我和你也可以算得上是世交吧！」李膺和在場賓客聽了，無不嘖嘖稱奇。這時太中大夫陳韙晚到，聽了這件事，信口說：「小時了了，大未必佳。」孔融立刻回了一句：「想君小時，必當了了。」

長大後的孔融，文名遠播，熱情好客；「座上客常滿，樽中酒不空」是他的生活寫照。為人謙讓：讓路、讓座、讓梨皆可，唯獨當仁不讓。當糜竺上門討救兵時，他很想幫陶謙解危；可惜泥菩薩過江，自身難保，北海正被黃巾賊圍困。孔融也派人冒死出城，向素以「仁義」著稱的劉備求救。

救援行動

朋友有難，焉能不救？雖然在這之前，劉備與孔融非親非故。劉備收到求救信，三分驚訝掩不住七分得意：「孔北海知道這世間有我劉備？」

劉備率領二位義弟和三千義勇軍，進發北海戰場。張飛攻入賊陣，玄德驅兵掩殺；橫衝直撞，殲敵蕩寇。關羽一刀劈了黃巾賊首領管亥，賊兵竄逃，餘黨潰散，北海之圍迎刃而解。

孔融感動萬分，感激之餘，又央請劉備一同前去徐州救場。

這……我老劉與你孔融非故非親，和那曹操無冤無仇；人家全家死光光，老爸阿叔屍骨未寒，你要我千里迢迢跑去阻止人家報仇？

那有什麼問題？你劉玄德難道不是戰火消防隊、政治鐮刀族？舞臺搭好，儘管粉墨登場；萬事齊「備」，只消春水來潮。「鋤禾日當午，汗滴禾下土；誰知盤中飧，粒粒皆辛苦。」嗯？誰寫的詩？耐人尋味哪！先別管這個，那是後人——唐朝李紳——的作品。重點是，如果汗滴能長出稻穗，他人的血淚為什麼不能結成我們的果實？

「有什麼問題嗎？玄德乃漢室宗親，世人所望。而今天下大亂，生靈塗炭，玄德忍心看著曹操殘害百姓，倚強欺弱？」見劉備沉思不語，孔融鼓動如簧之舌，強力遊說。

嗯？你在暗諷我虛仁假義？可是，別人不知道，我老劉看得出來：曹操絕絕對對是個狠角色，也是我劉備皇圖霸業最難纏的對手。此時此刻，得罪曹操，好嗎？唉！此行無異捅蜂窩、捋虎鬚……

「玄德！劉玄德！」孔融的呼喚聲。

「大哥！你在想啥？」一旁的張飛也在搖晃劉備。

「咳咳！」劉備回神，清清嗓門：「是有一點小問題。文舉當知，那曹操兵強馬壯，他的『青州兵』驍勇無匹，是近年來山東一帶的快速打擊部隊。而咱們兵微將寡，人手不足——這樣吧！文舉先走一步，駐兵徐州；我去討兵借將，隨後便來。」

孔融睖著劉備，猶疑、憂慮和不放心全寫在臉上：「玄德一定要來啊！否則，我孔融就要改名『恐怕』了。」

恐怕？你不知道那曹操的別名叫做「恐怖」？

「恐怕？怕啥？」張飛傻傻地問。

「你們若不來，孔北海恐怕真要『先走一步』了。」孔融勉強擠出一抹自嘲的微笑。

徐州解危

劉備去哪裡「討兵借將」？他跑去找老長官公孫瓚，借了二千名馬步軍，加上一位「萬夫莫敵」的趙子龍。

另一方面，陳登登門求救的田楷軍，也及時來援；和孔融的北海軍依山下寨，呈犄角之勢，與曹軍遙遙對峙。孔融與田楷忌憚曹兵勢猛，不敢輕進；曹操腹背受敵，也暫停攻城，靜觀變化。

這時，劉備的義勇軍殺到，像墜湖之石，激波掀瀾，攪亂原本緊繃的平靜、危險的平衡。劉備不直接對上曹操，命關羽、趙雲護守外圍，自己帶著張飛和少數兵馬勇闖于禁領軍的敵陣，破圍進城，與陶謙商議退曹之計。

對陶謙而言，站在城樓上遙望快速逼近的紅色大旗，上面寫著「平原劉玄德」斗大白字，叫做什麼？喜從天降，天降神兵。

一讓徐州

劉備進城，陶謙擺出大陣仗迎賓，設宴款待，犒勞義軍。

奇妙的是，從頭到尾，陶謙像個喜不自勝的新娘，死盯著呆頭呆腦的新郎劉阿備：嗯，儀表軒昂；喔！能言善道；哇！心性豁達。太好了！不作非非想，所託非非人；今晚，我要把最珍貴的東西獻給你劉玄德。

耳朵一陣發癢，背脊無端顫麻。劉備正在納悶，這位陶太守為何色瞇瞇瞅著我？忽見糜竺從後堂出來，雙手捧著徐州牌印，畢恭畢敬呈給劉備。

劉備哪裡敢接？愕然問道：「這是何意？」

「現今天下擾亂，王綱不振，玄德為漢室宗親，自當匡扶社稷。老夫年邁無能，願將徐州讓與玄德治理，作為撥亂反正的基地。請勿推辭。」陶謙起身，朝劉備一拜。

「這怎麼成？劉備功微德薄，怎能受此大禮？陶太守出此言，莫非是懷疑劉備有染指徐州之心？」劉備扶起陶謙，但眼睛一直盯著大印。

「當然不是！劉玄德正氣凜然，義薄雲天……」像打麻將搓牌那樣，客套推過來，謙讓推過去；一個再三相讓，一個不斷推辭……一個時辰後，糜竺實在看不下去了，大聲說：

「兩位相親相愛，令人感動。我也想祝你們『百年好合』。但如今兵臨城下，依在下之見，還是先研究如何退敵吧！」

劉備主張議和，修書一封，曉以字字「珠譏」的大義：「願明公先朝廷之急，而後私仇；撤徐州之兵，以救國難：則徐州幸甚，天下幸甚！」曹操看了信，破口大罵：「這劉備是什麼東西，敢叫我罷兵停戰？」

後門失火

與此同時，流星馬傳來後方失守的消息：呂布已攻破曹操的老巢兗州，進據濮陽。

呂布不是在李、郭之亂時，就下落不明？沒錯！他逃出戰圍，投奔袁術；袁術拒收，他又輾轉投效袁紹、張楊、張邈等人。結果在張邈陣營遇見也是含怨而來的陳宮。陳、呂二人相見甚歡，同仇敵愾，一起痛罵曹操。陳宮心生一計，極力慫恿張邈利用「當代第一勇將」呂奉先的堅強戰力，趁曹操東征，進占兗州，徐圖天下。

「讓老曹前庭陷危，後門又失火，首尾不能兼顧。哈哈哈！」陳宮笑得好不得意。但，似乎得意得太早。

「這下好了！頭髮、鬍子在冒煙，屁股也著火。要怎麼辦？」曹操蹙眉，用更生動的比喻描述自己的處境。

謀士郭嘉進言：「主公何不順應情勢，拔寨退兵，回去收復兗州？也正好賣劉備一個人情。」

曹操點頭。也對！先專心對付呂布吧！

二讓徐州

陶謙見圍兵退去，笑逐顏開。連忙請孔融、田楷、關羽、趙雲等人進城，舉行慶功宴。

「讓徐州」的戲碼再度上演。

酒足飯飽，飲宴結束。陶謙請劉備上座，拱手對眾人說：「老夫年邁，二子不才，不堪國家重任。劉公乃帝室之胄，德廣才高，世人稱頌。老夫願乞閒養病，有請玄德帶領徐州。」

眾人稱好，唯獨劉備「堅持」不受。陶謙只得請劉備暫時駐兵小沛，幫助保衛徐州。在眾人竭力相勸之下，劉備才「勉強」答應下來。還附加一句：「我可是來『保衛』徐州，而非『強據』貴地。」

戰事已了，勞軍完畢，孔融、田楷率眾離去，趙雲也向劉備辭行。啊！子龍老弟，你又要離開愚兄了。趕快！打開水龍頭，劉備緊握趙雲的手，一千一萬個捨不得，揮淚告別。

陳宮用計

曹操領軍，回到濮陽紮營，與呂布的五萬雄兵對壘。鼓聲大震，兩軍擺下陣勢，熱鬧開戰。原本勢均力敵，但匹馬縱橫天下的呂布一出手，曹將夏侯惇、樂進都不是對手。曹軍大敗，足足退了四十里。

當晚，曹操想利用呂布勝而驕、不設防的心理，發動奇襲：攻打濮陽之西的呂布營寨。不料此計被陳宮識破，早作埋伏，曹軍又敗。曹操被呂布追趕，無法脫身，急得大叫：「誰來救我！」危急時刻，典韋手挺雙戟現身，高喊：「主公勿憂！典韋來也！」舞戟動殺，斬兵退敵，緊護曹操，冒箭前行。當呂布大軍追來時，夏侯惇也領一隊援軍趕到，截住呂布纏鬥。戰到黃昏時分，天降大雨，雨勢如注，雙方各自收兵回營。

就在兩軍僵持不下時，陳宮又為呂布獻上一計，三國老狗們的餿把戲：誘敵深入，甕中捉鱉。不知為什麼，這一招永遠有效。

如何誘？怎麼捉？濮陽城中有位大戶田氏，假意不滿「殘暴不仁」的呂溫侯，密書一封，向曹操輸誠；並謊稱呂布移兵黎陽，不在城中，請曹操快來攻城，田氏願意做個內應。

曹操見獵心喜，或者該說，見餌嘴饞，重賞來人，準備起兵。

謀士劉曄提出諫言：「呂布雖有勇無謀，但陳宮詭計多端。這個『裡應外合』來得突然，只怕其中有詐，明公不可不防。」

明公沖昏了頭，已變成不明就裡、盲衝躁動的昏君。劉曄只好建議，將馬步兵分為三隊，兩隊埋伏城外接應，一隊入城送死——喔！劉曄的說法是「探路」。當大軍來到濮陽城下，赫！城牆上插滿旗旛，而在西門一角，有一面「義」字白旗。「瞧見沒？那是旗號。」曹操笑瞇瞇對部將說。

唉！那麼明顯的「旗號」，你一眼看見，你的敵人會不知道？劉曄搖搖頭，差點昏死過去。

城門大開，守軍出陣，迎戰曹軍，戰不了幾回合，又退回城內。混亂中有幾名軍士溜過來見曹操，自稱田氏使者，相約初更時分，城上鳴鑼為號，大開西門，迎曹軍進城。

時辰一到，西門城牆上果然鼓聲、鑼聲與喊聲大作。城門乍開，吊橋放下，曹操爭先拍馬挺進，過街穿市，直抵州衙，如入無人之境——咦？不對！是真的不見人影。

「啊！中計！」曹操趕忙撥馬回頭，大叫：「退兵！速退！」

來不及了。礮聲爆響，四門起火，金鼓齊鳴，喊殺聲如翻江倒海，兜頭兜腦撲來。呂布的部將張遼、臧霸、郝萌、曹性、高順、侯成等人從東西北南四面包圍。曹操衝突不得，進退失據，狼狽逃往北門。火光中撞見呂布提戟追來。情急之下，曹操連忙以袖遮臉，低頭彎腰，裝成小孬孬。呂布用畫戟在曹操的頭盔上敲了一響，叱問：「曹操在什麼地方？」曹操隨手指指前邊的人：「那個騎黃馬的傢伙。」那人是誰呀？一名冤死的馬上卒。就這樣，曹操騙走了呂布，得以死裡逃生。

將計就計

回營後，曹操反將呂布一軍：軍中掛孝舉哀，放出假新聞，說曹操在攻打濮陽時被火燒死。呂布這麼容易中計？就是這麼容易！呂布一聽到消息，立刻率領人馬殺來；被曹操的伏兵殺得大敗，只好退回濮陽，堅守不出。

這一年哪！除了戰禍，到處還鬧蝗災。莊稼都被吃光了，糧食奇貨可居。聽說關東一帶的稻穀一斛，價值五十貫錢，窮人根本吃不起。怎麼辦呢？為了填飽肚子，人們只好互相殘殺，烹人為食，或者，易子而食。

曹、呂兩軍也因無糧為繼，暫時停戰。

三讓徐州

這一年，徐州太守陶謙已高齡六十三歲，忽然染病不起。他知道自己時日不多，再次要求劉備接受徐州太守職位。劉備怎麼反應？還是堅決不受。穈竺、陳登、關羽、張飛等人好勸歹勸，劉備始終推託。最後，奄奄一息的陶謙面色發白，手指劉備，又以手指心……什麼？老陶你是什麼意思？劉備趨前，耳朵貼近陶謙顫動、囁嚅的嘴。沒想到陶謙眼皮一翻，脖子一歪──掛了！

什麼啦？你到底要說什麼？劉備搖晃著陶謙，緊張地說：「陶公！陶公！」把話說清楚再走啊！

辦完喪事，穈竺手捧牌印，要交給劉備；劉先生東瞻西顧，正在思考「推而不脫」之詞。這時，忽然來了一群徐州百姓，穈擁到太守府前，跪拜哭訴：「劉使君若不肯帶領此郡，我等皆不能安身啊！」

好啦！天時、地利、人和加上民意，再矯情推辭，就是歹戲拖棚了。劉備蹙眉愁容，三聲無奈，勉強擔起治理徐州的重任。

直到夜深人靜，獨自登樓，憑欄望遠，眼眉嘴角間，才露出一抹一閃即逝的微笑。

我，堂堂劉玄德，中山靖王劉勝之後，漢景帝閣下玄孫；數載浮沉，幾番死生，總算有了自己的基業。

深根固本

曹操聽說劉備不費半箭之功，坐得徐州，氣到眼歪嘴斜，傳下號令，即日起兵攻打徐州。

荀彧趕緊勸諫：「主公！萬萬不可！昔日高祖保關中，光武據河內，關鍵在四個字：深根固本……」

根據荀彧的分析，軍機大計，必須進能夠勝敵，退足以堅守；此所謂站穩腳跟，立於不敗之地。

而今兗州已失，徐州未得；前虎後狼，腹背受敵。若不顧一切，硬取徐州，則兗州絕難收復，呂布也會趁虛而入，斷我後路。是棄大而就小，去本而求末，以安而易危。

曹操說：「如今歲荒乏糧，軍心渙散，該當如何？」

「奪糧，固本。」荀彧進言，「汝南、潁川一帶，仍有黃巾餘黨橫行。他們劫州掠郡，搶下大批金帛、糧食。而這些賊徒，實乃烏合、散沙之眾，不堪正規軍一擊。咱們破賊取糧，供養三軍；如此一來，朝廷喜，百姓悅，順天應民，何樂不為？」

「嗯、言之有理。」曹操聽從荀彧的戰略，發動大軍，攻下潁川、汝南等地，也收服了一員大將：譙縣人許褚。

曹操乘勝收復兗州，又攻克濮陽。呂布在曹營六將的圍攻下，不敵敗走，落荒而逃。逃去哪裡？他想投奔袁紹，但袁紹因呂布被譏為「虎狼之徒」而不收。呂布在陳宮的提議下，改投劉備；儘管關羽、張飛、糜竺等人堅決反對，張飛甚至放話：「那呂布敢來，我就和他大戰三百回合！」為人寬厚、智深慮遠的劉備，還是讓出小沛，給呂布棲身之地。

李郭交兵

平定山東的曹操，表奏朝廷，加封為建德將軍費亭侯。這時的京城正醞釀另一波暴亂。自封大司馬的李傕、大將軍的郭汜，橫行無忌，無人敢言。太尉楊彪、大司農朱儁暗中奏請皇帝，下密詔商請擁兵二十餘萬的曹操赴京，扶持社稷，剿除奸黨。皇帝當然同意，問題是，要怎麼進行？於是，楊彪出了一招「反間計」。

郭汜的妻子是天生的醋罈子，無時無刻不在擔心老公出軌。楊彪讓他的老婆密告郭汜的妻子：那郭將軍哪！好像與李司馬的妻子有染喔！

這還得了！郭妻大怒，想出一條報復毒計：在李家送來的食物中下毒。幹嘛？謀殺親夫？不！是以「試毒」為由，讓家中狗狗先吃，毒死愛狗，栽贓嫁禍，讓郭汜開始對李傕心存疑忌。

一日，郭汜到李家飲宴，回家後覺得腹痛，經過一番催吐折騰後，郭妻丟出酸言酸語：

「這不是下毒，是啥？你說呀！」

真要害我？郭汜怒不可抑，暗中調集本部人馬，準備攻打李傕。李司馬得到線報，也不含糊，立刻點兵，要殺郭汜。兩軍合兵數萬，就在長安城中混戰起來，死傷遍巷，路有橫屍。後來，李傕挾持了皇帝、皇后，移駕到郿塢；郭汜也劫擄了六十多位公卿大臣。

「一劫天子，一劫公卿；亂臣賊子，意欲何為？」太尉楊彪對郭、李之戰的註解。

對峙一久，兩相耗損，誰也沒占到便宜；倒是兵力日漸衰弱，戰爭規模也愈來愈小。

這時，遠在弘農、休養生息的張濟，統領大軍前來調和。憑藉著兵強馬壯，揚言誰不依從，他就發兵打誰。李傕、郭汜師老兵疲，無力再戰，只好假裝答應和解。李傕被迫放了皇帝，郭汜也只好釋了群臣，一齊送到張濟的軍營中，統一「照料」。

事已至此，勢亦至此，東漢朝廷變成張濟一人獨大？那倒未必！郭汜、李傕的鬼主意還沒使完呢！只不過，經過戰火摧殘，長安城已破敗不堪，張濟「奏請」皇帝遷回東都洛陽。皇帝詔封張濟為驃騎將軍，張濟進獻糧食酒肉，供給面有飢色的百官；再由僅存的數百御林軍護送車駕東行。

皇帝蒙塵

一劫未平，一劫又起。皇帝的車馬快要到華陰縣時，後方忽然傳來震天喊聲。原來是郭汜打算再劫皇帝回眉塢。緊要關頭，將軍楊奉帶領徐晃趕來救駕，殺退郭汜。國舅董承也率兵相救。兩軍會合，保護皇帝、皇后……怎麼樣？返回東都，重振朝綱？

苦難還沒結束呢！郭汜的敗軍回頭找李傕，聯手合兵，繼續追擊皇帝。為什麼？殺了漢君，平分天下。楊奉、董承辛苦護駕，兩面混戰，驚險連連……萬不得已，楊奉提議，以賊制賊：密詔韓暹、李樂、胡才等「山賊」前來救應，誘因是「赦罪賜官」，總算號召了可以對抗「反賊」的兵力。一路打打殺殺，追、趕、跑、跳、碰，皇帝為求脫身，棄符冊典籍，丟百官宮人；舉凡尊榮華貴、御用之物，拋空棄盡，保住一命就好。後來連天子車駕都不能留，蒙塵皇帝和落難皇后，徒步爬山，赤腳涉水；衣不蔽體，夜宿無瓦。差堪告慰的是，君不棄，妾不離，兩人手牽手，共赴黃泉——喔不！沒那麼慘，是共赴黃河路。

來到黃河邊，前方煙波浩渺，後有追兵將至。怎麼渡河？

李樂「借到」——其實是「搶來」——一艘小舟，讓皇帝、皇后先上船。其他人等……

等什麼？等死。奮力求生的本能，驅使眾人情急搶搭，爭扯船纜；被仗劍立於船頭的李樂一劍一個，兩劍一雙，斬首截肢，慘叫落水。登時，黃河之水天上來，奔流到海都是骸；上不了船的人，跪地哭泣，隨即被撲殺而來的賊軍破腦開膛，劈成兩半。遠遠望去，河面浮首，岸邊倒屍，哀號動天震地；為氣盡運衰的東漢王朝，平添一筆血淚奇觀。

好不容易過了河，楊奉找來一輛牛車，讓皇帝、皇后乘坐。來到大陽地界，糧食斷絕，暫居茅屋；野老進獻粟飯，但粗糲不能下咽。吃不飽，睡不好，皇帝和皇后，只能垂淚到天明。

沒想到，李樂萌生挾持天子之心，極力反對還都洛陽；陰謀不成，竟暗中勾結李傕、郭汜，準備給皇帝致命一擊。皇帝嚇得倉皇失措，感嘆「求生不得，求死不能」。楊奉倒是鎮靜如常，拍胸脯保證：「沒關係！請皇上勿驚！他們兵來，咱們就將擋。」派出大將徐晃迎敵，不到一回合，一斧頭砍死李樂，殺散餘黨，保護車駕通過箕關。

經歷萬苦千辛，九死一生，可憐的皇帝，總算到了洛陽。

剝樹皮，掘草根

被野火燒盡的洛陽城，是什麼模樣？

道路破敗，街景荒蕪，滿目皆是蒿草，宮院中只有頹牆壞壁。

楊奉臨時搭蓋一間小宮，給皇帝居住。皇帝下詔，將年號興平改為建安元年。百官就站在荊棘叢生的野地上，上朝，奏議，恭祝皇帝「萬壽無疆」。這一年鬧饑荒，沒有糧食可吃，尚書以下的官員，都要跟百姓出城，剝樹皮、掘草根果腹。所謂「路有餓莩」已成為洛陽城的日常風景，巷弄、牆腳、街口，處處可見活活餓死的人。

挾天子以令諸侯

災難還未結束。李傕、郭汜的賊軍，仍在河的對岸，虎視眈眈。

太尉楊彪奏請皇帝，下詔請山東的曹操前來保駕。皇帝沒有選擇，當然應允。

曹操怎麼反應？要自立為王？還是當保皇黨？

「當然要保皇！」荀彧剖析大勢，論說義理：「昔日晉文公接納周襄王，進而諸侯服從；漢高祖為義帝發喪，促成天下歸心。如今天子蒙塵，主公應在此時登高一呼，發動義兵，奉迎皇上，讓朝政回復正軌，實現百姓的期望。這才是主公逐鹿中原的偉略。」

「嗯，有理。」曹操點頭，接詔興師，在洛陽城外擊退李傕、郭汜的軍馬，風風光光進城——赫！那陣勢浩大、金鼓喧騰的隊伍，蔽日遮天，揚塵起風。餘悸猶存的皇帝、皇后見狀，以為又是哪方魔王降臨，瑟縮戰慄，竟致手不能動，腳不能行，口不能言。

只見那曹操豪情一笑，作揖為禮，聲若響雷：「臣等救駕來遲，讓皇上受驚，罪該萬死！」

那賊眉賊眼和賊笑，怎麼看，都不像是「萬死」之人。

皇帝面露懼色，眼神流轉，當他的視線定格在熱騰騰的牛肉湯、白饅頭、山東大餅……「哪裡！哪裡！愛卿不必客套，救駕之情，朕……點滴在心。」

移都許昌

眼見洛陽殘破，難以成都，曹操宣稱許昌鄰近山東，糧食供應便利，議請皇帝遷都許昌。皇帝不敢不從，大臣們也都懼怕曹操勢力，沒人反對。

於是，曹操迎鑾駕到許都，蓋造宮室殿宇，建立宗廟社稷、省臺司院衙門，修整城郭府庫；又代天子下詔，封自己為大將軍武平侯，董承等十三人為列侯，荀彧為侍中尚書令，荀攸為軍師，郭嘉為司馬祭酒，劉曄為司空掾曹，毛玠、任峻為典農中郎將——負責催督錢糧。程昱為東平相，范成、董昭為洛陽令，滿寵為許都令，夏侯惇、夏侯淵、曹仁、曹洪皆為將軍，呂虔、李典、樂進、于禁、徐晃名列校尉，許褚、典韋官拜都尉……從那時起，大權歸於曹操：朝政國事、賞功罰罪，先稟大將軍武平侯，才能奏報天子。

一座新都，一番新政，一個嶄新的局面——長達數十年，「挾天子以令諸侯」的時代——正式揭開序曲。

二虎競食

宗廟大事既定，接下來，就是統一天下的大計了。

天下英雄誰敵手？哼！袁紹是北方一統的最大障礙，眼前嘛……徐州劉備、小沛呂布。

許褚請命出征：「願請主公給我精兵五萬，斬劉備，誅呂布，報答主公知遇之恩。」

曹操正要答應，被荀彧勸阻：「天下人皆知，許將軍有萬夫莫敵之勇。但許都新定，皇恩廣被，不宜造次興兵。對付劉、呂二人，我倒有一計，名為『二虎競食』……」

怎麼做？奏請皇帝，正式任命劉備為徐州太守，接著下令，要劉備殺掉呂布。事情成功，劉備就失掉一個幫手；事若不成，呂布也會反噬劉備。

劉備接到詔書和密令，不知如何是好？與眾人商議對策。

張飛說：「呂布本無義之人，殺之何礙？」

劉備嘆了口氣：「呂布因勢窮而來投我，我若殺他，豈非不義？」

張飛瞪大了眼睛：「哥！甭說我沒提醒你：好人難做！」

翌日，呂布前來道賀：「聽說備公受朝廷恩命，特來恭喜。」

沒想到張飛提劍殺上廳堂，要斬呂布。呂布驚問：「翼德何故要殺我？」

張飛啊！這名槓子頭扯足了嗓門說：「曹操道你是無義之人，下了密令，叫我哥哥殺你呢！」

哎喲喂呀！這事兒怎麼能挑明了說？劉備騎虎難下，只好順毛摸虎鬚：「奉先兄！來！裡面說話。」

劉備將呂布帶到後堂，據實以告，並將曹操的密函攤給呂布看。呂布一瞧，哼！果真是奸人奸計，只見他眼眉抽動，目露凶光，嘴裡卻是「感激涕零」，再三向劉備拜謝。

呂布真的「感激」劉備？管他爹的，先過了這關，我呂布再來一個一個幹掉你們。

驅虎吞狼

劉備不殺呂布，甚至博得呂布的「拜服」。曹操收到消息，氣得吹鬍子瞪眼，急問荀彧：「此計不成，要怎麼辦？」

荀彧冷笑一聲，再獻一策：驅虎吞狼之計。

假詔書又來了。這回是要劉備征討袁術。但在此之前，曹操先派人密告袁術：劉備上表皇帝，說要攻取你袁大將軍的地盤南郡。這麼一來，即使劉備不動，袁術也不肯善罷干休；重點是，善變的呂布，必然會盱衡時勢，掐準時機，倒打劉備一棒。

劉備接詔，又是頭痛萬分。謀士糜竺說：「此乃曹操奸計啊！」

劉備無奈表示：「雖是奸計，唉！王命不可違呀！」

於是，劉營整軍待發。但徐州也要有人守城。關羽願意留守，劉備不同意：「戰場之上，不可無二弟；我怎能放你在此？」

輪到張飛自告奮勇：「小弟願守此城。」

劉備又……皺眉頭了。

「這……愚兄不放心你守此城：一者，你酒後亂性，鞭打士卒；二者，作事輕易，不聽人諫。」寥寥數語，道出可預料的後續發展。

張飛指天為誓：「哥哥安啦！弟而今而後，不飲酒，不打軍士，諸般聽人勸諫便是了。」

醉酒打曹豹

是嗎？劉備的憂慮成真：劉備、關羽率軍離開後，張飛當家，日日設宴，「力邀」眾官赴席。理由是：「今日盡此一醉，明日戒酒守城。」結果呢，這位黑將軍醉酒鞭打不善飲的曹豹。曹豹是誰？呂布的老丈人。被痛打羞辱的曹豹恨透了張飛，便趁著張飛醉酒不省人事，串通呂布，奪下徐州。

張飛呢？宿醉未醒，欲振乏力；丈八蛇矛癱軟下垂，想要披掛上陣，卻是不斷摔落馬下。好不容易，在十八騎燕將的護守下，殺出東門；又一鎗刺死追殺而來的曹豹，然後呢，跑去找劉備哥哥懺悔。

拔劍自刎？

戰場上，劉備和袁術相持不下；雙方大將關羽和紀靈，大戰三十回合，也是不分勝負。

這時，張飛狼狽而來，氣急敗壞訴說曹豹與呂布裡應外合、夜襲徐州之事。

劉備拍拍張飛肩膀：「得何足喜？失何足憂？三弟平安就好！」

關公問：「嫂嫂安在？」張飛低下頭，囁嚅地說：「都……都……陷在徐州城中。」

劉備轉頭，眺望蒼茫夜色，默默無語。

關羽連連頓足，聲聲埋怨：「你當初要守城時，說什麼來著？兄長吩咐你什麼？今日城池既失，嫂嫂也被你搞到不見，你說，這要如何是好？」

「我……我……」張飛無地自容，拔劍大喊：「哥哥！小弟對不起您，這就向您賠罪了！」同時抵住自己的脖子，就要自刎。

哇哇！失城事小，死兄弟可不得了。劉備衝上前，抱住莽張飛，奪劍擲地，聲淚俱下：「古人云：『兄弟如手足，妻子如衣服。』衣服破，尚可縫；手足斷，安能續？你忘了？咱們三人桃園結義，不求同生，但願同死？」

「可是……我……我這個糊塗蛋……」張飛也泣不成聲。

關羽也上前，握住兩人的手；三名昂藏大漢互相擁抱，哭成一團。劉備還不忘安慰張飛：「罷了！你們的嫂嫂雖身陷徐州，但對呂布而言，應該尚有用途，想必不會加害。」

一旁的糜竺又忍不住了，大聲說：「三位手足情深，令人感動。我也想祝你們『同生共死』，但不該在今天。現下呂布、袁術環伺，後面又有曹操虎視眈眈，還是先研究如何退敵吧！」

分分合合

袁術得知呂布奪了徐州，抛出大手筆賞金：五萬斛糧、五百匹馬、一萬兩金銀、一千疋綵緞，做什麼？聯合呂布，夾攻劉備。利字當頭，呂布當然同意。劉備也非省油的燈，接獲消息，趁著陰雨撤兵，讓呂布撲了個空。等到呂布向袁術討賞，卻得到一句「且待捉了劉備，方以所許之物相送」。呂布覺得自己被耍，怒罵袁術失信，本想起兵伐袁。但陳宮極力反對：「袁術占據壽春，兵多糧廣，不可輕易與之為敵。」反而主張趁機拉攏劉備，當作馬前卒來使用。

「先生所言有理。」呂布立刻又派人向劉備示好：接劉備回徐州，奉還二位沒有缺角少毛的夫人，且讓他駐紮小沛，不時送來糧米緞疋什麼的。乍看之下，兩家又和好如初。此謂，聯合次要敵人，打擊主要敵人？或者，分化敵人之間的聯合？再去聯合剛剛和盟友分手的敵人？所謂「天下大勢，分久必合，合久必分」，在群雄並起的時代，分分合合才是不變的王道？

從建安元年到曹操當上丞相的建安五年，諸侯之間的結盟背叛、爾虞我詐、兩「肋」插刀、恐怖分手，簡直就是一本……用男女關係來比喻，瞬息萬變的亂點鴛鴦譜。

譬如說，袁術一心一意要除掉劉備，三番兩次用計動兵，聯合這個，私通那個，始終未能得逞。不過，從「必殺劉備」這點來看，袁術的確有眼光。

江東小霸王

另一方面，孫堅的長子孫策，勇猛善戰，年輕有為；在老爸陣亡後，屈身袁術麾下。袁術派他征伐廬江太守陸康，得勝而回，讓袁術對他讚不絕口：「有子如孫郎，死復何恨！」只是，孫策一心想回江東，重振父業，向袁術借兵。既然是「借」，拿什麼抵押？老爸孫堅私藏的傳國玉璽。想當皇帝想到發瘋的袁術一口答應，「大方」出借三千兵士、五百匹馬，讓孫郎帶領朱治、呂範，舊將程普、黃蓋、韓當等人，起兵返鄉。沒想到，孫策得到舒城周瑜和「江東二張」——彭城張昭、廣陵張紘，皆有經天緯地之才——之助，其後幾番交戰，擊敗揚州刺史劉繇，收服大將太史慈，儼然成為一方之雄，人稱「小霸王」。

這時的孫策，意氣風發，大開大闔。一面申奏朝廷，闡述自己的功績；一面結交曹操，作為對抗袁術的暗棋。當然，他沒有忘記老爸的畢生「心願」：既然天命所寄，傳國在我，怎可讓玉璽變成「敝屣」？這位小霸王一面還兵、還馬，向袁叔叔致上不盡的感謝；一面送上催討信：嗯……這個嘛！我家玉璽，可以歸還嗎？

什麼？你這黃口小兒，吃我住我用我兵騎我馬，如今借我軍士奪占江東，不思報本，還敢來索璽？袁術氣得召集部將商議對策，想狠狠修理孫策一頓。

聯呂鬥劉

袁術的謀士認為，孫策羽翼已豐，又據長江之險，不必急著對付；倒不如先打劉備，以報前日無故伐兵之恨。

「怎麼消滅劉備？」袁術問。

很簡單，聯合呂布，鬥垮劉備。眾所周知，劉備勢單力薄，呂布是劉備的強大靠山。只要派人與呂布搞好關係，讓劉備失去奧援，便可破了劉備；剷除劉備後，再來攻打呂布，徐州便可到手。於是，袁術決定先「放過」孫策，並聽從謀士的建議，準備二十萬斛粟糧，補償先前對呂布的虧欠；等到呂布有了善意回應，袁術少了後顧之憂，軍旗一揮，命紀靈為大將，雷簿、陳蘭為副將，統兵數萬，進攻小沛。

遠遠望去，大軍所至，晝列旌旗，遮映山川；夜設火鼓，震崩天地。

而劉備陣中，只有五千餘人。

怎麼辦？向呂布求援：「備亡在旦夕，非將軍莫能救。望驅一旅之師，以救倒懸之急，幸甚幸甚！」

轅門射戟

呂布如何盤算？設下飲宴，把紀靈和劉備請至寨中。兩人面對面，王見王，一陣驚詫，不知怎麼是好？

紀靈問呂布：「將軍要殺紀靈？」

呂布笑答：「當然不是！」

紀靈又問：「莫非要殺大耳劉備？」

呂布笑得更厲害：「肯定不行！我啊！平生不好戰鬥，只好解鬥。」

劉備、紀靈同時問：「怎麼解法？」

呂布一臉神祕，提起方天畫戟——一陣緊張，帳內之人按劍握刀，蠢蠢欲動。「不急！」呂布環左顧右，命部將接過畫戟，走到轅門外，遠遠插在地上，然後說出遊戲規則：「轅門離中軍約一百五十步，我若能一箭射中畫戟上的小枝，你兩家就休兵；如射不中，你們各自回營，準備廝殺吧！」

劉備滿口說好。紀靈暗忖：「距離這麼遠，哪能輕易射中。」便一口答應。

「好！」但見呂布挽起袍袖，搭上箭，扯滿弓，迸出一聲：「著！」赫！弓開如秋月行天，箭去似流星落地，一箭正中畫戟小枝。帳內諸將小校，齊聲喝采。

「好哇！射得好！」劉備叫得最大聲。

喀咚一聲！呂布擲弓於地，握住紀靈、劉備之手，呵呵大笑：「此乃天意！教你們打不成。各自退兵唄！」

就這樣，呂布又救了劉備一回。

結為親家

討好了呂布，仍害不到劉備，袁術簡直就是坐立難安。

謀士只好再獻一計：秦晉之好，或者該說，袁、呂之好。袁術向呂布提親，由袁術之子娶呂布之女，一則鞏固聯盟之誼，且有人質在手，看你呂布怎麼幫劉備？

呂布一時不察，欣然同意；就在妝奩已備，寶馬香車、鼓樂喧天送出愛女之際，陳登的父親陳珪帶病拜見呂布，點破袁術「疏不間親」之計。呂布恍然大悟，連忙叫人追回已上路的女兒。

張飛奪馬

就在劉備積極招兵買馬的當口，莽張飛為求「績效」，幹下「攔路劫馬」的勾當：喬裝山賊，搶劫呂布的部將從山東買來的一百五十匹好馬。連偷帶搶也就罷了，偏偏被對方識破了身分。

呂布大怒，起兵向劉備問罪：「我屢次救你於大難，你為何奪我馬匹？」

劉備一頭霧水。張飛挺槍出馬，大聲吆喝：「是我奪了你的馬！又不是你媽，你要怎麼樣？」

呂布大罵：「環眼賊！你屢次藐視我，還沒跟你算帳呢！」

張飛回罵：「算帳？我奪你馬你便叫哇哇，要是搶你媽，你要喊爸爸？你奪我哥哥的徐州，又要怎麼算？」

「賢弟勿多言！」劉備極力阻止張飛——來不及了！一言不合，兩人又是酣戰一百回合，不分勝負。但兩家關係已打壞。劉備心知，無法同時面對呂布、袁術兩隻惡狼，只好聽從糜竺的建議，投奔另一頭猛虎：曹操。

殺劉？留備？

「歡迎！歡迎！玄德乃吾之兄弟也。」許都城門大開，曹操以上賓之禮款待劉備。席間，再三拍胸脯保證：「那呂布啊！不折不扣的無義之輩。放心！愚兄一定幫賢弟，誅殺那小人。」

曹操真的這麼想？

夜裡，荀彧向曹操獻策：「那劉備是高出呂布、袁術一等的真英雄。若不趁早殺除，必為後患。」

曹操仰頭沉思，默然不語。

荀彧出府，郭嘉求見。曹操問：「荀彧勸我殺劉備，你以為如何？」

郭嘉說：「不可！劉備素有英雄之名，因困窮而來投奔；若將他殺除，天下智謀之士，誰還敢來投效？主公要靠誰定天下呢？」

曹操大笑：「先生所言，正合吾意。」翌日，向皇帝表薦劉備為豫州牧，又送給劉備三千兵馬、萬斛糧食，讓劉備安安穩穩屯駐小沛。

中原鼎沸

再來的局面，曹操和呂布對幹？不！依舊是一場混戰：曹操、呂布、袁術、劉表、孫策打成一團，加上張濟的姪兒張繡發兵進攻許都，袁紹也想趁虛侵犯曹操的老巢……整個中原，像沸騰的鍋鼎，既熱烈：勝負翻變只在談笑彈指間，也胡鬧：張繡詐降後，曹操趁機搞上張濟的美妻（也就是張繡的嬸嬸），日爽夜玩，達旦通宵，不亦樂乎。

為此，曹操中了張繡謀士賈詡的夜襲之計，險些送命，但大將典韋和兒子曹昂、姪子曹安民都為了保他而戰死。

得了傳國玉璽的袁術，忽然自立為帝，建號仲氏。那還得了！曹操聯合孫策、呂布、劉備等人，發起馬步兵十七萬，向淮南挺進。袁術採堅守不出策略，曹操眾人糧盡兵疲後，不得不退。

白門樓

曹操思前想後，還是回到「聯劉打呂」的老步。不料呂布在徐州城外三十里處大敗曹軍，隨即攻下小沛；劉備連家人都落在呂布手裡，與關羽、張飛也失散。這名「喪家之犬」只好再往許昌投奔曹操。

呂布果真驍勇難敵？可惜，個人再怎麼剛猛頑強，終究擋不住兵多將廣（關羽、張飛也率軍歸隊）的曹操大軍。而後死守下邳，卻自恃糧食足備，兼有泗水之險，不肯聽從陳宮的計策：趁曹兵陣腳未定，主動出擊，屯兵城外，內外夾攻，斷曹軍糧道。又終日與妻妾（嚴氏、貂蟬）飲酒解悶，縱欲過度，形容銷減，怠廢軍務。陳宮不由得仰天長嘆：「我等死無葬身之地矣！」

後來，在曹操的明打暗襲、不斷猛攻甚至水攻——讓沂水、泗水決堤，水淹下邳，只剩下東門無水——下，體力和鬥志漸漸不支的呂布，竟在城頭椅子上呼呼睡著了……

一代猛將下場如何？被有意謀反的部將盜了赤兔馬，獻給曹操；又偷了致命武器方天畫戟，丟棄城下，再將呂布五花大綁，連同軍師陳宮、被水圍困動彈不得的大將張遼，押到白門樓，曹操、劉備跟前。

問津之六

「如果有一位白額侯，被閣下擒捉，向閣下輸誠，表明願當你的先鋒利器，為君征戰天下。你會怎麼做？殺他？留他？」青衣文士問道。

白額侯？不就是吊睛白額虎？哈！你拿「呂溫侯」考我？

年輕書生輕搖羽扇，不答反問：「先生呢？相信養虎傷人？還是噬己？」

「閣下這麼說，在下便明白：終有一天，你會和那編草鞋的傢伙一鼻孔出氣。」青衣文士也在搖，搖他的頭：「話說回來，那頭老虎雖然凶暴善變，卻也非脫韁野馬，不可駕馭……」

「情。」像猝斷的琴弦迸出的岔音。

「喔？閣下是說，情之一字誤人深？老虎先生的弱點在私情？」青衣文士居然在撚鬚、點頭。

「一個不重情也不重義的人，反而容易陷溺在兄弟私誼、兒女之情。若不是為貂蟬，他不會殺董卓；若不是妻妾——嚴氏和貂蟬——百般留難，教他猶豫不捨，也許早就聽從陳宮的安排，引兵駐外，夾擊曹操，勝負之數猶未可知。此外……」

「此外，他三番兩次幫劉備解危，『轅門射戟』不就是既義氣又有智謀的表現？」青衣文士大袖一揮，眉眼唇鼻盡是譏誚：「反倒是黑面張飛，乘人不備，奪人馬匹，還義正詞嚴教訓苦主呢！至於白門樓上，奸曹操與詐劉備的一番心計交鋒，堪稱千古絕唱哪！」

「易反易覆小人心。先生若要對付小人，會用君子之道？」

「哈！是誰自命為『仁義之輩』？我只是覺得，堂堂呂溫侯，拿熱臉孔貼劉大耳的冷屁股，最後還死於對方假仁假義的言詞挑撥、借刀殺人，不值啊！」青衣文士撇撇嘴。

「屁股再冷，一旦天時降臨，大位來到，坐著坐著，也就坐熱了。」年輕書生微笑應答：「先生身在冰窖，不也是一腔熱血、滿懷壯志？相形之下，那曹操顯得既冷血又絕情：三番兩次試探劉備，想趁他屁股沒坐熱，已變成一具冰冷屍體。先生口中的『借刀殺人』，與其說是劉備借曹操之刀殺呂布，在下倒認為，是曹操拋題給劉備，讓劉備給自己殺呂布的藉口。」

「曹阿瞞之奸，路人皆知──」青衣文士突然收口，一陣恍惚，一種時空錯亂的異感，像皮影戲，在他眼前忽閃。那一瞬間，他覷見大軍如潮、攻城掠地、換代改朝、江山變色……這些景象，見諸過往，也會在未來重現，不足為奇。但迷離光景的最後一瞥，化為一聲傳言，讓他驚愕不已：司馬昭之心，路人皆知。

司馬昭？那是誰的名字？

「先生！先生！」

猛回神，撞見年輕書生冷箭般的目光：「路人皆知什麼？」

「咳咳！曹操當然是奸雄！但奸雄也有情義的一面，絕非凡夫俗子所能想見。」青衣文士用乾咳掩飾自己的異狀。

「喔？這倒引起我的好奇了，願聞其詳。」

「先說那劉備吧！閣下可知，劉備在逃奔許昌的路上，斷糧缺水，不得不到處向村民野老乞食？」

「先生要說獵戶劉安的故事？」年輕書生皺起了眉頭。

「不錯！有概念。劉備聲名遠播，所到之處……雖談不上喝辣吃香，粗茶淡飯是少不了的。偏偏他『三月不知肉味』，想嘗葷腥；那劉安正是劉備的崇拜者，四出打獵，要幫劉備進補，說巧不巧，一無所獲。怎麼辦呢？殺掉自己老婆，招待老劉。那個笨蛋吃人忘記吐骨頭，問劉安：『此何肉也？』劉安騙他：『狼肉。』『好哇！再來一碗！』只差沒說：『若能天天飽食此肉，這一生無憾囉！』人家的老婆快要被他吃到屍骨無存……」

「他事後知情，熱淚盈眶，對那獵戶劉安感激涕零，不是嗎？」年輕書生偏著頭，彷佛在思索怎麼措詞。

「是嗎？吃人家的老婆，掉兩滴淚，叫做『仁義之道』？照這標準，那曹操可就不只是『仁義』，甚至稱得上『偉大』了。」青衣文士又從齒縫迸出尖銳如鑽子的乾笑聲。

「先生要說大將典韋戰死，曹操悲痛逾恆的事？」有了新話題，年輕書生趕緊轉舵。

「沒錯！曹操中了張繡謀士賈詡之計，險些送命，長子曹昂、姪子曹安民都為了保他而戰死；但讓曹操數度落淚的人，只有典韋。傳說，典韋為保主公，孤身陷敵，身無片甲，前胸後背被刺數十槍，兀自死戰。刀砍缺了不能用，將刀一扔，雙手提著對方兵士掄揮迎敵，居然還能打死八九人。群賊不敢近，改放遠箭，箭如驟雨，典韋變成人形刺蝟，猶死擋寨門。怎奈賊軍源源不斷，典韋慘遭一槍貫身，大叫數聲，血流滿地而死。死了好半晌，還無一人敢從前門入寨。」青衣文士說得眉飛色舞，「你敢說曹操不重情、不講義？」

「『重情講義』的是典韋，不是曹操吧！」年輕書生仍是一臉不以為然，「曹操之痛，難道不是因為死心蹋地跟隨他者，又少一人？」

「這一點，我是說收買人心，曹操確實略遜劉備一籌。」青衣文士則是一臉似笑非笑，「回到咱們的『仁義論』，當初呂布投靠劉備，劉備不殺他，此謂『非我不仁』；呂布要降曹操，劉備卻唆使曹操殺他，叫做什麼？『是你不義』。閣下當真認為，那呂布死有餘辜？」

「呂布之死，看倌們多少有些惋惜吧！少了他，這個戰禍難平的時代，肯定少了好幾場精彩戰役。先生以為？」

「我為他數度保劉備，感到不值啊！」青衣文士嘆了口氣。

「應該是不智？或，不齒吧？」年輕書生又揮起羽扇，「先生忘了他的封號？」

「三姓家奴？」青衣文士一眨不眨盯著年輕書生，「三姓家奴又如何？閣下可知，你和我，再怎麼自命不凡，也只能……」

「只能如何？司馬先生！」

「只能當主子的複姓家臣，諸葛老弟！」

生死無二志，
丈夫何壯哉！
不從金石論，
空負棟梁材。

第六章

千里走單騎

猛鷹與狐兔

陳登曾對曹操說：「將軍可知，養呂布如養虎？當飽其肉；不飽則將噬人。」

曹操大笑：「我待溫侯，有如養鷹，狐兔未息，不敢先讓他吃飽。為何？饑則為我用，飽則自颺去。」

陳登問：「誰為狐兔？」

曹操答：「淮南袁術、江東孫策、冀州袁紹、荊州劉表、益州劉璋、漢中張魯，都是狐兔。」

別來無恙？

白門樓上，曹操與劉備端坐大位，形如判官；關羽、張飛威顏怒目，侍立一旁。呂布等一干「戰犯」，一一押解上堂。

看見陳宮，曹操百感交集，先來一聲問候：「公臺別來無恙？」

陳宮怒答：「你這奸賊心術不正，棄你而去，我感覺好多了。」

曹操問：「我心不正？你又去事奉翻臉無情的呂布？」

陳宮說：「布雖無謀，不似你詭詐奸險。」

曹操又問：「唉！公自謂足智多謀，如今呢？又怎樣？」

陳宮瞪著呂布說：「恨此人不從我言！若從我言，未必被擒。搞不好死的是你這奸賊。」

曹操嘆了口氣：「你不告而別那天，我對天發誓：來日狹路相逢或戰場見面，我可饒你不死，但僅限一次。今日之事，你怎麼說？」

陳宮大聲回應：「唯有一死！」

生死無二志，丈夫何壯哉！不從金石論，空負棟梁材。陳宮雙手縛綁，徑步下樓，左右牽拉不住。曹操起身，目眶含淚，送君一程。陳宮不回不顧，引頸就戮。曹操以棺柩盛屍，厚葬許都。

您想當「曹爸爸」？

與此同時，呂布小聲對劉備說：「公為坐上客，布為階下囚，能不能幫我說好話？」

劉備點頭。等到曹操上樓來，呂布大叫求饒：「明公所憂慮的人，不過就是我呂布；我願臣服，擔任明公副手，要平定天下，有何困難？」

曹操回頭問劉備：「你以為如何？」

劉備不答反問：「丞相忘了丁爸爸、董爸爸之事？您想當『曹爸爸』？」

曹操眉頭一皺，大手一揮，決定了三國第一猛將的完結篇：縊死白門樓。

呂布被拖下樓時，對劉備大罵：「你這忘恩負義大耳劉，不記得轅門射戟，我怎麼幫你？」忽然傳來一人大叫：「呂布匹夫！死就死了，何懼之有！」

誰這麼帶種？眾人轉頭一看，原來是被刀斧手押解而來的大將張遼。

曹操瞅了張遼一眼，隨口一問：「這人好生面善啊！哪裡見過？」

張遼說：「濮陽城中曾相遇，可惜當日火不大，沒燒死你這漢賊。」

曹操大怒：「敗將還敢羞辱我？」拔劍在手，就要親斬張遼。張遼全無懼色，昂首引頸，泰然赴死。

這時，劉備抓住曹操的臂膊，極力勸阻：「丞相且莫動手！」關羽也跪地求情：「關某素知文遠是忠義之士，願以性命為他擔保。」

曹操左顧右盼，忽然擲劍大笑：「我也知文遠忠義，我是假裝要殺他，看他如何反應？」親自解開繩縛，脫下外衣披在張遼身上，並請他上坐。這一招果然不輸劉備。張遼感動在心，表明願降，從此報效朝廷，聽命丞相。

「好！太好了！」曹操封張遼為中郎將，賜爵關內侯。

劉皇叔

曹操班師回到許都，引劉備晉見皇帝。皇帝問：「卿祖上何人？」

劉備奏答：「臣乃中山靖王之後，孝景皇帝閣下玄孫，劉雄之孫，劉弘之子。」

皇帝叫人查了宗族世譜，便認劉備為皇叔，封為左將軍宜城亭侯。那天起，皇帝不時宣劉備入偏殿，設宴款待，敘叔姪之禮。

荀彧等一班謀士提醒曹操：「天子認劉備為叔，恐怕對明公不利。」

曹操一哂：「哈！既然是皇叔，我以天子詔命令他，他敢不服？再者，留他在許都，名雖近君，實則為就近看管，有什麼好怕？」

程昱遊說曹操：「如今明公威名日盛，何不乘此時行……九五之事？」

曹操搖頭：「朝廷股肱尚多，心向漢室，不可輕動。這樣吧！古之帝王，春蒐夏苗，秋獮冬狩，四時出郊；我挑個良辰吉日，請天子田獵，以觀動靜。」

田獵耀武

良馬、名鷹、俊犬，弓矢俱備，曹操聚兵城外，再入宮奏請天子排鑾駕出城。皇帝不敢不從，帶寶雕弓、金鈚箭，騎上逍遙馬，與曹操的爪黃飛電馬並行；兩人背後都是曹操的心腹將校，文武百官，只能遠遠跟隨。劉備與關、張彎弓插箭，內穿掩心甲，手持兵器，引數十名兵騎隨駕出獵。

忽見荊棘中跑出一頭雄鹿，皇帝連射三箭不中，對曹操說：「卿射之。」曹操拿了皇帝的弓箭，扣滿一射，正中鹿背，那雄鹿倒斃草棘中。文武百官看見金鈚箭，以為是皇帝神準，高呼萬歲。這時，曹操縱馬而出，擋在天子之前，迎接歡呼。關羽見了，怒不可遏，提刀拍馬要殺曹操，被劉備慌忙搖手、猛使眼色攔住。劉備事後的解釋：「『投鼠忌器』，皇上在曹操手中，四周軍士，都是曹操人馬；輕舉妄動，可能傷了天子不說，我等也會因而坐罪。」

關羽搖頭嘆息：「不殺此賊，必為後患啊！」

衣帶詔

皇帝怎麼反應？

回到宮中，皇帝想起圍場打獵曹操專橫的情景，不禁流下淚來。伏皇后的父親伏完進宮探視，向皇帝獻策：國舅董承或可除掉曹操。皇帝於是咬破手指，寫成一道詔書，縫在玉帶紫錦襯裡，藉機賜給了董承。

沒想到，董承一出宮，曹操正候在宮門前，淡淡一問：「國舅為何而來呀？」

董承說：「適蒙天子宣召，賜以錦袍玉帶。」

曹操一挑眉：「喔？解下來我看看。」

董承遲延著，曹操懷疑裡面有文章，命武士硬是剝下董承的玉帶。

曹操將帶子拉直，舉高，正看，倒看，左覷，右瞄；翻面，對著日影，詳細照看。看了好半晌，沒瞧出名堂，笑問：「果然是條好玉帶！國舅將其轉贈給我，如何？」

「君恩所賜，不敢轉贈；容我另製珍寶，獻給丞相。」董承的背頸滲出了冷汗。

「不給？莫非其中有鬼？」曹操又瞄了玉帶一眼。

「豈敢？丞相如要，便請留下。」董承的雙腿也開始顫抖。

「哈！既是君賜，我又何忍奪你所愛？開玩笑的！」曹操一笑，將玉帶送還董承。

燈花飄落的神州夢境

回府後，映著燭光，董承反覆檢視玉帶：白玉玲瓏，碾成小龍穿花，背用紫錦為襯，縫綴端整，但看不出任何異樣。

憂急攻心，讓董承伏几而眠。倏然之間，燈花飄落帶上，燒著背襯。董承的手背也被火星燙到，乍醒，連忙取布擦手拭帶，驚見帶面已燒出一處破洞，微露素絹，隱現血跡。董承急忙取刀拆開襯縫，赫見天子血詔：

朕聞人倫之大，父子為先；尊卑之殊，君臣為重。近日操賊弄權，欺壓君父；結連黨伍，敗壞朝綱……卿乃國之大臣，朕之至戚，當念高帝創業之艱難，糾合忠義兩全之烈士，殄滅奸黨，復安社稷……建安四年春三月詔。

不用說，董國舅涕淚交流，夜不能寐。天一亮，便四處奔走，「糾合」大臣王子服、种輯、吳碩、吳子蘭、馬騰、劉備等「反曹」人士，歃血為盟，誓言除滅曹操，匡扶漢室。

其中，西涼馬騰讀完血詔，毛髮倒豎，咬齒嚼脣，滿口流血，慷慨表態：「國舅若有大計，請知會一聲，我立刻統西涼兵為外應。」

雷霆好藏龍

劉備的態度呢？生怕曹操起疑，每天門也不出，只在後園種菜澆水。關羽、張飛問他為什麼不留心天下大事，寧願當個閒農？劉備笑說：「你們有所不知，愚兄自有道理。」某日，關羽、張飛到郊外練弓射箭，劉備獨自一人在園裡澆水。曹操派許褚、張遼「請」劉備到丞相府喝酒——也就是曹、劉過招最輕描淡寫卻也最動魄驚心的段子：煮酒論英雄，雷霆好藏龍。

曹操真的相信劉備「膽小如鼠」？

弟終兄及

所幸，又有大事即時發生：袁紹發兵，大敗公孫瓚；公孫太守走投無路，先殺妻子，然後自縊，全家舉火自焚。由於袁紹勢盛，袁術打算奉送傳國玉璽給袁紹——難道袁術預知自己將亡，來一齣「弟終兄及」的狗血劇？劉備靈機一動，便以攔截袁術為名，向曹操討了五萬兵馬，逃離許都。曹操也非省油的燈，派了朱靈、路昭二將與劉備同行，名為「照應」，實為「監軍」。

劉備拜別皇帝，皇帝握緊皇叔的手，哭得涕泗縱橫。「我乃籠中鳥、網中魚，此行有如魚入大海，鳥上青霄……」劉備哼著自創的小調，連夜收拾軍器鞍馬，掛了將軍印，點齊人馬，即刻起程——喔！起程不夠，還得日夜兼程急行軍。關羽、張飛在馬上探問：「大哥此番出征，何以如此神速？」

「豈不聞，兵貴神速？」劉備詭笑而答，嘴裡唸唸有詞：「束兵秣馬去匆匆，心念天言衣帶中。撞破鐵籠逃虎豹，頓開金鎖走蛟龍。嘿嘿！嘿嘿嘿！」

袁術敗亡

兵至徐州，刺史車冑出城迎接，劉備的老部屬孫乾、糜竺等人也都來參見。劉備先回家探視老小，一面派人探聽袁術動向。探子回報：「袁術已收拾人馬，帶著傳國玉璽、宮廷御用物品，離開淮南，很快就會經過徐州。」

來得好！劉備傳令關羽、張飛、朱靈、路昭四將，點起五萬軍馬，等著半路截擊袁軍，率先對上由紀靈領軍的先鋒部隊。張飛一馬當先，挺矛直取紀靈，打不到十回合，大喝一聲，將紀靈刺於馬下。袁術親率大軍趕來救援，被劉備兵分三路，殺得慘敗。有多慘？屍橫遍野，血流成渠；逃亡兵卒，不可勝數。又被叛將劫去錢糧草料；想回壽春，卻遭群盜襲擊。只好困守在小城江亭，身邊只剩下一千多名老弱殘兵。當時正逢酷暑，糧食接濟不上，全軍只剩下三十斛小麥，分給軍士，誰也吃不飽。那些隨軍的家小更是淒慘，多半活活餓死。袁術也病倒在榻，嫌麥飯粗糙，不能下嚥，就命令廚子拿一些蜜水來止渴。廚子說：「只剩下血水了，哪裡還有蜜水！」袁術坐在床上，茫然四望，大叫一聲，倒地吐血而死。

玉璽歸曹

又一名梟雄敗亡。那是建安四年六月的事。袁術的姪子袁胤帶著袁術靈柩、家當和妻小投奔廬江徐璆，卻被徐璆謀財害命，將一干人等殺個精光。那枚傳國玉璽呢？徐璆拿去獻給曹操，換來高陵太守的官位。

計中有計

凱旋的劉備回到徐州，故意讓朱靈、路昭回許都向曹操報捷。自己呢？滯留不歸。曹操大怒，密令徐州守將車冑殺掉劉備。車冑無謀，找陳登商議此事；陳登獻上一招「甕中捉鱉」：趁劉備出城安民，命令軍士埋伏甕城邊，等劉備回城，大門一關，二話不說，亂刀斬首。

「好計！」車冑豎起大拇指，乖乖照辦。

沒想到計中有計。陳登一轉身，飛馬去向劉備告密。路上遇見率軍先回的關羽、張飛，張飛聽了此事，大叫：「什麼？敢暗算俺大哥！」提起蛇矛，就要策馬前去廝殺。

關羽拉住張飛，面露微笑，淡淡一句：「三弟冷靜！我有一計，如此如此，這般這般……」

那夜三更，一夥「曹軍」來到城邊叫門。城上守軍問：「是誰？」城下回答：「是曹丞相派來，張遼將軍的人馬。有要事相商。」守卒回報，車冑覺得事有蹊蹺，找陳登商議，得到模棱兩可的建議：「若不迎接，怕丞相起疑；若開城迎接，又恐有詐。」車冑只好上城，來個緩兵之計：「黑夜視線不清，難以分辨，明早再說。」城下大喊：「此行極為機密。萬一被劉備知情，將貽誤軍機，車將軍要負責？趕快開門！」

不得已，車冑率領一千名兵馬出城，剛過吊橋，赫見火光之中，關雲長提刀縱馬，直奔而來。「哎呀！不妙！」車冑想要逃回城內，來不及了，關羽手起刀落，短短數招就教車冑身首分離。

此時的劉備還不知道，他和曾經擁有念念不忘的徐州綬印，即將重聚。

伏道迎接

劉備回城時，但見城頭易幟，又聞歡呼四起；百姓父老，伏道迎接……正感詫異之際，陳登告知「兵變」之事。

額手——不是稱慶，是在擦汗，劉備苦著臉說：「你們就這樣『拿下』徐州城？曹操若是率大軍而來，該當如何？」

關羽拍胸脯，撂豪語：「怕什麼？兵來將擋，水來土掩。」

「對！有咱們弟兄在，來一個，殺一個；來兩個，宰一雙。」一身濺紅的張飛，眉飛色舞走來。他跑去做什麼？利用混亂的空檔，殺光車冑全家。

「啊！」劉備癱坐椅上，差點昏倒。「殺了曹操的心腹大將，還殺車冑全家，他如何肯罷休？」

張飛嘰嘰嘴：「俺殺得興起，一個接一個，沒兩下就殺盡了。」

「你……你……」劉備多麼希望自己真的昏過去。

「玄德勿憂，我有一計……」陳登氣定神閒，娓娓道出平息狼煙的妙計。

聯袁抗曹

當今天下，誰能與曹操爭鋒？唯有一人，河北袁紹。

袁紹虎踞冀、青、幽、并諸郡，統領甲兵百萬，麾下文官武將雲集，多如過江之鯽。

聯袁抗曹，彼此牽制，相約夾擊，形成鼎立之勢，是羽翼未豐的劉備在列強間求生存的必要戰略。問題是……

「我和袁紹向無往來，又大敗他的親弟弟，他不滅我就不錯了，怎麼肯出兵相助？」

劉備說出了癥結。

「只要得一人之助，就可得到袁紹的十萬援軍。」陳登輕撚自己的鬍鬚。

「莫非是……」劉備腦中閃過一個名字。

「正是鄭康成。博學多才，名震天下，與袁紹三世通家，你曾拜他為師的一代大儒鄭玄先生。」

翌日，劉備在陳登陪同下，親訪鄭玄，懇求老先生修書一封給袁紹，幫劉備說幾句好話。鄭玄慷慨應允，而這封信，化解了劉備、袁紹間的嫌隙，卻也引發袁紹陣營的路線爭議：

田豐主張，屯兵邊境，坐收漁利。

審配覺得，興兵討曹，正是時候。

沮授不贊成師出無名。

郭圖則以為：「剿滅曹賊，誰說無名？主公應聽從鄭尚書之言，與劉備共仗大義；上合天意，下合民情，此乃社稷之幸！」

起兵？不起兵？

七嘴八舌，讓袁紹猶豫不決。這時，謀士許攸、荀諶從外面進來，袁紹徵求兩人的意見。總算，這兩位股肱重臣口徑一致：「以眾克寡，以強攻弱，討漢賊扶王室，怎麼可以不起兵？」

於是，袁紹讓信使孫乾回覆鄭玄，同意興兵；並與劉備相約接應。隨即點齊馬、步兵共三十萬人，以審配、逢紀為統軍，田豐、荀諶、許攸為謀士，顏良、文醜為將軍，浩浩蕩蕩朝黎陽進發。

為求名正言順，袁紹命令書記陳琳寫了一篇流傳千古的討曹檄文，盡數曹操罪狀，如「卑侮王室」、「敗法亂紀」、「專制朝政」、「貪殘酷烈」、「爵賞由心，刑戮在口」、「汙國害民，毒施人鬼」……等等，遍行州郡，張貼、懸掛在各處關津隘口，昭告天下百姓。

檄文傳至許都，曹營人士無不對此深痛惡絕。這時，曹操正巧頭風發作，臥病在床。讀了文章，只覺毛骨悚然，出了一身冷汗，頭風病也好了。

曹操從床上一躍而起，忙問在床邊伺候他的曹洪：「此檄何人所作？」

曹洪答：「聽說是陳琳手筆。」

「好啊！寫得好啊！」讚嘆歸讚嘆，曹操立刻召集眾謀士，商議迎敵之策。

虛張聲勢

孔融認為：「袁紹兵強馬壯，不宜宣戰，只能求和。」

荀彧持不同看法：「袁紹色厲而膽小，兵多而不整。麾下之人，田豐剛而犯上，許攸貪而不智，審配專而無謀，逢紀果而無用。這些傢伙，勢不相容，早晚內訌。顏良、文醜，匹夫之勇，一戰可擒。其餘碌碌之輩，縱達百萬，又有何用？」

曹操大笑，命前軍劉岱、後軍王忠，領五萬兵馬，打著丞相旗號，攻伐徐州劉備。自己呢，親率二十萬大軍，進黎陽，抗袁紹。

程昱質疑：「那劉岱、王忠，能對付劉備？」

曹操笑答：「當然不是劉備敵手，這一手，只是虛張聲勢。」隨即吩咐兩人：「不可輕進，不宜真幹，在他家門口撓撓癢就好。」

於是，曹操主軍、袁紹大軍在黎陽對峙；深溝高壘，相持不戰。曹軍兵少，以守為攻；袁紹兵多，但主帥袁紹疑心太重，內部又不團結，錯失主動出擊的契機。相持兩月後，曹軍退走。

奉命虛晃一招的劉岱和王忠，本採守勢，但中了張飛的計策，兩蛇出洞，雙雙被擒。劉備不殺他們，反而放回許都，請他們在曹操面前美言幾句：「劉備從未想過要造反啊！」

關於捉放二將，劉、關、張三兄弟合演了一齣「扮黑白紅臉」：白面劉備剛剛送走劉岱、王忠，黑臉張飛突然挺矛攔路，大喝一聲：「我哥哥在玩什麼鳥？怎麼捉住賊將又放了？」嚇得兩人在馬上發顫。

背後一人飛馬大叫：「三弟不得無禮！」兩人轉頭一看，是紅顏關羽。呼！救星駕到！

關羽說：「兄長既然放了他倆，三弟為何不守軍令？」

張飛撇撇嘴，不服氣說：「此番放了，下次又來。又要被我擒下，你們還是叫我放人。煩死了！不如現在——」話沒說完，手中長矛張牙舞爪，像蠢動的怒蟒。

「他們再來，我讓你殺。」關羽馬一橫，擋在張飛面前。

劉岱、王忠嚇得落馬快跑，連聲告退：「就算丞相誅我三族，我們也不敢來了。望將軍寬恕。」

擊鼓罵曹

大敵袁紹當前，為消弭「後」患，孔融提議：招安張繡、劉表，然後再圖徐州。曹操覺得此議可行，派劉曄遊說張繡；與此同時，袁紹也來示好。張繡猶豫不決，軍師賈詡說：「袁紹連兄弟都不能相容，哪能容得下他人？」

於是張繡決定投奔曹操。曹操不計前嫌（只是在看見賈詡時，有一腔火燒心的異樣感），對張繡、賈詡及其部屬皆以禮相待。

劉表呢？如何招降？賈詡建議：「荊州劉景升，好結納名流，需要一名文雅之士前往，飽以詩書，曉以大義。」荀攸推薦孔融，孔融則力薦「其才十倍於我」的絕世鼓手禰衡。

禰衡有多絕？他見了曹操，劈頭就說：「天地雖闊，何無一人啊！」

你媽媽的，老子不是人嗎？曹操忍住氣，反問：「無人？我手下有數十名謀臣勇將，都是當世英雄……」隨即唸出一長串名字：荀彧、荀攸、郭嘉、程昱、張遼、許褚、李典、樂進、呂虔、滿寵、于禁、徐晃、夏侯惇、曹子孝……

禰衡一笑，展現冠絕古今的罵人長才：「荀彧可使弔喪問疾。荀攸適合看墳守墓。程昱或能關門閉戶。郭嘉可懂吟詩作賦？小心！千萬莫教他行文，光是看錯別字，你就想一刀殺了他。張遼嘛……站在城頭擊鼓鳴金好了。許褚應該派去牧牛放馬，他和畜生溝通較沒問題。樂進腿快，一定要教他取狀讀詔。李典不去傳書送檄，叫做糟蹋人才。呂虔不妨學習磨刀鑄劍，讓他上場打仗，太浪費武器了！滿寵只會飲酒食糟，當貓狗養養還不錯。于禁擔任負版築牆工人，想必更開心。徐晃純屬殺豬屠狗輩，要他上戰場殺人，得先餵他熊心豹子膽。夏侯惇……他有一技之長嗎？挑大便也好。曹子孝又名『要錢太守』，大小事經他手，人去財空但沒有人安樂。我說丞相大人哪！您的手下，盡是衣架、酒囊、飯桶、肉袋。」

「喔？你有何能？」曹操居然靜靜聽完，沒有發飆。

「我嘛……懂的事情也不算多，剛好比你們多一點。咳咳！」禰衡清清嗓子，開始第二回合：「天文地理，無一不通；三教九流，無所不曉。上可以比堯、舜，下可以配孔子、顏回。真的沒什麼了不起，但又豈是你們這些酒囊飯桶所能了解。」

一旁的張遼聽不下去了，拔劍就要斬殺禰衡，被曹操阻止，並且給了禰衡一個「適才適所」的工作：鼓吏，朝賀宴享時在旁打鼓配樂的小官。

翌日，曹操在大廳請百官飲酒，命令禰衡擊鼓助興。禰衡脫光了衣服，裸體演出，被曹操訓斥：「廟堂之上，如此無禮！」禰衡反脣相譏：「欺君罔上才是無禮，我袒露父母之形，正顯示出我的清白無垢體。」

曹操怒目而問：「你清白？那誰汙濁？」

接下來，就是歷史聞名的「擊鼓罵曹」：「你不識賢愚，是眼濁。不讀詩書，是口濁。不納忠言，是耳濁。不通古今，是身濁。不容諸侯，是腹濁。常懷篡逆，是心濁。像我這種天下名士、當代第一，你竟然只當鼓吏來用，猶如陽貨輕視仲尼，臧倉詆毀孟子。你是從小欠鼓勵嗎？」

賤嘴酸民

你想大材大用？好啊！曹操還是不殺禰衡，硬派他去荊州招降劉表，事成，便讓他位居公卿。結果呢，狗改不了吃屎，擊鼓改不了吐槽，見了劉表，又是一番言語譏諷。劉表知道曹操想借他的手，殺掉這位賤嘴酸民，故意讓禰衡去見黃祖。黃祖是個武將，受不了酸儒的嘲諷，一刀將禰衡斬了。

毒殺曹操

建安五年元旦，文武百官上朝，向曹操朝賀。權傾一時的曹操，愈加驕橫，不把任何人放在眼裡。一心想除掉曹操的國舅董承，連做夢都是「殺曹」的情節，日夜與王子服、吳子蘭、种輯等人商議對策，卻是無計可施。憂急交迫，終於讓他不支病倒。

皇帝讓太醫吉平來為董承治病。吉平無意間聽見董承的夢話：「操賊休走！納命來！」又看了皇帝密詔，深受感動，決心共襄盛舉，並咬下一指為誓。兩人便合議設下了「毒」計：利用曹操的頭風症，在藥裡下毒。

不料隔牆有耳，董承的家奴秦慶童因為和董承的小老婆有染，被杖打四十下，關在冷房，因此懷恨在心。夜裡偷偷扭斷鐵鎖，跳牆逃出，直奔丞相府，向曹操告密，供出經常出入府中密謀的五人：王子服、吳子蘭、种輯、吳碩和馬騰，再加一位遠在徐州的劉備。

曹操將計就計，假裝有病，請太醫吉平前來診治。吉平親自煎藥送上，曹操卻讓吉平先嘗。吉平心知事已敗露，硬要將毒藥灌入曹操口中，曹操用手一推，藥碗摔在地上，哧滋一聲，磚頭迸裂，藥水中的劇毒，染黑了地面。

曹操抓了吉平，嚴刑逼供，要吉平招出同夥。吉平不從，只是一個勁地叫罵：「你這欺君罔上之賊，人人得而誅之。」曹操命獄卒痛打，打到皮開肉裂、血流滿階。又將吉平的手指砍掉，舌頭割下；最後，吉平表示願意招供，趁鬆綁瞬間，一頭撞上石階自殺了。

斬草除根

曹操從董承房內搜出衣帶詔和義狀，將涉案嫌犯：董承、王子服……一干人等全部處死，又要逼殺董承已懷孕五個月的女兒董貴妃。皇宮裡一片哀戚，皇帝、皇后和貴妃哭成一團；皇后替董貴妃求情：「請丞相饒孩子一命，先將貴妃貶至冷宮，待其分娩，殺之未遲。」

曹操冷笑一聲：「是嗎？皇后要我留此逆種，等他長大，為母報仇？」

天助曹操

還有兩隻漏網之魚：馬騰和劉備。

謀士建議，西涼軍兵強馬壯，難以輕取，不妨暫以懷柔之策，鬆懈馬騰的戒心，伺機再取。劉備是一代人傑，宜趁其羽翼未豐，大軍壓境，及早剷除。

於是曹操親率二十萬大軍，兵分五路，殺向徐州。劉備派謀士孫乾向袁紹求救，袁紹因小兒子染上疥瘡，命在旦夕，不願出兵。只答應劉備在不如意時可投奔他。

曹操兵臨城下，劉備無計可施，聽從張飛的計策，連夜去曹營劫寨，卻中了曹操埋伏。一陣馬亂兵荒，劉備、張飛各自走散，劉備單人匹馬前往青州投奔袁紹，張飛則逃到芒碭山，屯兵暫駐。

關於劫寨一事，只能說，大風吹向曹操那方。天黑前，行軍途中，狂風驟起，吹折曹營一面牙旗。曹操覺得事有蹊蹺，問此兆吉凶？荀彧一口斷定：「劉備今夜必來劫寨。」

還好，袁紹信守承諾，聽說劉備前來投靠，帶領部下出城三十里迎賓。

曹操攻下徐州，兵進下邳。關羽被激將法誘出城，遭曹軍四面包抄，困在一座小山丘上。曹操主軍攻陷下邳，擒住劉備的妻子家小。

降漢，不降曹

進退不得，生死兩難，二位嫂嫂又在敵人手裡，怎麼辦？

張遼奉命上山，分說利害，勸降關羽。關羽迫於情勢，答應投降，但有三個條件：其一，只降漢帝，不降曹操；其二，用劉備的俸祿養二位嫂子；其三，一旦知道劉備的下落，不管多遠，都會千里尋兄。

前兩項沒問題，但最後一條……曹操搖頭：「感覺上像是替別人養老婆，搞了半天，人不是我的。不划算！」

張遼說：「關羽情深，只因劉備待他恩重；丞相以厚恩待他，何愁關羽不服？」

「嗯，言之有理。」曹操勉為其難答應了。

忠貞不渝

於是，關羽保護兩位嫂嫂，隨曹操往許都。途中，曹操故意讓關羽與二位嫂子同住一室。關羽一手持燭，一手拿刀，通宵站在門外，緊守分寸。

回到許昌，曹操對關羽三日一小宴，五日一大宴；又贈送美女和金銀財寶無數。關羽怎麼做？讓美女服侍嫂嫂，財物也交給嫂嫂收藏。

曹操發現關羽的綠錦戰袍已經老舊破損，叫人挑選上等錦緞，量身定做了一襲新袍，送給關羽。關羽稱謝，卻穿在裡面，外面仍罩上舊袍。

曹操笑問：「雲長為何如此節儉？」

關羽抱拳回答：「關某並非儉吝。舊袍是劉皇叔所賜，穿之如見兄面。」

曹操不說話，臉上浮出三條線。

為籠絡關羽，曹操再加碼：將呂布的赤兔馬送給關羽。

這一招有用？關羽見赤兔馬如獲至寶，再三向曹操拜謝。

「咦？奇怪！」曹操問：「為什麼以前贈你東西，不見你感激，而今天卻拜謝再三？」

關羽說：「我知道此馬日行千里，今天有幸得到，真是蒼天憐我啊！」

曹操瞇著眼，笑問：「喔？怎麼說？」

關羽想都不想就答：「有了這匹千里馬，若得知兄長下落，就可早一日見面了。」

曹操的臉上何止是三條線，都可以當五線譜作曲，來一段繁弦急管了。

殺顏良，誅文醜

這時，袁紹起兵攻打曹操，曹操領五萬兵馬迎戰。關羽自動請纓，曹操擔心關羽立下功勞，便要求去，故意不讓他出戰。沒想到，袁軍先鋒顏良勇不可擋，連斬曹將宋憲、魏續，戰況一時吃緊。

謀士程昱建議，改派關羽迎戰顏良。曹操有些遲疑，程昱說：「劉備如果還在人世，必然投奔袁紹；主公讓關雲長破袁紹之兵，殺袁紹大將，袁紹必定懷疑劉備是來當內應，而將其誅殺。請問，劉備一死，關雲長要去哪裡『千里尋兄』？」

「好計！有請雲長。」曹操笑得闔不攏嘴。

翌日，關羽手提青龍刀，躍上赤兔馬，來到曹營見曹操。兩人站上土山觀看敵陣：旗幟鮮明，槍刀森然，嚴整有威。

曹操說：「河北人馬，何其雄壯！」

關羽撇撇嘴：「以我來看，不過是土雞瓦犬！」

曹操又指著中軍麾帳，語露感嘆：「麾蓋之下，繡袍金甲，持刀立馬的人，是一代猛將顏良啊！」

關羽淡淡一笑：「是嗎？在我眼中，他是插標賣首的活死人，標牌上寫著：來呀！來呀！我的腦袋很便宜。」

曹操忍不住偷笑。笑容未斂，關羽已奮然上馬，倒提青龍刀，鳳目圓睜，蠶眉直豎，衝殺敵陣。河北軍如波開浪裂，向兩邊退開。赤兔馬直奔顏金甲。顏大將軍正在麾蓋下，瞻顧四方，忽見一名紅面將軍風馳電掣衝來，一個措手不及，竟被關羽手起一刀，斬殺馬下。

關羽昂然下馬，割了顏良首級，綁在馬項之下；再飛身上馬，提刀出陣，如入無人之境。

關羽回營，將顏良首級獻給曹操。曹操驚呼：「一擊中的，而且是袁紹的心腹大將。將軍真是神人啊！」

關羽依舊一笑：「這有什麼了不起！我三弟張翼德能在百萬軍中取上將頭顱，如探囊取物。」

曹操大驚，下意識摸摸自己的腦袋，回顧左右，小聲說：「今後如遇張翼德，不可輕敵。」並在衣襟底記下小抄：遇張翼德，能避則避。

翌日，關羽又斬了袁紹的另一員大將文醜。曹操乘勢追擊，袁軍兵敗如山倒；死者不計其數，馬匹器械，幾乎被掠奪一空。

漢壽亭侯

連戰皆捷，曹操對關羽自然是更加欽敬，表奏朝廷，封關羽為漢壽亭侯，還特地鑄了一面金印，送給關羽。

劉備可就倒大楣了。袁紹知道是劉備的二弟殺了顏良、文醜，便叫人綁了劉備問斬。

劉備不慌不忙，擺出一張無辜臉問：「我有何罪？」

袁紹說：「你二弟連殺我愛將，還不該死？」

劉備嘆了口氣：「曹操素來忌憚劉備，亟欲除之而後快。您想，他知道我在明公這裡，會不會故意唆使雲長誅殺二將，激怒明公，借明公之手殺劉備？請明公三思啊！」

袁紹愣了愣。劉備繼續說：「不如這樣吧！我寫封密信，差一心腹之人去見雲長，叫他來輔佐明公，共誅曹操，以報顏良、文醜之仇，如何？」

袁紹喜出望外：「好哇！如能得雲長一人，勝過顏良、文醜不止十倍。」

掛印而去

關羽收到劉備的書信，又哭又笑，寫了封文情並茂的回信：

前守下邳，內無積粟，外無援兵；欲即效死，奈有二嫂之重，未敢斷首捐軀，致負所託；故爾暫且羈身，冀圖後會。近至汝南，方知兄信；即當面辭曹操，奉二嫂歸。羽但懷異心，神人共戮。披肝瀝膽，筆楮難窮。瞻拜有期，伏惟照鑒！

隨即向曹操告辭，準備離開。曹操哪裡捨得？幾番避不見面。怎麼辦？照走不誤，關羽將曹操過去送他的財物、美女全部留下，又將自己的漢壽亭侯大印掛在營中，再留給曹操一封「辭呈」，便整頓舊部、隨從，護著二位嫂嫂去找劉備。

曹操收到關羽離開的消息，驚呼：「雲長去矣！」程昱建議：「追而殺之，以絕後患！」但曹操想到以前曾答應過關羽的條件，不禁感慨：「財賄不足以動其心，爵祿不足以移其志，此等人，我深深敬佩他。」便趕去要為關羽送行。

關羽怕曹操有詐，讓嫂嫂的車駕先行，自己橫刀立馬在橋上，遙望飛奔前來的曹操鐵騎部隊。始終不下馬，並用刀尖接過曹操贈給他的錦袍，挑來披在身上。曹操的部將認為關羽太過無禮，幾次要殺關羽，但都被曹操制止了。

過五關，斬六將

曹營的謀士，無不認為，放走關羽是縱虎歸山。

曹操怎麼想？是殺？是放？

來到東嶺關，守將孔秀官威凜凜，說沒看見曹操的文書，「不准」關羽過關。結果呢，成為「千里走單騎闖關大賽」的第一名遇害者。

洛陽太守韓福也攔阻關羽。先派牙將孟坦向關羽挑戰，被青龍偃月刀砍為兩段。韓福則是用暗箭射中關羽左臂。關羽咬牙切齒，以口拔箭，啐然一吐，飛馬斬了韓福。

關羽一行人到了汜水關，守將卞喜在鎮國寺埋伏二百名刀斧手，約定以摔盞為暗號，要殺關羽。上天保佑，寺中主持普淨和尚是關羽的同鄉，將卞喜的陰謀透露給關羽；雲長一怒，順手斬了卞喜。

還有哪個不怕死的人，敢來擋駕？

滎陽太守王植，拚了老命也要報名「找死隊」。為啥？原來他是韓福的親戚，誓殺關羽為韓福報仇。他的計劃：假意迎接關羽等人，安排住宿，設宴款待；然後呢？三更時分，派大軍圍住館驛，一齊放火，燒死關羽。王植手下胡班無意間瞥見關羽左手托髯、右手持卷、燈下看書的英姿，十分欣賞，深受感動，竟將王植的陰謀密告關羽。關羽急忙護送嫂嫂上路，不識趣又不自量力的王植帶兵追來，又是被關羽攔腰一刀，劈成兩半。

行行重行行，來到黃河口。過了黃河，就是袁紹的地盤，也是大哥的落腳處。這趟殺戮之行已到終點？不！還差一步，守將秦琪存心刁難：「丞相公文何在？」堅持不放關羽渡河。怎麼辦？二馬相交，鏗鏘一擊，關羽刀起，秦琪頭落。

過河後，關羽遇到前來接應的孫乾。孫乾說：「河北將士，各相妒忌。田豐關在獄中；沮授黜退不用；審配、郭圖各自爭權。而袁紹又多疑，凡事舉棋不定。留在那裡，實在危險。我與劉皇叔商議，為求脫身……」劉備已先去了汝南，要關羽與二位夫人到汝南相見。

關羽依言，不投河北去，逕取汝南來。這時，曹操部將夏侯惇領兵追來，與關羽展開廝殺。所幸，張遼及時趕到，傳達曹操命令：「奉丞相鈞旨：傳諭各處關隘，任便放行。」才讓關羽一行人馬離開。

關羽繼續前行，中途收得一員猛將：板肋虬髯、兩臂有千斤之力的周倉。走到一處古城時，聽說有位黑面將軍趕走縣官，奪了縣印，招軍買馬，積草屯糧，占城安身。再一問，原來是三弟張飛。關羽喜出望外，就要入城相會。

不料，張飛誤會關羽投降了曹操，不肯相認，圓睜環眼，倒豎虎鬚，吼聲如雷，揮矛便刺向關羽；連二位嫂嫂的解釋也不聽。

要死不死，曹操的部將蔡陽帶領人馬殺來，要為外甥秦琪報仇；卻讓張飛誤以為是曹軍聯合關羽來捉拿自己，氣得大叫：「我給你三通鼓的時間，斬殺來將，做得到，我才相信你。」

張飛親自擂鼓，一通鼓未盡，關羽便斬了蔡陽。張飛這才明白關羽的一路艱辛，放聲大哭，跪在二哥面前謝罪。

兄弟團聚

「沒關係！找到大哥，咱們三兄弟便能團聚。」關羽拍拍張飛的肩膀。

誰知劉備又跑到河北袁紹那兒去了。關羽與孫乾趕到河北關家莊，終於見到朝思暮想的大哥，兄弟重逢，抱頭痛哭。關定老先生的次子關平想追隨關羽，關羽見他一表人才，便收為義子。

劉備覺得袁紹終究不可信，以「前往荊州，說服劉表共破曹操」為由，逃離河北。又怕袁紹追趕，與關羽、孫乾快馬加鞭，直奔張飛駐守的古城。途經臥牛山時，巧遇公孫瓚兵敗後無處可去暫時占山為王的趙雲，便一同前往古城。

經過重重波折，三兄弟總算大團圓，又得到趙雲、關平、周倉等強將。於是大家殺牛宰羊，拜謝天地，遍勞諸軍，歡喜一醉。

只是，古城規模太小，難以和列強爭勝。劉備考慮再三，決定率領部眾駐紮汝南，招兵買馬，徐圖漸進。

問津之七

「呂布、關羽都是萬夫莫敵的一代強將，但曹操終究是殺了呂布、放了關羽。先生以為，是何居心？」年輕書生抬頭，凝視枝頭上一枚要落不落的枯葉。

「呂布願意降曹，曹操二話不說殺了他；關羽言明降漢不降曹，而且隨時會走人，曹操反而奉若上賓，最後還大方放他離開，附贈六名部將的人頭。這……實在是非常之人的非常手段。」青衣文士的目光，則停留在停棲於年輕書生肩頭的一隻粉蝶。

「先生是指，留呂布是留下禍害？放關羽反而教滿腹壞心眼的曹操放心？」年輕書生笑問。

「我知道，你要搬出那套迂儒大道理，什麼『忠義之人』啦！『得道多助』啦！」青衣文士端出招牌動作：撇嘴。「噁心哪！那關羽若是顧大局、曉大義，就不會對劉備愚忠。他若誠心歸曹，曹操如虎添翼，還怕不能得天下？」

「曹操得天下，對天下人有何好處？」年輕書生搖頭。

「瞧！閣下的酸儒劣根性又冒出來了。你把曹操說得像個暴君。你們不要『暴君』，偏偏又錯信『欺君』：靠詐術上位的政治騙子。小心啊！諸葛老弟！你的死腦筋會害你一輩子。」青衣文士模仿對方的搖頭動作：身不動，肩不晃，抿嘴輕笑，神情鄙夷。「說到殘暴不仁、奸險狡詐，你們尊崇的『高祖皇帝』，才是箇中翹楚吧？」

「曹操不是暴君？哈！先生以為，這位『非常之人』是什麼樣的人？」年輕書生還在搖頭。

「雄才大略，能屈能伸，允文允武，大肚能容。」十六字真言，青衣文士說得一氣呵成。

年輕書生沉默了半晌：司馬先生啊！你是在說自己吧？

「閣下不以為然？」青衣文士向前一步。

「前三項我不反對，唯獨『大肚能容』，這……」年輕書生咂咂嘴，但表情不像是「反對」。

「陳琳寫文章罵他，他稱讚文章好，還讓陳琳做官。陳宮棄他而去，又幫呂布處處與他作對；若非陳宮自己找死，曹操不一定忍心殺他。袁譚被殺，王修為主子大哭，曹操也不計較。」青衣文士愈說愈起勁：「對張繡、賈詡也是不計前嫌。叛袁投曹的謀士許攸狂妄自大，驕矜邀功，曹操一笑置之；袁紹戰敗後，曹操發現許多密函：他的手下與袁紹暗地往來的信件。他怎麼做？追根究柢？不！一把火將書信燒掉，這難道不是寬宏大量的表現？至於縱放關羽……」

「難道不是因為，曹操盤算過，關羽重情，即使不能為其所用，也不至於矛頭相向？」年輕書生好不容易逮到插話的機會。

「容在下大膽假設，曹操放關羽一條生路，也就是為自己預留活路。日後戰場相逢，曹操若敗，關羽也會放他一回。」青衣文士點頭。

「哎呀！這麼一來，就無『關』乎情義，而是『操』持於利害了。」年輕書生以手拍額，裝出一副恍然大悟的樣子。「曹操的殺與不殺，取決於對自己有利或有害：寬待陳宮、許攸、王修、張繡和賈詡，是因他們尚有用途；殺呂布，叫做永絕後患。不怪陳琳，是因區區檄文傷不到自己，更藉以表現我曹丞相識才愛才。不殺那些吃裡扒外的手下，展現『王者風範』，教愚蠢的部屬死心塌地對他效忠。這麼一來……就不叫做『肚量』，而是『度量』了。」

「嗯，分析得不差。」青衣文士罕見地連連點頭。

「相形之下，那羊質虎皮、鳳毛雞膽的袁紹敗得不冤。」年輕書生接著說，「本初豪氣蓋中華，官渡相持枉嘆嗟。若使許攸謀見用，山河爭得屬曹家？」

青衣文士微笑下注：「逆耳忠言反見讎，獨夫袁紹少機謀。烏巢糧盡根基拔，猶欲區區守冀州。」

「是嗎？呵呵！」年輕書生笑聲翻湧，四周雲起而風生：「沮授軍中失，田豐獄內亡。

棟梁皆折斷，焉不喪家邦！」

「總歸一句，不只是官渡之役的寫照，在下以為，更是閣下未來之路的圖譜……」

「喔！願聞其詳。」年輕書生一抱拳。

「勢弱只因多算勝，兵強卻為寡謀亡。」青衣文士的結語。

旌旗遍野，刀劍如林；
東西南北，周圍紮營，
連綿九十餘里。
曹兵面面相覷，望之膽寒。

第七章

官渡之役

江東霹靂火

有「江東小霸王」之稱的孫策，雄據一方，兵精糧足。建安四年，又襲取廬江、豫章二郡，聲勢大振。於是派遣張紘前往許昌上表獻捷，想討個大司馬來做做。

曹操知道孫策強盛，採兩手策略：一面將曹仁之女許配孫策幼弟孫匡，兩家聯姻；一面拒絕孫策之請。孫策因此懷恨在心，而有攻襲許都之意。

東郡太守許貢看出孫策的居心，便上書曹操告知此事。不料書信落入孫策手中，小霸王大怒之下，殺了許貢。

某日，孫策上山打獵，獨自追逐一頭大鹿時，遭到許貢的三個門客報復襲擊，身中毒箭，危在旦夕。醫生勸他需靜養百日，方可性命無虞。

怎奈孫策是個霹靂火，隨時都會引燃爆炸。聽說曹操的謀士郭嘉批評他：「輕而無備，性急少謀，匹夫之勇。」氣得立刻要出兵攻打曹操，誓言取下許昌。

謀臣張昭勸他：「醫者告誡，主公在百日內不宜躁動。為何因一時之忿，自輕千金之軀？」

這時，袁紹派遣使者陳震求見孫策，提議袁、孫聯合，攻打曹操。此舉正合小霸王的心意，孫策高興得不得了。

神仙道人

這天，孫策正在城樓上宴請陳震。忽聞人聲雜沓，手下大將紛紛下樓，做什麼？拜見人稱「神仙」的江東道人于吉。孫策起身，憑欄遠觀，看見一名身披鶴氅、手攜藜杖的道人，施然而行。所到之處，百姓無不焚香禮拜，敬若神明。

霹靂火起火了。孫策認為這是江湖術士妖法惑眾，下令將于吉擒捉，就要問斬。

張昭等人齊聲勸諫：「于道人在江東數十年，普施符水，救人萬病，未曾取人毫釐之物，不可殺害。」

孫策不聽，命令武士將于吉斬首。一刀揮下，人頭落地，卻見一道青氣，朝東北天空飛去。孫策又下令，將于吉梟首示眾，以正妖妄之罪。

那夜風雨交加，雷聲大作。天亮，守屍軍士匆匆跑來向孫策報告：于吉的屍首不見了。

從那時起，不知是什麼纏身，孫策變得魂不守舍，經常見鬼：半夜三更，陰風驟起，燈火滅而復明；燈影之下，赫見于吉站立床前。孫母吳太夫人在玉清觀設醮，讓孫策前往拜禱消厄；孫策只焚香不肯跪拜，香爐中煙起不散，結成一座華蓋，上面端坐著于吉。孫策忿忿離開，又見于吉站在殿門首，怒目而視。孫策快被逼瘋了，拔劍擲向鬼影子，卻誤殺一旁之人；是誰呢？日前動手殺于吉的那名劊子手。孫策氣得放火燒觀，火光之中，盡是于吉飄飄忽忽的身影。孫策不敢回府，夜宿軍寨，又見于吉披髮而來；那一夜，寨營鬧動，兵士皆驚，沒有人知道發生什麼事？軍帳之中，無人進出，卻是人影幢幢，但聞孫策的叱喝聲忽起驟落，響徹四野。

憂急攻心加上箭傷發作，一代小霸王就這麼倒床不起，一命嗚呼！死時才二十六歲。

帝王之相

孫策死後，生得方頤大口、碧眼紫髯，年僅十九歲的孫權繼承哥哥的權位，並依靠周瑜、魯肅等江東人才和琅琊南陽人諸葛瑾的輔助，勢力越發強盛。

孫權和孫策有什麼不同？哥哥是火藥，弟弟像……用現代軍事用語，深水炸彈。

昔日漢使劉琬進入東吳，見到孫家諸昆仲，語驚四座：「我看孫氏兄弟，雖然個個才氣秀達，然而都是祿祚不終。只有仲謀形貌奇偉，骨格非常，屬大貴之表，又能享高壽，實乃……」什麼？帝王之相？

孫權相信魯肅的局勢分析：「漢室不可復興，曹操不可卒除。惟有鼎足江東以觀天下之釁，趁北方多務，剿除黃祖，進伐劉表，據長江之險而堅守待進；建號帝王，以圖天下。」

也聽從諸葛瑾的外交策略：「勿通袁紹，且順曹操。」遣回特使陳震，拒絕袁紹之邀。曹操也釋出善意：奏封孫權為將軍，兼領會稽太守；又任命張紘為會稽都尉，拿著大印返回江東。

決一死戰

陳震回到河北，向袁紹報告現況：「孫策已亡，孫權繼位。曹操封他為將軍，實則結為外應。」

袁紹聞言大怒，傾盡冀、青、幽、并等處人馬，共計七十餘萬大軍，進發官渡，要和曹操決一死戰。曹操留荀彧守許都，起軍七萬，前往迎敵。

這一戰，是「北方多務」的完結篇、倥傯時代的轉捩點；華北一統，三國初分，在此一役。

後人稱之為「官渡之役」。

袁紹發兵時，關在獄中的田豐不忘諫臣本色，極力勸阻：「而今之勢，宜靜守以待天時，不可妄興大軍。」佞臣逢紀則進獻讒言：「主公興仁義之師，那田豐卻出不祥之語。」搞得袁紹差點要殺掉田豐。

另一位能臣沮授提議：「我軍雖眾，猛勇不及彼軍；彼軍雖精，糧草不如我們。彼軍無糧，利在急戰；我軍有糧，適合緩守。若能曠以時日，以拖待變，曹軍必定不戰自敗。」沒想到，這番神見解也會惹惱暴衝的袁紹，下令將沮授關禁閉；待其破曹，與田豐一體治罪。

一方是兵少而精銳，一方是將多卻少謀，而且，主帥無腦。這一戰，未決而勝負已分。

速戰速決

話說回來，袁紹的軍容壯盛，十分嚇人：旌旗遍野，刀劍如林；東西南北，周圍紮營，連綿九十餘里。曹兵面面相覷，望之膽寒。

這仗要怎麼打？沮授說對了：速戰速決；而勝負關鍵，在糧草。

曹操令張遼打先鋒，曹洪則領精兵三千，隨後衝入敵陣。袁軍萬弩齊發，曹軍大敗，一直退到官渡才穩住陣腳。

謀士許攸建議袁紹，派一支軍馬乘勝直襲許都，前後夾擊曹操，讓曹軍退無可退。這一招夠狠，但袁紹還是不聽，反而懷疑許攸與曹操有勾結。這時，冀州傳來耳語，說許攸濫受民間財物，並且縱容子姪輩藉由苛捐雜稅，中飽私囊，已被關進了監獄。許攸眼見袁紹不採納他的妙計，耳語流言一時也說不清楚，只好連夜投奔曹營。

曹操歡迎許攸？或者該問，曹操怎麼歡迎許攸？古有周公吐哺，今有曹公光腳跳床：曹操聽說許攸來到，衣衫不整，鞋子也顧不得穿上，慌忙從睡榻躍起，赤足出帳迎賓，見到許攸倒頭便拜。

許攸受寵若驚：「公為漢相，我是布衣，何以如此謙恭？」

曹操笑說：「咱們是老朋友了，怎麼會用名爵來分什麼尊卑上下？」

夜襲烏巢

遇到如此識才重才的「老朋友」，誰不竭誠以報？既然關鍵在糧草，七萬人要吃飯，難道七十萬大軍可以不吃不喝？許攸向曹操獻上一計：夜襲烏巢，斷袁紹軍隊的糧草。

怎麼做？讓兵士束草負薪，喬裝假冒，打著袁軍旗號，寅夜往烏巢進發。到了烏巢，點燃束草，高舉火把，喊打喊殺，長驅直入，燒光袁紹屯積在此的軍糧輜重。

許攸曾說：「袁紹的死門在於：識人不明，盲信誤用。烏巢守將淳于瓊貪杯，容易誤事。」果然，奇兵殺來時，淳大將正醉臥帳中，幾近不省人事。被曹兵一舉成擒，曹操命人割去淳于瓊的耳鼻手指，綁在馬上，放回袁營，羞辱袁紹：「瞧！你的寶貝守將，連自己的鼻子也守不住。」

糧草盡失，袁紹陣營的軍心大亂，被曹操打得大敗而逃。七十萬人馬只剩八百多人，狼狽回到冀州。袁紹的大將張郃、高覽，也不得不向曹操投降。張郃受封為偏將軍都亭侯，高覽為偏將軍東萊侯。

曹操清理袁紹遺留下來的書冊，發現了許多「密函」：他的手下與袁紹暗地往來的信件。荀彧等謀士建議曹操將這些人點名對姓，一一處死。曹操嘆口氣，表現出既往不咎的寬宏大量：「烽火之下，人人自危啊！」反而一把火將書信全部燒掉，就當作沒有發生過一樣。

殺害忠良

袁紹有沒有從失敗中學到教訓？顯然沒有！他回來後第一件事不是釋放田豐，禮賢賠罪，而是派人來殺烏鴉。這位賢士喟嘆未能擇明主而事，便在獄中自刎了。

另一位諫臣沮授，被曹操生擒，卻誓死不降。曹操為他鬆綁，以禮待之；不料這位沮授先生企圖盜馬，逃回冀州，又被曹兵捉住。曹操只好忍痛殺了他，沮授至死神色不變。曹操感慨地說：「我好像誤殺了忠義之士！」於是將沮授風光大葬，還親筆在墓碑上題字：忠烈沮君之墓。

袁紹不甘雌伏，整軍經武，企圖再起。長子袁譚從青州領五萬兵趕來，二子袁熙從幽州引兵六萬趕來，外甥高幹也從并州帶來五萬兵馬。袁紹便將三處兵馬整合在一起，與曹操再次開戰。

曹操的兵馬沿河岸駐紮，行伍齊整，軍紀嚴明。當地幾位老者簞食壺漿迎接曹軍。曹操深受感動，請老者入帳一敘，問明原委。老者說：「袁本初橫徵暴斂，引起不少民怨。丞相興仁義之師，弔民伐罪，正符合人民的期望。官渡一戰，丞相以精兵勇將大破袁紹百萬之眾，我等殷盼的太平盛世，就快要降臨了。」

曹操聽完，哈哈大笑，即刻下令：全軍不許傷害、掠奪百姓的一犬一雞，違者立斬。

十面埋伏

面對袁紹的反撲，曹操與眾將商議破敵計策。謀士程昱獻上一計：十面埋伏。

曹操問：「怎麼埋？如何伏？」

「佯敗詐退，誘敵深入：絕地反撲，十面圍殺。如此如此，這般這般……」程昱撚鬚，面露詭笑。

曹操依計，將兵馬分為左右各五隊。左隊：夏侯惇、張遼、李典、樂進、夏侯淵；右隊：曹洪、張郃、徐晃、于禁、高覽。中軍則以許褚為先鋒。半夜，曹操下令，許褚率兵前進，假裝劫寨。袁紹的五寨人馬，一齊衝殺而來。許褚立刻退兵，袁紹領軍追趕，急行躁進，喊聲不絕。到了天明，追至河邊，曹軍已無退路。曹操大呼：「前無去路，各位弟兄，何不跟我一起死戰？」眾軍回身，奮力向前。許褚一馬當先，力斬十數名袁紹部將。袁軍大亂。袁紹急喊退兵，變成曹軍追趕袁軍。一陣馬蹄急催，一聲鼓響，左邊夏侯淵，右邊高覽，兩軍衝出，衝散搖搖晃晃的袁紹中軍。袁紹聚集三子一甥，奮勇闖關；行不到十里，左邊樂進，右邊于禁殺來，殺得袁軍屍橫遍野，血流成渠。又過了數里，左邊李典，右邊徐晃，一陣截擊攔阻。袁紹父子膽戰心驚，逃回營寨，下令三軍造飯，想要喘一口氣。飯還沒吃，左邊張遼，右邊張郃，又來索命。袁紹慌忙上馬奔逃，後面的曹操大軍則像貓捉老鼠，有時跑跑停停，有時急起直追，追得不亦樂乎。袁紹快要從策馬狂奔變成連滾帶爬，赫見右邊曹洪，左邊夏侯惇，擋住去路。媽媽的！追女人也不必如此盡興吧？袁紹左衝右突，終於突圍而出，卻已是強弩之末。袁熙、高幹都受箭創，軍馬也死傷殆盡。

來到一處潺潺涓涓的小河邊，袁紹抱著三個兒子痛哭一場，不支昏倒。眾人急救甦醒後，袁紹兩眼賁紅，口吐鮮血，連聲哀嘆：「啊！老夫縱橫沙場數十載，沒想到今日狼狽至此！天要喪我嗎？你們各回本州，整頓軍馬，我袁紹誓與曹賊一決雌雄！」

偷襲許都

趁曹操與袁紹大戰，許都兵力空虛，劉備得到汝南劉辟、龔都的數萬兵力，偷偷摸攻打許都。不料曹操兵馬已回，兩軍正面交鋒。

曹操用馬鞭指著劉備大罵：「我待你為上賓，你為何背義忘恩？」

劉備毫不客氣回嘴：「你託名漢相，實為國賊！我乃漢室宗親，奉天子密詔，前來討賊！」邊說邊在馬上朗誦衣帶詔：「操賊弄權，欺壓君父；結連黨伍，敗壞朝綱……」

曹操怒不可遏，下令許褚出戰。劉備身後的趙雲，挺槍出馬。二將激戰三十回合，不分勝負。忽然喊聲大振，東南角落，關羽衝鋒而來；西南一隅，張飛引軍殺到。三處兵力齊攻，而此時的曹軍甫經大戰，疲憊不堪，大敗而走。劉備拔得頭籌，凱旋回營。

腹背受敵

接下來幾天，曹營異常「冷靜」，不論張飛、趙雲怎麼叫陣，曹軍就是堅守不出。劉備正在納悶：這曹阿瞞在玩什麼花樣？忽然聽到回報：軍糧被曹軍劫了，運糧官龔都被夏侯淵斬殺；汝南也被攻陷，劉辟棄城逃走。連派去支援的關羽、張飛都被曹操的伏兵團團圍住。劉備大驚失色，慘叫一聲：「如此一來，我前後受敵，死路一條！」

幸好身邊還有常山趙子龍，單槍護主，所向披靡，殺出一條——不是死路，是血路；及時和突圍而來的關羽、張飛、關平、周倉等人會合，勉強逃過一劫。

還好，曹操也並未趕盡殺絕，率領大軍，雄壯威武回許都去了。

投奔劉表

偷雞不著蝕把米，還搞得灰頭土臉。劉備萬分失志，說得一把鼻涕一把眼淚：「諸君皆有輔佐帝王之才，不幸跟隨劉備。想我劉備，唉！爛命一條，拖累諸君，罪孽深重。而今慘敗，身無立錐，窮途末路；唯恐耽誤諸君前程。啊！就請諸君棄劉備而投明主，另謀功名。」

沒想到，劉備掉淚，眾人跟著掩面而哭。張飛哭得最大聲：「哥說的甚鳥話？俺打死不走！」關羽則力勸劉備：「勝負乃兵家常事。大哥不可喪志！昔日高祖與項羽爭天下，數度敗給項羽。那又如何？最後九里山一戰功成，開創了四百年的基業。」

孫乾建議：「此處離荊州不遠。劉景升坐鎮九郡，兵強糧足，又與主公同屬漢室宗親，何不投奔劉表？」

劉備語帶遲疑：「好是好，但……他容得下我嗎？」沒說的是，他能忍受，總有一天，我會順便拿下他的荊州？

孫乾嘿嘿一笑：「那就……讓不才去當說客吧！我有法子教劉景升出城迎接主公。」

拉抬身價

孫乾的辦法是什麼？利用對方忌憚、畏懼的人事物，哄抬自己的身價，形塑自己很搶手的假象。

誰是劉表忌憚的勢力或人物？江東孫家，次子孫權。

見到孫乾，劉表劈頭便問：「先生一向跟從玄德，何故至此啊？」

孫乾說：「劉使君乃天下英雄，雖兵微將寡，日前敗給曹操……」

「敗啦？」劉表露出輕蔑的辭色。

「是啊！小小失利，何足掛齒？」孫乾端出不以為意的姿態，「有強將舊屬的擁戴，有民心當靠山，何愁沒有出路？汝南劉辟、龔都與玄德非親非故，為什麼以死報效？因為劉使君心繫天下，志在匡扶社稷。如今新敗，本欲往江東投靠孫仲謀。不才力諫：『荊州劉將軍禮賢下士，又和使君同為漢胄；怎可背親而向疏？』因此，使君特派孫乾前來拜見明公，是否念在同宗之誼……」

劉表的態度果然變了，握著孫乾的手，用感性的語調說：「玄德真的肯來荊州？太好了！我一直視他為兄弟，想見他一面而不可得。若蒙玄德惠顧，實在是我的榮幸哪！」

一旁的部將蔡瑁反對：「主公！萬萬不可！那個大耳劉備，先從呂布，後事曹操，近投袁紹，最後都跟人家鬧翻；由此可見，其為人陰險反覆，不可輕信。主公若接納他，曹操恐將興兵報復；不如斬孫乾之首，獻給曹操，曹丞相必定厚待主公。」

孫乾神色一變，高聲說：「孫乾豈是懼死之人？劉使君忠心為國，非曹操、袁紹、呂布可比。以前不得不委身相從，是情勢使然。如今呢，仰聞劉將軍也是一心為國，故而不遠千里而來。將軍難道要聽從讒言而嫉妒賢能？」

「沒這回事！咳！咳！」劉表乾咳兩聲，訓斥了蔡瑁幾句。蔡瑁忿忿而出。劉表對孫乾說：「請先生回報玄德，荊州歡迎他大駕光臨。」

數日後，劉表親自出城三十里，迎接黃鼠狼——喔不！是劉皇叔。

曹操聽到劉備投奔劉表的消息，本想起兵攻打荊州，被程昱勸阻：「袁紹未除，若遽攻荊、襄，容易兩面受敵，勝負就難料了。不如養精蓄銳，待來年春暖，先破袁紹，後取荊、襄，一統天下。」

官渡延長戰

建安八年，春天，曹操磨刀霍霍，大軍出動：派遣夏侯惇、滿寵鎮守汝南，以防劉表偷襲；留下曹仁、荀彧鎮守許都。曹操自己統領大軍殺進前線，打一場轟轟烈烈的官渡延長戰。

這時的袁紹重病未癒，便由三兒子袁尚迎戰；其他子姪也在各地抗曹。袁尚技不如人，短短三回合，就被張遼打得大敗而回。

袁紹驚聞袁尚慘敗，舊疾復發，吐血數斗，昏倒在地。袁紹大人劉氏趕緊命人將袁紹抬入臥室，但眼見回天乏術，急請審配、逢紀至袁紹榻前，商議後事。袁紹已口不能言，只能動手指。劉氏緊張地問：「可以讓尚兒繼承你的大位嗎？」袁紹虛弱點頭，又像搖頭；

劉氏打鐵趁熱，直接宣布：「是！就讓袁尚即位，統領眾軍。」審配立刻在榻前代寫了遺囑。隨即，袁紹翻身，大叫一聲，吐出大口大口鬱血而死。

殺人毀屍

袁紹一死，劉氏二話不說，殺了袁紹的五個小老婆；殺人還不夠，劉氏不想讓這些女人的陰魂，在九泉之下與紹相會，怎麼做？髡髮，刺面，毀屍，教她們面目全非。袁尚的殘忍指數也不遑多讓，一家接一戶，剷除這五個小老婆的所有家屬。

這時，在黎陽奮戰的袁譚鬥不過曹操：大將汪昭出戰，被曹將徐晃一刀斬首，兵敗如山倒；只好向袁尚求援。袁尚別有居心，只派五千兵馬，拖泥帶水前往黎陽。要命的是，曹操已料到此舉，事先教樂進、李典領兵埋伏，半路攔截，一網打盡。袁譚知道自己的弟弟竟是在敷衍他，震怒不已，再次要求發兵救急。

這回，審配獻上一條毒計：「今若破曹，袁譚就要回來和你爭冀州。不如按兵不動，借曹操之手，殺掉這個必定與你爭權的大哥。」好主意！袁尚決定坐視兄長陷危，打死不救。

兄弟相殘

袁譚怎麼辦？不必辦，打不過就降——當然是詐降，目的是利用曹操的強大兵力，攻打冀州，奪回老爸辛苦創建的基業。

前線細作將袁譚的盤算密報袁尚。這還得了！審配直言：「假使袁譚真的降曹，兩軍合力來攻，冀州就完蛋了。」

袁尚只好親率大軍趕赴黎陽，和大哥「並肩作戰」：袁譚屯兵城中，袁尚駐紮城外，呈犄角之勢，兩面牽制曹操；同時，彼此監視。

一日後，袁熙、高幹也領軍來到黎陽城外，像一齣集兵十數萬人、史上規模最大的家族聚會。這些袁家軍屯兵三處，像喧譁的戲子，每天出陣對曹營叫囂，又不敢挺矛衝鋒，真刀真槍與曹操對幹。

建安八年春，曹操發動攻勢，分路打擊袁家軍。袁譚、袁熙、袁尚、高幹都吃敗仗，不得不棄守黎陽，逃回老巢冀州。曹操領兵，一路追到冀州城下。袁尚與袁譚入城堅守；袁熙和高幹離城三十里下寨。戰況一時僵持不下。謀士郭嘉建議曹操：不必硬取，坐觀袁紹的三個兒子互相殘殺即可。曹操聽從了郭嘉的計謀，率軍轉往荊、襄，攻打劉表去了。

果然，權力是春藥，也是鴆酒。袁氏兄弟之間，權力相併，各自樹黨；急之則相救，緩之則相爭。曹操一走，就開始爾虞我詐，互相殘殺。袁譚心一橫，重拾舊議：假降曹操，借曹軍來殺袁尚。

曹操有那麼好騙？關鍵在於，降曹使者是誰？能說善道，袁紹的部將辛毗。

辛毗一進曹營，便有一番言語交鋒。

曹操故意問：「袁譚要降我？真的假的？不會有詐吧？」

辛毗輕鬆答：「明公勿問真偽，只論局勢：袁氏連年兵敗，謀臣內鬥；兄弟讒隙，彼此算計。加上饑饉荒旱，天災人禍：無論智愚，都知道此為天滅袁氏的大好時機。以明公之威，擊疲憊之眾，勢如秋風掃秋葉。而今不作此圖，而去遠伐國和民順的豐樂之地荊州……在下斗膽，冒進一言：實為不智。何況四方之患，莫大於河北。河北能平，何愁霸業不成？」

一番高見，說服了曹操，收留袁譚，再領大軍前進冀州。袁尚得知曹軍將臨，先命部將審配把守冀州，自己則領了一支軍隊駐紮城外，與城中守軍互相照應。

魔高一丈

其間，袁尚幾度用計，都被識破。例如，讓老弱婦孺豎白旗投降，精銳暗藏於後，利用百姓出城時，伺機突襲；卻被曹操的伏兵反將一軍，導致全軍覆沒。又如，袁尚急召部將馬延、張顗率軍回防，誰知這兩人已降曹；援軍等不到，還被截斷了糧道。

逼不得已，袁尚也玩「詐降」的把戲。曹操佯裝接受，當夜就派張遼、徐晃劫營；迫使袁尚盡棄印綬節鉞、衣甲輜重，望中山而逃。

叛袁投曹的謀士許攸獻上一計：引漳河之水灌城。城中無糧，水淹街巷，袁家軍瀕臨絕境。

辛毗在城外，用槍挑起袁尚的印綬、衣服，招安城內之人。審配大怒，將辛毗家屬老小八十餘口，押在城牆上斬首，並將頭顱丟到城下示威。辛毗見狀，搥胸頓足，號哭不已。

不過，審配姪兒審榮是辛毗的故友，對叔叔審配的作法不以為然；在得到曹操的保證「如入冀州，絕不殺害袁氏老小；軍民降者免死」後，偷偷開了西城門，獻出城池，冀州從此歸入曹操的版圖。

審配寧死不降，二話不說，引頸就戮。

不念舊惡

刀斧手將「罵曹天下第一人」陳琳推到曹操面前，請示發落。曹操質問陳琳：「你寫文章罵我也就罷了，為什麼要侮辱我的父祖？」

陳琳回答：「箭在弦上，不得不發。」

我看你是筆在手上，手癢欠罵吧！你為什麼不連我媽一併招呼？曹操冷笑一聲，不再多問。

左右部將都勸曹操殺掉陳琳。曹操心知陳琳是個人才，只是不免「才」大氣粗，不但不殺他，還給他一份軍中文書的工作。

曹操策馬進鄴城時，許攸竟然用馬鞭指著城門，直呼曹操的小名：「喂！阿瞞，要不是我，你怎麼能拿下冀州？」曹操哈哈大笑而去。

大將軍許褚看不慣許攸的目中無人，一刀斬了許攸，提人頭去見曹操。

曹操大聲驚呼：「哎呀！子遠與我是舊交，才會開我玩笑，你怎麼把他殺了？」責備了許褚一頓，並令人厚葬許攸。只是，這位大肚能容的曹丞相罵許褚時，絲毫不見惱怒之色，流轉的眼波，還漾著一抹奇特的笑意。

父子同好

別得意得太早，曹丞相馬上威風，征獵天下；但有一件事，輸給自己的兒子：搶女人。

曹操雖承諾「不殺害袁氏老小」，可沒說「不動袁家女人」。他沒空理會許攸的無禮，是因「掛念」著河北一帶出了名的美人：袁紹次子袁熙之妻甄氏。當曹操興沖沖趕到袁府——哎呀！居然被兒子曹丕捷足先登：大軍一破城，曹丕就像個急先鋒，直接衝進袁家後院，以「保護女眷」為由，將甄美人據為己有。

等到曹操趕到現場，袁紹夫人劉氏叩頭拜謝：「感謝世子保全妾家，願獻甄氏為世子執箕帚。」

曹操瞪大了小眼睛，既惱羞又鬱悶地凝視著玉肌花貌的準媳婦……瞧那柳眉、蛇腰、櫻桃嘴。唉！慢了一步！慢了一步！滿園春色不屬我。該死的丕兒，害你老爸當不成老公，只能當個現成的公公。

曹操吞下口水，嚥不下也吐不出滿肚子窩囊氣；但，能怎麼辦？

「咳咳！嗯，好！有傾國之色，夠資格當我曹家的媳婦。」

傳說，曹操的另外一個兒子曹植，也因為對兄嫂甄氏「朝思暮想」，而寫了知名的〈洛神賦〉來寄託情意：翩若驚鴻，婉若游龍，容耀秋菊，華茂春松……惹得曹丕十分不快。這一門三父子的愛恨情仇，或者該說，緣孽痴貪，要怎麼解呢？

絕命追殺令

等等！人家的正牌老公還沒死呢！你們在搶什麼肉？說得也是，斬草要除根，曹操命令大軍繼續追殺袁家兄弟：追袁譚到南皮。袁譚無路可退，逼城中百姓拿菜刀、斧棍參戰。一場混戰，或者該說屠宰後，袁譚被曹洪殺死。曹操令人將袁譚人頭高掛在城門上，傳令有敢哭者，定斬不饒。青州別駕王修卻是披麻戴孝，在城下大哭。曹操有沒有殺王修？沒有！他十分讚賞王修的忠義，反而封官進爵，加以重用。

另一方面，潰敗的袁熙、袁尚逃往大漠深處的烏桓，謀士郭嘉建議曹操：追擊到底。白狼山一役，曹軍大敗袁熙、袁尚。迫使這對兄弟帶領殘兵餘勇逃往遼東。曹操本想進攻遼東，但因水土不服病死沙漠的謀士郭嘉留下遺策一封，勸曹操不要冒進，隔山觀虎鬥，遼東的公孫康自然會幫丞相解決問題。曹操依計而行。果然，沒多久，公孫康害怕袁氏兄弟侵占他的地盤，搶先一步殺了二袁，並將人頭獻給曹操。曹丞相重賞來使，封公孫康為襄平侯左將軍。

曹操、袁氏的世紀大戰，總算劃上句點。華北江山，盡納曹操之手。

銅雀臺

再來呢？揮師南下，統一神州？程昱等謀士不約而同建言：「北方既定，請丞相及早謀劃南向大計。」

曹操朗聲大笑，豪邁應答：「諸君所言，正合我意。殊不知，平定天下，正是我的畢生心願。」深邃笑意中，藏著一樣暗……說暗戀太文雅，或者該說，明攻暗搶的祕密情愫。

那一年，無意間聽聞江東喬公有二女，長女大喬，次女小喬，皆有沉魚落雁之容、閉月羞花之貌……嘿嘿嘿！雖說小喬已許配周瑜，大喬正在守孫策的寡：有什麼關係！想我輝煌的戎馬一生，可以沒人要，不能沒人妻。

當時，曹操正率眾臣登臨冀州城上，憑欄仰觀天文，睥睨腳下蒼生。前方地面，忽然冒出燦爛金光。荀彧驚呼：「莫非有寶？」曹操好奇下樓，命人掘地，結果挖出一尊銅雀。荀彧湊近一看，嘖嘖稱奇：「從前舜母夢玉雀入懷而生舜。如今丞相得到天賜銅雀，實乃吉祥之兆。」

曹操一聽，笑逐顏開，即刻令工匠破土斷木，燒瓦磨磚，在漳河上打造一座銅雀臺。

並依曹植的建議，在臺的左邊立一玉龍，臺的右邊立一金鳳；再建二條飛橋，橫空而過，相互貫通，十分雄偉壯麗。

好一個「二橋橫空」，曹操若有後代詩人杜牧的才情，腦中或能迸出一句：銅雀春深鎖二喬。

的盧馬

而在荊州這邊，劉備奉劉表之命，到江夏討伐叛將張武和陳孫，凱旋而歸。趙雲奪下張武的一匹駿馬，獻給劉備。

劉備覺得此馬不凡，有日行千里之能，便轉送給劉表。劉表部將蒯越說：「此馬眼下有淚槽，額頭有白點，正是所謂的『的盧馬』，騎了會害主。張武就是騎了牠，所以兵敗身亡。主公千萬騎不得。」劉表聽了，汗毛直豎，立刻將馬還給劉備。

荊州，位居中原樞紐，是兵家必爭之地。劉表的問題，除了叛將，還有外患：北方的曹操不說，南有南越，西有張魯，東有孫權。

劉備拍胸脯保證：「弟有三將，可堪委用：教張飛巡防南越之境；雲長固守子城，鎮懾張魯；趙雲屯兵三江，抗衡孫權。吾兄以為如何？」

「好！當然好！」劉表的笑容停頓半空，像擱淺的船。

他看得出來，這劉備啊！龍非池中物，不會永遠屈居人下。劉表的夫人蔡氏，蔡氏的弟弟蔡瑁，一直在進讒言：「劉備派心腹大將據守關要，自居城內……小心哪！裡應外合，謀奪荊州。」

劉表聽了這番話，開始對劉備懷有戒心，而將劉備調到新野駐紮。劉備沒意見，瀟灑騎上的盧馬，快快樂樂出城。荊州謀士伊籍攔在馬前勸說：「將軍的坐騎叫做『的盧馬』，騎了會害主，將軍不可再騎。」劉備笑答：「只有人騎馬，哪有馬欺人？」歡歡喜喜前往新野就任。

廢長立幼

劉備到新野後，勵精圖治，興利除弊，氣象一新。

建安十二年春，甘夫人為劉備生下一子，取名劉禪。據說，分娩之夜，縣衙屋頂飛來一隻白鶴，鳴叫四十餘聲後，往西飛去。臨盆時，異香滿室。又聞甘夫人曾夢見仰吞北斗之象，緊接著就懷孕，於是給孩子添了個乳名：阿斗。

這時，劉表想立後妻蔡氏所生的小兒子劉琮為接班人，問劉備看法。劉備持反對意見：

「廢長立幼，倫常失序，自古便是禍亂的根源。若怕不立幼子導致生亂，只須慢慢削減蔡氏軍權即可。」夫人蔡氏在屏後偷聽到這段對話，咬牙切齒，決心要殺劉備。

而在那晚，酒酣耳熱之際，劉備不經意說出了真心話：「只要給我劉備基業，哼！天下碌碌之輩，我全不放在眼裡。」

劉表尷尬一笑，點點頭；但眼神不再是溫暖的暉光，而是一枚凝凍的問號。

蔡氏與蔡瑁商量，連夜點軍，除掉劉備。夜裡，劉備正在館舍中讀書，伊籍急急跑來，透露蔡氏的陰謀，劉備便連夜逃走。

蔡瑁撲了空，跺腳之際，歹念又生，故意在牆上留一首詩：

數年徒守困，空對舊山川。龍豈池中物，乘雷欲上天！

劉表看見這首栽贓詩，果然怒不可遏，拔劍就要追殺劉備。沒走多遠——等等！要反就反，幹嘛留詩存證？怕別人不知道？而且，我與他相處多時，不曾見他作詩。哎呀！這是有心人的離間之計。想通了，劉表又回到館舍，用劍尖削去牆上文字，望著滿壁斑駁殘亂，嘆了一口大氣。

躍馬過檀溪

一計不成，再設一計：蔡瑁打算在慶豐收的宴會上刺殺劉備。還好，這回又有伊籍告密。怎麼辦？劉備藉由尿遁，翻牆上馬，衝出西門，向西奔逃。蔡瑁發現人不見了，率軍急追。劉備飛馬跑到一條河邊，前無去路。「哇！怎麼向西變成向溪了？」那條河名為檀溪，寬約數丈，跳不過去。勒馬再回，卻見城頭塵揚風起，追兵將至。慌張之下，劉備縱馬下溪，走不幾步，馬「溼」前蹄，水浸衣袍。劉備大呼：「的盧！的盧！你真的會害我嗎？」不料那馬一躍而起——赫！馬蹄蹄碎青玻璃，天風響處金鞭揮。耳畔但聞千騎走，波中忽見雙龍飛——就這樣凌空呼嘯，飛象過河，翩翩降落西岸。

緊追而來再度撲空的蔡瑁，瞪著眼，張大口；像是不信神也不信邪的冥頑之徒，瞠望著永遠想不透的「神蹟」。

問津之八

「先生如何看待曹操所云：『天下英雄，惟使君與操耳』？」朔風遠走，冬雪初融，春天捎來第一聲啁啾，年輕書生也發出關鍵一問。

「乍看之下，曹操之於劉備，猶如麒麟鬥駑馬；劉備相較曹操，好似寒鴉媲鳳凰……」青衣文士撚鬚，沉吟。

「『乍看之下』？若是深究其實呢？」年輕書生掐住了端倪。

「一個皮厚，一個心黑；王八配綠豆，誰也不輸誰。」青衣文士撇嘴冷笑。

「先生是在抬舉『喪家之犬』的劉備？貶抑貴主曹操？」年輕書生微笑追問。

「我知道閣下認定劉備是英雄，曹操是奸賊；那只是不明就裡之人的淺見。要知道，曹操何嘗不想當聖雄、明君？董卓亂政時，曹操孤身犯險，刺殺董卓，即為一例。但現實這把利刃，斬斷善惡，切分利害，將其逼向『梟雄』那端。劉備呢！骨子裡藏著沖天志、稱霸心，兩手空空，卻深諳收買人心之道；借用仁義那雙翅膀，扶搖直上。在下向你保證，除非沒機會，這位滿嘴『匡扶漢室』的劉皇叔，一定會登基稱帝。」

「呵呵！」年輕書生會心一笑，「豈不聞，荊、襄諸郡流傳一曲歌謠：『八九年間始欲衰，至十三年無子遺。到頭天命有所歸，泥中蟠龍向天飛。』『始欲衰』應在劉景升元配身故，而生家亂；『無子遺』是指劉表將逝，文武零落，荊州不保……」

「哈！所以說，『天命有歸』、『龍向天飛』，是指劉備的皇帝命囉？」青衣文士笑得不懷好意。

「先生還記得，你我曾論：天下之大，誰能居之？」年輕書生笑得不以為意，「我說，有德者居之？」

「是啊！敢問閣下的『有德者』，是哪一位『德』？玄德？孟德？天下大勢，漸趨明朗，閣下隱臥南陽的日子，也該結束了。」

「怎麼說？」

「還要怎麼說？人家抱誠而來，二度撲空，肯定還有第三次。你只顧遊山玩水，和我聊天……」

「而先生又能藏身多久呢？不才向你保證，近期之內，曹操會再度徵召先生，你若拒絕……」

「腦袋不保嘛！」青衣文士忿忿說道，「這個我知道，不勞費心！不然，我幹嘛不遠千里而來……」

「確定我選擇哪一條路？」年輕書生收斂了笑容。

「看來，閣下已擇定未來之路。」青衣文士的笑容不改。

「未來，為何而來？先生不也是為此而來？下回相見，是在戰場？山林？我的茅廬？」

年輕書生上前，拍拍對方肩膀。

「老實說，我一點也不想與你再見，不論在哪裡。」青衣文士居然吐了吐舌頭。

風，倏忽而止；時間，也停下腳步，窺探狂風暴雨來臨前的一瞬凝凍。

揮手自茲去，再見即寇讎。

「暫別了，司馬仲達！」年輕書生抱拳。

「再會了，諸葛孔明！」青衣文士頷首。

日暮時分，
迎面來了一名牧童，
跨坐牛背，口吹短笛，
好不逍遙。

第八章

三顧茅廬

水鏡先生

「天意！這豈非天意！」躍溪脫險的劉備，內心震撼不已，神情如痴如醉，迤邐向南而行。

日暮時分，迎面來了一名牧童，跨坐牛背，口吹短笛，好不逍遙。

劉備停下馬步，凝視著眼前的快樂童子，想到自己的顛沛流離、險象環生，不由得心生羨慕。

牧童也停止吹笛，若有所思睖著劉備，忽然問：「將軍莫非大破黃巾賊的劉玄德？」

哇！難道我劉備的大名，婦孺皆知？劉備趕緊問：「你怎麼知道我姓名？」

牧童笑答：「我不知你是誰，只因師父曾說：有一位劉玄德，身長七尺五寸，垂手過膝，目能視耳，乃當世之大耳英雄。如今觀將軍如此模樣，我想……應該是他吧！」

英雄就英雄，「大耳」可不可以刪掉？劉備心裡犯嘀咕，忍不住又問：「你老師是何人？現居何處？」

「吾師複姓司馬，名徽，字德操，潁川人。道號『水鏡先生』。」牧童遙指前方樹林，「前面林中，便是師父莊院。」

劉備覺得近日來的自己奇遇連連，不但如有神助，且與高人有緣。二話不說，決定登門造訪：「這位小哥，可否引我去拜見你師父？」

伏龍、鳳雛

莊前下馬，進到中門，忽聞錚鏦琴聲傳來，曲韻清幽，意境邈遠。劉備側耳傾聽，惚惚入神，琴聲忽然止住，只見一名松形鶴骨、器宇不凡之人步出堂門，正是水鏡先生，劈頭就說：「將軍今日倖免於難，可喜可賀！」

你是神仙嗎？怎麼知道我霉運當頭？劉備驚訝不已，還來不及開口，水鏡先生又問：「將軍為何而來？」

「呃……偶經此地，因小童指點，得拜尊顏，萬分榮幸！」

水鏡笑說：「將軍不必隱諱。你是……逃難至此，我沒說錯吧？」

劉備苦笑，將近來一再遇伏遭陷的事坦誠以告。

「哈！好一齣高潮迭起的連環殺招。」水鏡撇嘴一笑，再問：「久聞將軍大名，何等英雄威風。區區奸計，就將你弄得如此狼狽？」

劉備嘆了一口氣：「唉！命途多蹇，如陷泥淖，是以……」

水鏡搖搖頭：「不然！那是因為將軍左右不得其人。」

劉備瞪大了眼：「備雖不才，文有孫乾、糜竺、簡雍，武有關羽、張飛、趙雲。怎麼說『不得其人』？」

水鏡先生撚鬚微笑：「關、張、趙皆是萬夫莫敵的勇將，可惜少了善用他們的人。孫乾、糜竺之流，實乃白面書生，非經綸濟世之奇才。簡單說，你缺一名幫你運籌帷幄的軍師。」

劉備的眼睛一亮：「奇才是何人？軍師在哪裡？」

水鏡沉默了半晌，若無其事說出：「伏龍、鳳雛，兩人得一，可安天下。」

劉備趨前，捉著水鏡先生的手，急問：「伏龍、鳳雛是何人？什麼名姓？住在哪方仙境洞府？」

水鏡撫掌大笑，開始賣關子：「好！好！」

好什麼呀？劉備想再問，水鏡卻說：「天色已晚，將軍可在此暫宿一宵，明天再談。」

求才若渴

劉備睡得著？怎麼可能！他思索白天水鏡所言，徹夜難眠。約到深更，忽然聽見一名叫做「元直」的人來訪；劉備以為是高人駕到，想衝出去一見，又覺得失禮，只好作罷。

等到天亮，劉備求見水鏡先生，直問：「昨夜好像來了位訪客，請問那人是誰？」水鏡說：「不就是我的老友。你想見他？可惜，此人欲投明主，已到他處去了。」

劉備請問那人姓名。水鏡笑答：「好！好！」劉備再問：「伏龍、鳳雛，究竟是何人？」水鏡還是那聲：「好！好！」

你的喉嚨壞掉了嗎？只會跳單音。咦？不對！你欲言又止，又語帶暗示……難不成，就是你水鏡先生？

謎團豁然而解，劉備雙拳一抱，單膝高跪，立馬拜請水鏡出山相助，同扶漢室。

水鏡微笑搖頭：「你弄錯人了。像我這種山野閒散之人，怎堪世用？將軍放心！不久後，自有才學謀略勝我十倍的人，助將軍征戰天下，千萬不要錯過這段機緣喔！」

是啊！還是個打通任督二脈、身懷絕世武功的千年奇才呢！我都快渴死了，你勸我多喝水，卻不告訴我哪裡有甘泉。劉備暗自嘆息，失望而回。

龍鳳未至，單福單飛

回到新野縣，劉備與孫乾等人商議宴會遇伏的事。孫乾建議，捎一封信給劉表，據實以告。看劉表的態度，決定咱們的下一步。

劉表收信後，當著孫乾的面，大發雷霆：「你竟敢謀害吾弟！」下令將蔡瑁處斬。結果呢，夫人蔡氏的死哭活求，孫乾也認為蔡瑁若死，蔡氏和劉備的梁子就結大了，只好替蔡瑁求情：「請明公息怒！若是殺了蔡將軍，劉皇叔恐怕不能安居於此了。」

「你呀！好生反省自己的過失，不可再犯。」找到下臺階的劉表，「勉為其難」收回成命。

劉表還是覺得過意不去，派出長子劉琦，在孫乾的陪同下，來到新野向劉備請罪。劉備設宴接待劉琦，這名世子竟在酒酣耳熱時落淚。問其緣故，劉琦說：「繼母蔡氏一直對我懷著謀害之心；姪無計免禍，請叔父教我保命之道。」當時的劉備心有旁騖：「我的伏龍啊！你究竟藏在哪裡？」隨口吐幾句「小心盡孝啦」、「自然無禍啦」敷衍對方。

某日，劉備在新野街上行走，遇見一名模樣奇特之人：頭戴葛巾，身穿布袍，腰間繫著皂青色絲條，腳著烏履，一路高唱：「山谷有賢兮，欲投明主；明主求賢兮，卻不知吾。」

嗯？此人就是我踏破鐵鞋無覓處的對象？劉備趕忙上前追問。那人說他叫做單福，久仰以仁義處世的劉皇叔，特來投效。劉備聽了，非常高興，請他到縣衙內深談。

沒想到，酒逢知己，兩人想法接近，心意相通；小自戰術韜略，大至政治局勢，這位單先生知無不言，言無不盡。劉備佩服單福的才能，便拜他為軍師，每日操兵練馬。

單大軍師的月考

不久，曹操命曹仁、李典，率同降將呂曠、呂翔，領兵三萬，駐紮樊城，虎視荊、襄，探看虛實。

呂曠、呂翔求功心切，自請五千精兵，殺向新野。

第一次月考來了，單大軍師如何因應？

兵分三路：派關羽率軍埋伏於左，命張飛領兵暗藏在右，劉備和趙雲的主軍正面迎敵。兩軍交鋒，呂曠擋不住趙雲的快攻，被一槍刺於馬下。呂翔發現苗頭不對，慌忙撤軍；忽見左前方衝出關雲長，一陣廝殺，呂翔折兵大半，奪路而逃。跑不到十里路，又見一名黑將軍攔住去路，挺矛大叫：「燕人張翼德在此！誰來跟我大戰三百回合？」呂翔嚇得腿都軟了，來不及招架，已被張飛一矛貫身，落馬而死。

八門金鎖陣

敗仗的消息傳回樊城，震動曹營。

李典主張：「暫且按兵不動，呈報丞相，待大軍南下，再行征剿。」

氣急敗壞的曹仁堅持發兵：「此仇不報非君子。何況，區區新野，彈丸屁大之地，何須勞動丞相大軍？」

逼不得已，李典只好與曹仁率領二萬五千軍馬，星夜渡河，準備一舉踏平新野。

「這……敵眾我寡。請問先生，如何迎敵？」劉備面露緊張之色。

「大軍傾巢而出，樊城必定空虛，可乘機偷襲，反將一軍。」單福一派輕鬆，對劉備咬耳朵：「如此如此，這般這般。」

劉備聽得眉飛色舞，嘖嘖稱奇：「哎呀！軍師真是高明啊！」

次日，曹仁率前軍，李典領後軍，鳴鼓進軍，擺出一個威風凜凜的陣勢。

劉備、單福登高遠眺。「主公可知，那是何陣？」

劉備低聲說：「請先生賜告。」

「八門金鎖陣。八門者：休、生、傷、杜、景、死、驚、開。如從生門、景門、開門而入則吉；由傷門、驚門、休門而進則傷；擅闖杜門、死門則亡。不過呢，眼下這八門……」單福瞇眼微笑。

「如何？」

「雖然整齊壯盛，但只是表面；實則外強中乾，滯礙不通。若從東南角上生門入陣，正西景門殺出，曹軍陣腳必定大亂。」單福伸手，東指西點。

於是，趙雲奉令，挺槍躍馬，率軍衝向八門陣的東南角，吶喊鼓譟，殺入中軍。曹仁往北退走，趙雲不慌不忙，也不追趕，反而突出西門，再從西面轉戰東南角。果然，陣勢錯亂，人仰馬翻。劉備乘勝追擊，曹軍大敗而退。

輸了一陣的曹仁，十分不服氣，想來個回馬槍：深夜劫營。

李典又持反對意見：「不可！劉備必有準備。而且，我擔心後防空虛，樊城不保……」

樊城失守

「如此膽小！要如何帶兵打仗？」曹仁不聽勸，當夜二更，冒冒失失闖進空寨——哎呀！不妙！曹仁心知中計，急令退兵。來不及了！四周起火，沿柵竄燒；趙雲一馬當先，掩殺而來。曹仁往北河敗走，才到河邊，欲尋船渡河，又是一彪軍馬殺到，為首大將是誰？

「燕人張翼德在此！誰來跟我……」曹仁浴血死戰，在李典等副將的豁命護送下，涉水渡河。曹軍大半淹死水中。曹仁好不容易上岸，狂奔回樊城，令人叫門，只見城上一聲鼓響，一名紅面大將出現城頭，喝道：「怎麼這麼遲回？我早已拿下樊城，恭候多時了！」

抬頭一看，全軍愕然——那人正是關雲長。

又是一齣貓抓老鼠的追殺好戲。關羽大刀揮舞，曹軍被殺到丟盔棄甲，死傷殆盡；曹仁呢，僥倖不死，拖命逃回許昌。

新收義子

大獲全勝的劉備，風風光光進樊城。縣令劉泌出城迎接王師，請劉備到家中作客。劉備見到劉泌的外甥寇封，器宇軒昂，一表人才，便收為義子，改名為「劉封」。

劉備帶劉封回到新野，讓他拜見關羽和張飛。關羽對「收義子」一事很有意見：「兄長已有子嗣，何以收螟蛉？恐怕日後會生亂。」

劉備不以為然，辯說：「我待之如子，他必將事我如父，何亂之有！」

關羽搖頭，走開。

更姓改名

兩名敗將回到許都，泣拜在地，向曹操請罪。曹操淡淡一笑：「勝負乃兵家常事。但不知，是哪位高人為劉備綢繆策劃？」

曹仁說：「聽說是一個叫做『單福』的人。」

「單福？」曹操皺起了眉頭，「沒聽過。怎麼不叫做『來福』？你們有人知道他嗎？」

「屬下知道他，也知道他媽。」程昱呵呵笑道：「『單福』是假名。此人姓徐名庶，字元直；潁川人氏。幼時好學擊劍，曾為朋友報仇殺人；而後更姓改名，躲避追緝。一生勤讀向學，遍訪名師，與司馬徽等高士交好。」

曹操問：「徐庶之才，比君如何？」

程昱正色回答：「十倍於昱。」

「啊！可惜了！如此賢士，竟歸附劉備。」曹操一臉惋惜。

程昱又露出笑容：「丞相想要他？有何難哉？」

「喔？」曹操揚眉咧嘴，瞇著小眼，也，笑了。

計騙徐庶

每個人都有弱點。徐庶能破八門陣，卻也有自己的罩門：事母至孝。

「他幼年喪父，老母在堂。原由弟弟照料，現今其弟徐康已故，老母無人奉養。丞相可派人接其母來許昌，教她寫信召喚徐庶，如此一來，嘿嘿嘿！還怕徐庶不來投效丞相？」程昱搓手抖腳，愈說愈得意。

有這麼容易？

面對文房四寶，徐媽媽冷問：「劉備何許人啊？」

曹操怒眉扁嘴地說：「沛郡小輩，妄稱皇叔，全無信義，是標準的外君子而內小人，披著羊皮的狼。」

「是嗎？」徐媽媽厲聲開罵：「你這個虛誑之徒！老身久聞劉玄德乃中山靖王之後，孝景皇帝閣下玄孫，屈身下士，恭己待人，仁聲素著。當今世上，黃童、白叟、牧子、樵夫皆知其名。是標準的當世英雄。」

哇！怎麼那一套輝煌身世說，徐老媽背得比劉玄德還熟？

還沒罵完呢！

「你呀你！託名漢相，實為漢賊；居心叵測，大逆不道。竟然敢反誣玄德為逆臣，唆使我兒棄明投暗，當你這白面奸臣的幫凶？你呀你……」

怎麼，她還是禰衡的吵架老師，罵起人來沒完沒了？

話沒說完，徐媽媽一把抓起石硯，砸向曹操——可惜沒中。這下真的惹怒「白面奸臣」，曹操氣急之下，當場命令武士斬殺徐媽媽，但立刻被程昱勸止：「丞相息怒！徐母為何觸忤丞相？一心求死。丞相若殺了徐母，反而與徐庶結下不解之仇；留得徐母在，就是握有無堅不摧的『人質』。呵呵！屬下自有妙計騙徐庶來此。」

曹操是聰明人，眼珠子一轉，決定不殺徐母，還將她安置在大宅別院，好生供養。從那天開始，程昱扮起白臉：噓寒問暖，日夜問候；謊稱與徐庶是結拜兄弟，善待徐媽媽如親生娘。時常送禮寫信，徐媽媽也回函致謝——重點來了！程昱模仿徐母筆跡，修了一封偽家書，派一名心腹，直奔新野縣，交給單福。

「烽火連三月，家書抵萬金。」後代詩人杜甫的名句。然而，幾千年的歷史，幾千年的動亂流離，此等心境，有誰不同？

徐庶展信一看：

近汝弟康喪，舉目無親。正悲悽間，不期曹丞相……言汝背反，下我於縲絏，若得汝來降，能免我死……吾今命若懸絲，專望救援！

看完信，徐庶淚如泉湧，泣不成聲。不得不向劉備坦承身分，傷心告別：「老母手書來喚，庶不容不去。」

劉備聽了，哭得更厲害，但不能不說場面話：「母子天性，元直不必掛念劉備。待與老夫人相見之後，容或再聚？」

孫乾私下對劉備說：「元直乃天下奇才，久在新野，盡知我軍中虛實。若放他歸曹，必受重用，我方陷危。」

「那該如何？」劉備面露憂色。

「簡單！嘿嘿！」孫乾乾笑兩聲，壓低音量：「強留徐庶，不放他走。曹操見元直不去，必斬其母。元直知道老母慘死……主公以為，他會不想幹掉曹操，為母報仇？」

「不可。使人殺其母，而我用其子，這是不仁；強留不放人，斷絕他人盡孝道，叫做不義。我劉備寧可敗戰而死，也不為這不仁不義之事。」劉備搖頭否決。

長亭送別

餞別之夜，徐庶心繫母親，金波玉液不能下咽。劉備痛失左右手，眼前擺滿玉盤珍饈、龍肝鳳髓，卻是食不甘味。二人相對而泣，呆坐到天亮。

臨行之際，劉備與徐庶並馬出城，來到長亭，下馬相辭，辭而不別。於是，劉備送徐庶，送了一程又一程，堪稱「十八相送」。

送君千里，終須一別。當徐庶的背影漸行漸遠，淚眼凝望的劉備直呼：「我恨不得砍光前方這片樹林。」

「請問主公，何故伐木？」眾人不解。

劉備哽咽地說：「那些樹木，阻斷了我的視線。」

走馬薦諸葛

忽然間，徐庶拍馬而回。劉備喜出望外，向前迎問：「先生此回，難道是回心轉意？」

徐庶敲敲自己的腦袋，笑說：「哎呀！徐某心亂如麻，不知所云，竟然忘了那人。」

「何人?」劉備嗅出某種令人振奮的氣息。

「此間有位奇士,就在襄陽城外二十里的隆中。使君何不前往求才?」

「那人……比起先生如何?」劉備小心翼翼探問。

「和他相比,我徐庶猶如駑馬並麒麟、寒鴉配鸞鳳。此人每每自比管仲、樂毅;以我來看,管、樂都不及此人。要我給他一個評價?經天緯地,絕代奇才,世間第一人!」

「此人高姓大名?」劉備以手掩脣,因為口水快要流下來了。

「此人乃琅琊陽都人,複姓諸葛,名亮,字孔明。」徐庶搖頭晃腦,如數家珍:「早年種種我就不多說了,現與弟諸葛均躬耕於南陽。所居之地有一崗,名為臥龍崗,因此自號為『臥龍先生』。」

「等等!水鏡先生曾言:伏龍、鳳雛,兩人得一……」劉備的眼睛一亮。

「鳳雛乃襄陽龐統。伏龍正是諸葛孔明。」徐庶揭曉謎底。

劉備一拍掌,似醉方醒,如夢初覺。

你怎麼不早說?害我一把鼻涕,一把眼淚。不過,涕泗縱橫換成口水直流,值得了。

原來,過了這店,是為那村。大軍師單福,只是劉備皇圖霸業舞臺上的一名龍套,負責串帶真龍出場。

上吊自盡

徐庶趕到許昌，泣跪堂下，拜見母親。

徐媽媽大驚失色：「你不是在幫劉備？跑回來幹嘛？」發現兒子中計，勃然大怒，拍案痛罵：「枉費你闖蕩江湖多年，我以為你學業精進，怎麼愈活愈回去？你飽讀詩書，不知道忠孝不能兩全？豈不識曹操欺君罔上？劉玄德仁義布四海……」

還沒完！還有「不察是非，棄明投暗」、「自取惡名，一介愚夫」、「玷辱祖宗」、「愧對天地」……從清晨罵到黃昏，罵得徐庶趴伏在地，頭不敢抬，大氣也不敢喘一下。

徐媽媽罵到上氣不接下氣，一拂袖，轉到屏風後面去了。沒事了？徐庶不敢輕舉妄動，屏風無風，屏息以待。一個時辰後，家人急忙出來，大叫：「不好了！老夫人上吊自盡了！」徐庶趕緊衝入後堂，想要搶救母親——徐媽媽已氣絕。

徐庶悲慟欲絕，暗自立誓：一生不為曹操獻計。從此，世上流傳一句話：徐庶入曹營——一言不發。

得其主，不得其時

劉備準備了禮物，要到隆中拜訪「絕代奇才」孔明。司馬徽忽然來訪，談到徐庶之事，大嘆一口氣：「啊！元直不去，其母尚存；徐庶歸曹，徐母必死。」

劉備驚問原由。司馬徽又嘆一口氣：「徐母為高義之人，其子歸附奸賊，她老人家恐怕不願苟活於世。」

「這……守節無虧，義出肺腑，教人敬仰且不捨啊！不過……」話題一轉，劉備其實關心另一件事：「元直臨行時，向我推薦南陽諸葛亮，其人如何？」

「喔？元直真的說出『伏龍』是誰？」水鏡先生笑得莫測高深，「元直是不是說，那位孔明先生自比管仲、樂毅？」

一旁的關羽忍不住插話：「我聽說管仲、樂毅是春秋戰國名人，功蓋寰宇。孔明自比此二人，會不會太超過？」

司馬徽笑說：「以我來看，的確不當自比這二人，而是另二人。」

劉備睜大了眼睛：「哪二人？請先生賜教。」

「可比興周八百歲之姜子牙，旺漢四百年之張子房。」眾人愕然，面面相覷。司馬徽優雅下階，抱拳告辭。「水鏡先生！先生！」劉備留之不住。司馬徽出門，仰天大笑，再吐玄機：「臥龍雖得其主，不得其時，惜哉！惜哉！」說完，飄然而去。

一顧茅廬

翌日，劉備帶著關羽、張飛和隨從來到隆中。遠山近水，一派悠然。縱橫阡陌，但見十餘名農夫荷鋤耕種，開懷高歌：

蒼天如圓蓋，陸地如棋局。世人黑白分，往來爭榮辱。
榮者自安安，辱者定碌碌。南陽有隱居，高眠臥不足。

劉備勒馬，喚住農夫，笑問：「此歌是何人所作？」
農夫答：「臥龍先生所作。」
劉備又問：「臥龍先生居住何處？」
農夫伸手遙指：「此山以南，有一帶高崗，喚作……」
劉備插問：「臥龍崗？」

「是啊！崗前疏林內茅廬中，就是諸葛先生高臥之地。」農夫臉上綻放快樂笑容，好像在談論珍奇瑰寶。

劉備揖謝農夫，策馬前行。不到數里，遙望起伏青翠的崗巒：高崗屈曲壓雲根，流水潺潺飛石髓；不由得讚嘆：「果真是人間勝地，清幽異常。」

來到莊前，劉備下馬，親叩柴門，一名童子出來應門：「先生有何貴幹？」

劉備說：「漢左將軍宜城亭侯領豫州牧皇叔劉備特來拜見先生。」

童子皺眉：「你的名字那麼長，我記不得啦！」

劉備只好說：「你就向貴主人通報：劉備來訪。」

童子說：「先生今早出門了。」

「嗄？」劉備露出失望之色，「何處去了？」

童子搖搖頭：「行蹤不定。」

劉備再問：「何時歸來？」

童子還是搖頭：「或三五日，或十數日，歸期亦不定。」

一旁的張飛催促：「既然不在，咱們先回去唄！」

關羽也說：「不如且歸，再派人來探聽消息。」

劉備黯然離開，惆悵不已。臨走時，不忘囑咐童子：「如先生回來，煩請轉告：劉備來訪，還會再來。」

二顧茅廬

幾天後，劉備派人打聽到孔明已回，又帶著關羽、張飛冒雪趕去臥龍崗。這時正值隆冬，天氣嚴寒，彤雲密布。一路上朔風凜凜，瑞雪霏霏；山如玉簇，林似銀妝。

張飛冷得哀哀叫：「哎喲！天寒地凍的，幹嘛大老遠跑來見一個村夫？不如回去躲被窩。」

劉備說：「孟子云：『欲見賢而不以其道，猶欲其入而閉之門也。』你怕冷，可先回去。」

張飛嘟起嘴巴：「死都不怕，豈會怕冷？」

劉備厲聲說：「那就給我閉嘴！」

來到莊前，劉備下馬，扣門問童子：「先生今日在家嗎？」

童子答：「正在堂上讀書。」

太好了！劉備三步並兩步，跟隨童子進門，只見草堂之上，一名少年擁爐抱膝，吟詠曼歌：

鳳翱翔於千仞兮，非梧不棲；士伏處於一方兮，非主不依。
樂躬耕於隴畝兮，吾愛吾廬；聊寄傲於琴書兮，以待天時。

劉備上前施禮問候：「備久慕先生，無緣拜會。前次緣慳一面，今天冒風雪而來，得瞻道貌，實為萬幸！」

少年慌忙起身答禮：「將軍莫非劉豫州，特來拜訪家兄？」

「啊！難道先生不是……」不是諸葛孔明？

原來，那少年是孔明的弟弟諸葛均，說他哥哥與友人出遊去了。

二顧茅廬，再次撲空。沒關係！劉備借了文房四寶，呵開凍墨，拂展雲箋，留書一封：

備久慕高明，兩次晉謁，不遇空回，惆悵何似……

孔明讀信後有何反應？已讀不回。

一天風雪訪賢良，不遇空回意感傷。凍合溪橋山石滑，寒侵鞍馬路途長。不過，再漫長的路途也難不倒劉備求賢的腳步。怎麼做？等到春暖花開，齋戒薰沐，登門再訪。

階下久候

光陰荏苒，早春已臨。這一回，劉備盛重其事，選了個黃道吉日，齋戒三天，薰沐更衣，再往臥龍崗。

不過，關羽持反對意見：「想那諸葛亮徒有虛名而無實學，故避而不敢見面。」

劉備說：「二弟啊！你熟讀《春秋》，應知春秋時期，齊桓公想要拜訪隱居於東郭地區的賢者，來回往返五次才見上一面。何況，我想要見的是元直口中的『世間第一人』呢！」

張飛也提出「一勞永逸」的辦法：「三番兩次找他，忒麻煩！俺用一條麻繩將他綁來，不就得了！」

「不可無禮！不想去就別去。愚兄和雲長前往即可。」劉備怒瞪張飛。

「去！怎麼不去？兩位哥哥都去，小弟絕不落後。」張飛嬉皮笑臉躍上馬。

這一回，孔明在家嗎？

「在！在睡午覺。」童子說。

「既然如此，先不要通報，我可以等。」劉備吩咐關、張二人，在門口守著，像門神一樣乖乖站好；自己緩步入室，看見孔明仰臥在草堂几席上，呼呼大睡。劉備停下腳步，拱立階下，不語靜候。過了好半晌，孔明的鼾聲、窗外的啁啾鳴囀，合成錯落起伏的交響樂。關、張在外面待得太久，不見動靜，進屋來找劉備，發現敬仰的大哥依然在罰站。張飛火大了，對關羽說：「這傢伙這般傲慢！讓我哥哥久候，他竟高臥不起！等我去屋後放一把火，看他起不起！」

關羽勸住衝動的張飛。張飛餘怒未消，嘴裡唸唸有詞。劉備以指抵脣，用眼神命令二人到外面等候。

這時，孔明翻了翻身，好像要起來，忽然朝著內壁又睡著了。童子想要上前通報，劉備小聲說：「勿驚動先生。」就這樣，又站了一個時辰，我們的臥龍先生——或者該稱「睡龍先生」或「夢龍先生」——才幽幽轉醒，伸了個大懶腰，隨口曼吟：

大夢誰先覺，平生我自知。草堂春睡足，窗外日遲遲。

揉揉惺忪睡眼，問童子：「有客人來訪？」

童子回答：「劉皇叔在此，立候多時了。」

孔明慵懶起身，邊打呵欠邊說：「怎麼不早些通報？」隨意瞥了劉備一眼，「讓皇叔久候了，請容我先行更衣。」慢條斯理轉入後堂。又過了半晌，才穿戴整齊出來。

隆中對策

總算……面對面了。劉備屏息凝望傳說中的「臥龍先生」：身長八尺，面如冠玉，頭戴綸巾，身披鶴氅，飄飄然有神仙之態。

這模樣，這神采，誰見了都會折服；若要雞蛋裡挑骨頭，這位當世奇才，未免也太年輕了吧！

那一年，諸葛孔明二十七歲。

劉備躬身一拜，端出倒背如流的場面話：「漢室末冑，涿郡愚夫，久聞先生大名，如雷貫耳……」

孔明也只好忒謙一番：「南陽野人，疏懶性成，屢蒙將軍枉臨，不勝愧赧。」

劉備再來一段恭維：「司馬德操之言，徐元直之語，豈是虛談？望先生不棄鄙賤，曲賜教誨。」

孔明搖頭，微笑：「德操、元直，都是當世高士。亮只是一介耕夫，怎敢奢談天下事？二公謬舉，將軍您竟然捨美玉而求頑石？」

劉備好像吃了秤砣鐵了心，堅持求賢：「大丈夫抱經世奇才，豈可空老於林泉？願先生以天下蒼生為念……」又花了一盞茶加上一頓飯的功夫，繼續灌迷湯：「閉備愚魯，拯救蒼生。此乃天下之福、社稷之幸！」

孔明終於點點頭，順手拿起几上羽扇，大手一揮，發表持續一日夜乃至終其一生鞠躬盡瘁的助劉大計「隆中對策」：

自董卓造逆以來，天下豪傑並起……而今曹操擁百萬之眾，挾天子以令諸侯，誠不可與之爭鋒。孫權據有江東，已歷三世，國險而民附，可用為援而不可圖謀。哪裡才是將軍的目標？荊州北據漢、沔，利盡南海，東連吳會，西通巴蜀，自古以來，一直是兵家必爭之地。益州險塞，沃野千里，天府之國，高祖因此而成就帝業；如今民殷國富，但劉璋闇弱，而不知存恤，智能之士，期盼明君……若跨有荊、益，保其巖阻，西和諸戎，南撫彝、越，外結孫權，內修政理；待天下有變，則命一上將率荊州之兵，前進宛、洛，將軍領益州之眾，破出秦川，則大業可成，漢室可興。

說著說著，命童子取出一幅畫軸：西川五十四州地圖，掛在中堂，東指西點：「將軍欲成霸業，北讓曹操占天時，南讓孫權占地利，將軍要占什麼？人和。不才建議：先取荊州為家，後奪西川建業，與曹操、孫權成鼎足之勢，伺機匡復中原。」

長篇讜論，濃縮成八字戰略：聯吳抗曹，直取荊、益。

劉備聽完，眼眶泛紅，眼角掛淚；起身拱手，鞠躬拜謝：「先生之言，頓開茅塞，使備如撥雲霧而睹青天。但荊州劉表、益州劉璋，都是漢室宗親，我……怎忍心掠奪他們的基業？」

孔明笑說：「放心吧！我夜觀天象：劉表不久人世；劉璋非立業之主，那益州險塞，日後必歸將軍。」

打鐵要趁熱，劉備再來一個九十度大鞠躬，拜請孔明「出山相助」。

「亮久樂耕鋤，懶於應世，不能奉命。」這是在演哪一齣？大姑娘等花轎——搶親的花轎？

這時，劉備的眼角蓄水池發揮作用了。瞧！一把鼻涕，流不完的眼淚，淚沾袍袖，衣襟盡溼……咱們劉皇叔跪泣在地，為民請命：「先生不出，蒼生奈何？先生不來，國家蒙難；先生不救，世界末日。」

好了！再裝下去就變成歹戲拖棚了。諸葛亮蹙眉深思，幾番沉吟，目光忽閃，羽扇揮舞，「勉為其難」答應：「將軍既不相棄，願效犬馬之勞。」

就這樣，豫州當日嘆孤窮，何幸南陽有臥龍！欲識他年分鼎處，先生笑指畫圖中。

食同桌，寢同榻

那天起，劉備待孔明如師，食同桌，寢同榻，終日共論天下大事。孔明提出了洞燭機先的觀察，攸關未來大戰的端倪：「曹操在冀州造了一口玄武池，做什麼呢？訓練水軍；訓練水軍要做什麼？兵進江南，統一天下。主公要趕緊派心腹之人過江，探聽虛實。」

這時，在江東這頭，繼承父兄基業的孫權也沒閒著：廣納賢士，募軍練兵；文有闞澤、嚴峻、薛綜、程秉、朱桓等謀士來歸，武有呂蒙、陸遜、徐盛、潘璋、丁奉等良將投效；又命周瑜統領水陸軍馬，一時之間，文韜武略，軍容壯盛。

曹操見孫權勢力漸大，派使者往江東，命孫權遣子入朝隨駕——什麼意思？當人質啦！孫權的母親吳太夫人召集周瑜、張昭商議對策。周瑜認為一送人質，便要事事受制於曹操，等於是授人以柄。最後決定：不甩曹操。

「不肯隨駕？沒關係！他日大軍南下，掃平江東，教你們後悔莫及。」曹操氣得咬牙切齒。

孫權的弟弟丹陽太守孫翊性情剛烈，好飲易醉。酒後常鞭打士卒。部下嬀覽、戴員心生叛意，便勾結另一名部將邊洪，乘酒宴散席時，將孫翊殺死。嬀覽、戴員又嫁禍邊洪，將這個替罪羔羊也殺了。

孫翊的妻子徐氏，容貌美麗，生性賢慧。嬀覽垂涎已久，逼徐氏做他的小老婆。徐氏假意允諾，密召丈夫的親信孫高、傅嬰，埋伏洞房，趁嬀覽酒醉時將他亂刀砍死，為夫報仇。戴員前往赴宴時，也被「一併處理」。

不久，孫權領兵到丹陽，察明始末，封孫高、傅嬰為牙將，把弟媳徐氏接到江東養老。

宅心仁厚

建安十三年春，江夏黃祖的部將甘寧投奔孫權。江東士氣大振，孫權率領水陸大軍攻打黃祖。黃祖戰敗，逃跑時被甘寧一箭射死。攻破江夏的孫權，不可一世，進逼荊州。劉表深感危機，便請劉備到荊州議事。

劉表要討論什麼？

「唉！我年老多病，不能理事，賢弟可來助我。我死之後，弟便為荊州之主。」原來是想將州內事務託付劉備管理。一旁的孔明頻頻以眼神示意：答應他呀！趕快答應啊！可惜劉備「仁心」又起，堅決不肯。

回至館驛後，孔明問劉備為什麼推辭，劉備目眶含淚，慷慨訴說：「景升待我，情深義重。我怎能乘人之危？」

乘人之危？人家好心贈與你不要，難道要等到人死了再來爭遺產？

孔明感慨地說：「主公真是宅心仁厚啊！只是……」只是，你的腦袋是不是有洞？

說著說著，劉表的長子劉琦前來求援：「繼母不能相容，性命只在旦夕，望叔父施救。」

很簡單啊！先發制人：派一批殺手幹掉你小弟和他老母，喔！別忘了先殺蔡瑁。但，這話兒，劉備說不出口。

孔明教了劉琦一招「自請外調」之計：「公子聽說過申生、重耳之事？春秋時晉國驪姬之亂，申生在內而亡，重耳在外而安。如今黃祖亡故，江夏無人守禦，公子何不自請外調，鎮守江夏？如此一來，荊州多一道防線，公子亦可避禍。」

「對啊！遠離是非之地，手中又握有兵馬，誰敢動我？」劉琦茅塞頓開，拜謝而去。

大軍南下

與此同時，北方的曹操權勢滔天，自行罷黜三公，改以丞相兼任。立毛玠為東曹掾、崔琰為西曹掾、司馬懿為文學掾——此人字仲達，河內溫人；潁川太守司馬儁之孫，京兆尹司馬防之子，主簿司馬朗之弟。早在建安六年，曹操就看上司馬懿，要封他為官；不知何故，司馬懿託病不出。曹操心裡明白，這名深藏不露的年輕人，或者說，司馬一家，既可為股肱重臣，也可能是心腹大患。

文官齊備，曹操聚集武將，商議南征。

夏侯惇進言：「聽說劉備在新野，練兵訓卒，必為後患，我們應該早早除掉他。」

曹操點頭，派夏侯惇帶領李典、于禁、夏侯蘭、韓浩等部將和十萬大軍，進駐博望城，準備攻打新野。

謀士荀彧說：「劉備是個英雄，又有諸葛亮為軍師，不可輕敵。」

夏侯惇不屑地說：「劉備不過是鼠輩罷了，看我將他捉了來獻給丞相。」

一旁的徐庶忍不住開口：「將軍千萬不要輕視劉玄德。如今的他，兵精將猛，又有諸葛亮輔佐，如虎添翼。」

曹操眉一揚，好奇一問：「諸葛亮是何人啊？」

徐庶答：「諸葛亮字孔明，道號臥龍先生。有經天緯地之才，出鬼入神之計，乃當世之奇人，不可小覷。」

曹操又問：「喔？比你如何？」

徐庶恭謹地說：「庶哪敢比亮？庶如螢火之光，亮乃皓月之明。」

夏侯惇揮揮手，豪邁宣言：「元直休長他人志氣，滅自己威風。我視諸葛亮如草芥。

這一陣若不能生擒劉備，活捉諸葛，願將首級獻給丞相。」

如魚得水

不只是夏侯惇不服氣，在新野這邊，關羽、張飛也看諸葛亮不順眼。

張飛說：「孔明年紀輕輕，嘴上無毛，會有什麼才學？」

關羽抱怨：「兄長以師禮待之，會不會太過了！」

劉備怎麼說？「我得孔明，如魚得水。」

搖頭。關羽、張飛聽不懂。劉備也不知道，這則巧喻，變成歇後語，在中國社會流傳了千年。

夏侯惇大軍壓境時，張飛雙手一攤：「哥哥何不派『水』去打發曹軍？」

劉備怒罵：「孔明用智，兩弟逞勇，各司其職，怎可胡亂推託？」

孔明擔心關、張二人不聽號令，請劉備把劍印交給他。張飛偷偷對關羽說：「且聽令去。看他如何調度。」關羽雙手扠腰，冷對孔明。

諸葛軍師怎麼排兵布計？命關羽領一千名軍士埋伏在博望之左的山丘，曹軍一到，放過休敵，他們的輜重糧草，必押在大軍之後；怎麼做？但見南面火起，可縱兵出擊，焚其糧草。張飛做什麼？也率一千名兵馬埋伏在博望之右的林後山谷，一樣，看南面起火，率軍殺出，縱火燒掉博望城的糧草倉庫。關平、劉封則引五百人，預備點火之物，在博望坡等候。等什麼？初更兵至，便可放火。

趙雲的任務：擔任前鋒，對上敵軍，虛晃兩下便退；「切記！只准輸，不能贏。」孔明鄭重交待。

咦？哪有不求勝的戰爭？眾人面面相覷，不明所以。

諸葛軍師又說：「主公自己帶一路人馬為後援，伺機配合子龍。好了！各自領令，依計而行，萬勿有失。」

關羽問：「我等齊出迎敵，不知軍師要做何事？」

孔明說：「坐守縣城，喝茶揮扇，靜候你們凱旋而歸。」

張飛大笑，是從齒縫發出的譏笑：「我們都去廝殺，你卻在家裡納涼，好自在！」

孔明揚起手中劍印，怒目宣示：「劍印在此，違令者斬！」

劉備見苗頭不對，趕緊緩頰：「豈不聞『運籌帷幄之中，決勝千里之外』？軍師布計，定有其道理，二弟不可違令。」

「哼！」關羽、張飛冷笑而去。張飛邊走邊碎唸：「啥計？聲東擊西計？引君入甕計？咱們就瞧他葫蘆裡賣啥藥……」

結果如何？

夏侯惇大軍來到博望坡，分一半精兵作前軍，其餘人馬護糧車而行。人馬攢動間，忽見前方風起塵揚，趙雲率軍迎面而來，但人數不多。夏侯惇仰天大笑：「哈！徐元直在丞相面前，誇諸葛亮為天人；如今觀其用兵，竟以這丁點軍馬為前鋒，與我對敵，豈不是驅犬羊與虎豹鬥！」

兩軍交戰，沒幾回合，趙雲詐敗而走。夏侯惇一路追趕。奔逃十餘里後，趙雲回馬又戰，又「不敵」而走。韓浩拍馬向前，勸阻夏侯惇：「趙雲此舉，好像是誘敵之計，恐有埋伏。」

夏侯惇說：「如此烏合之眾，縱有十面埋伏，有何懼哉！」這時，一聲炮響，劉備也率軍衝將過來，接應交戰；但打不了幾回合，倉皇敗走。夏侯惇驕傲揚鞭：「這就是埋伏之兵？哈！」曹軍繼續追進。

天色已晚，濃雲密布。夏侯惇的軍馬，不知不覺來到長滿蘆葦的小徑。負責押後的李典趕上前來，提醒夏侯惇：「此處道路狹窄，山川相逼，樹木叢雜，小心對方火攻！」

夏侯惇環顧四周，這才驚覺不對，下令大軍停止前進——來不及了！背後喊聲響起，火光沖天，兩邊蘆葦也跟竄燒了起來，四方八面頓時陷入火海。曹軍進退不得，自相踐踏，死傷不計其數。趙雲調頭趕殺，夏侯惇冒煙突火而走，狼狽逃回許昌；李典見勢頭不對，急奔回博望城，但見熊熊怒焰中，關雲長持刀攔路。李典縱馬混戰，奪路逃走。于禁見糧草車輛，都被焚燒殆盡，也從小路逃命去了。夏侯蘭、韓浩趕來搶救糧草，正面遇上張飛。「燕人張飛在此！誰來——」與你大戰三百回合？沒那麼麻煩，打不到兩回合，夏侯蘭就被張飛一槍刺死。韓浩僥倖逃脫。其餘敗將殘兵，被殺得屍橫遍野，血流成河。

博望相持用火攻，指揮如意笑談中。這齣博望坡之役，諸葛亮的戰場初體驗。世人稱之為：初出茅廬第一功！

劉備軍隊大勝而回。關羽、張飛總算心服口服。見到孔明，兩人下馬便拜：「軍師妙計，神鬼莫測，真乃一代奇人也！」

大丈夫存活於世，遇知己之主，外託君臣之義，內結骨肉之恩，言必行，計必從，禍福與共。

第九章

赤壁之戰

趁人之危？

曹軍慘敗，曹操吞得下那口鳥氣？當然吞不下！你滅我十萬兵馬，我就再派五十萬大軍南下。

孔明向劉備建言：「新野小縣，不可久居。趁劉表病重，先拿下荊州，求一安身之地。」

劉備搖頭拒絕：「劉景升對我有恩，我怎麼可以趁人之危呢？」

孔明也搖頭苦勸：「此時不取，後悔莫及啊！」

「不成！」劉備還是堅持自己的「仁義之道」，「我堂堂漢室之後，寧死不做忘恩負義之事。」

孔明目瞪口呆，幾乎接不上話：「這……好吧！再作商議。」這位軍師心裡明白，大禍就要臨頭了。

孔融遇害

建安十三年七月，丙午日，曹操的五十萬大軍，分為五隊，浩浩蕩蕩離開京師，準備掃蕩荊、襄，踏平江南。

大中大夫孔融反對曹操出征，極力勸諫：「劉備、劉表都是漢室宗親，不可輕伐；孫權虎踞六郡，且有大江之險，也不易攻取。丞相啊！你興此無義之師，恐怕會失去天下人心。」

曹操怒罵：「劉備、劉表、孫權都是逆臣賊子，豈容不討？不要再論！誰反對我就斬誰。」

孔融離開相府，仰天而嘆：「以至不仁伐至仁，怎麼會不敗呢？」

這話兒，傳到孔融的仇人郤慮耳裡，變成挑撥離間的利器。郤慮一臉奸笑，刺激曹操：「丞相有所不知，這個孔融啊！常常說丞相壞話，又與禰衡要好。禰衡稱孔融『仲尼不死』，孔融讚禰衡『顏回復生』。聽說禰衡擊鼓辱罵丞相，就是孔融指使的。還有哇！禰衡被黃祖斬殺後，咱們孔大夫對他念念不忘，直說『擊鼓罵曹』罵得好啊！巴不得讓禰衡……」

「怎麼樣？」曹操怒問。

「復顏回生囉！」郤慮歪嘴縮頸，擠眉弄眼。

曹操氣炸了，下令殺孔融全家。據說，孔融被廷尉捉走時，孔家二名幼子不慌不忙，對坐弈棋。家僕急問：「尊君即將問斬。二位公子為何不逃走？」二子異口同聲，說出那句令人唏噓不已的千古名言：「覆巢之下，焉有完卵？」

拱手讓人

荊州這邊，劉表的病情日漸嚴重，將兩個兒子託付給劉備，要劉備管理荊州事務。劉備只答應輔佐劉表的兒子，卻不肯親自統領荊州。

劉表病危時，夫人蔡氏與蔡瑁刻意支開長子劉琦，連探病都不准，導致老爸臨死見不到兒子，抱憾而終。劉表過世後，兩人又串通張允偽造遺囑，立蔡氏親生的小兒子劉琮為荊州之主，並且封鎖消息，不讓長子劉琦和劉備得知劉表已故。荊州軍權則由蔡氏娘家之人緊握在手裡。為求保險，蔡氏慫恿兒子劉琮屯駐襄陽，嚴防劉琦與劉備。

問題是，防得了內親，避得開虎狼？

說巧不巧，曹操大軍也已進逼襄陽。劉表的老部將傅巽、蒯越等人都主張降曹。但劉琮不肯將「先君之業」就這麼拱手讓人，嚴詞拒絕。就在爭執不下的關頭，「倒履相迎」的另一名主角——「文詞妙絕」的才子王粲，因避亂至荊、襄，劉表奉為上賓——出聲了，可惜，王大才子不是為了保住恩公的基業而開口：「將軍自料比起曹公如何？」

年方十四歲的劉琮低下頭，赧顏說出：「不如。」

王大才子眉飛色舞，趁勢追擊：「那就是了！曹公兵強將勇，足智多謀。擒呂布於下邳，摧袁紹於官渡，逐劉備於隴右，破烏桓於白登，梟除蕩定的逆臣賊子，不可勝數。如今，曹丞相率大軍南下，荊、襄傾危，百姓不保，請問將軍，要拿什麼抵抗王師？」

劉琮無言以對。

「兒啊！識時務者為俊傑……」母親蔡氏也從屏風後出來，勸兒子投降。

五十萬虎視眈眈的敵軍，五個生命中最親近之人（包括媽媽），同時逼壓這名十四歲的「荊州之主」；他，能有什麼選擇？劉琮只好命部將宋忠遞送降書，將荊襄九郡獻給曹操。兵不血刃就拿下膏腴之地，曹操樂不可支，當下保證，讓劉琮「永為荊州之主」。

「永」是多久？比「剎那」長嗎？

宋忠在回程途中，意外被關羽擒獲，劉備這才知道荊州內部的風雲遽變。伊籍勸劉備以悼喪之名討伐劉琮，搶在曹操之前奪取荊州，順便除掉蔡氏同黨。

劉備不肯答應，理由是：「執其子而奪其地，將來在九泉之下，拿什麼面目見劉景升？」

那要怎麼辦？為了避開曹軍，劉備決定放棄新野，轉進樊城。

調兵遣將

問題是，探馬飛報：曹兵已殺到博望了。撤退之事刻不容緩。要如何排布脫身之計？這事嘛！還是得仰仗諸葛軍師的調兵遣將：

關羽先率領一千名軍士，攜布袋，裝沙土，去白河上游堵住水流，伺機而動；張飛也帶著一千員兵馬，到博陵渡口埋伏。

趙雲領導三千名主軍，分為四隊，自領一隊埋伏東門外，其餘三隊負責西、南、北三門，並在百姓屋頂上暗藏硫磺焰硝之類引火之物。曹軍入城後，必定在民房歇息；黃昏後，將刮起大風。注意聽！看到風起，下令西、南、北三門伏兵發射火箭入城，等到城中火光大作，就在城外吶喊助威，但要放空東門讓曹軍離開；我方主軍再由後方追擊。天明時，會合關、張二將收軍回樊城。

分撥已定，孔明與劉備登高瞭望，靜候佳音。

祝融飛下焰摩天

結果如何？許褚率三千鐵甲軍開路，曹仁、曹洪領十萬大軍為前鋒——前鋒就有十萬人？好大陣仗——浩浩蕩蕩，殺向新野。來到鵲尾坡，只見坡前一簇人馬，一會兒紅旗，一會兒青旗。許褚勒馬觀望，不敢輕進：「前方必有伏兵！」並派一騎飛馬回報曹仁。曹仁不以為然：「此為疑兵，必無埋伏。可急行軍前進，讓大隊人馬加速通過。」

許褚只好繼續領兵探路。日落時，忽然看見一簇旌旗，兩把傘蓋，劉備、孔明竟在山頂上飲酒。許褚東張西望，想尋路上山，捉拿劉備。不料山上檑木、炮石滾滾而下，無法前進；又聞山後喊聲大振，讓人毛骨悚然，只好退回主軍，和曹仁領兵到新野——又見城門洞開，城中無人。

「弄什麼玄虛？」許褚正在起疑，曹仁笑說：「哈！劉備已勢孤計窮，帶著百姓逃竄去了。」決定率軍進城，駐紮一宿。

初更時分，狂風大作。守門軍士傳來失火急報。曹仁說：「應該是伙房造飯不小心起火，不須大驚小怪。」話沒說完，西、南、北三門也傳火警。曹仁上馬一觀，赫！屋焚瓦燒，滿城通紅，新野陷入一片火海。曹仁正要命人救火，喊聲忽起，人馬雜沓；濃煙中隱隱有千軍萬馬劍拔弩張，伺機而動。曹仁率眾突煙冒火，尋路奔走，聽說東門無火，急急奔出東門。沒想到伏兵埋在城外，趙雲吆喝一聲，領兵從背後殺來——

「風伯怒臨新野縣，祝融飛下焰摩天。」隔山觀火的孔明，對一頭霧水的劉備，解說神機妙算。

曹仁奮勇突圍，途中又遇到糜芳、劉封的攔截，兵馬死傷過半。好不容易逃到白河邊，軍士見河水不深，紛紛下馬喝水。這時，關羽在上游令兵士撤去堵水的沙袋，一時間水勢滔滔，洪流滾滾，曹軍人馬被淹死的不計其數。

曹仁率領敗軍，奔逃到博陵渡口，忽然聽到如雷巨吼：「燕人張飛在此！曹賊快來納命！」被張飛的人馬截住，一陣奮殺，曹仁嚇得魂飛魄散，拖命逃回博望。

棄樊城，取襄陽

新野之役雖告捷，但孔明料到：曹操會發動更全面的軍事行動，作為報復手段，樊城恐怕守不住。便建議劉備：「速棄樊城，先取襄陽。」

劉備說：「百姓跟隨我已久，怎麼忍心拋棄他們？」

孔明暗自嘆了口氣，只好順著劉備的不忍之心：「可令人公告百姓：有願隨者同去，不願者留下。」

這回「民調」，說明了劉備的支持度高居全國第一：全城百姓都願意跟劉皇叔過江。孔明立刻派關羽前往江岸，整頓船隻，協助百姓過河。全體縣民，扶老攜幼拖男帶女，滾滾渡河；而岸邊哭聲不絕。

劉備也痛哭流涕，一路哀號：「我原為保護百姓而來，不料反使百姓受難。我……我，有何面目苟活於世？」說著說著，便要投江自盡——還好，關羽攔阻，張飛死拖，眾人苦勸，才打消念頭。

激戰，混亂

劉備軍隊來到襄陽東門，只見城上遍插旌旗，壕邊密布鹿角，一副嚴陣以待的態勢。劉備勒馬大叫：「劉琮賢姪，我來此拯救百姓，並無他念。請快開門！」

劉琮心生畏懼，緊閉城門不出。蔡瑁、張允則命軍士放箭。城外百姓，無不望城樓而哭。這時，城中有一員身長八尺、面如重棗的猛將，率領兵士上城樓，大罵：「蔡瑁、張允是賣國賊！劉使君乃仁人君子，為救民而來，為何關門閉戶？」此人是誰？姓魏，名延，字文長。當下揮刀砍死守門將士，打開城門，放下吊橋，大叫：「劉皇叔快領兵入城！」

不料，另一名劉琮部將率軍衝出：「魏延！你這無名小卒，竟敢造亂！認得我大將文聘嗎？」文聘和魏延激戰，兩方軍兵在城邊廝殺，喊聲大震。襄陽城頓時陷入一片混亂。

劉備傻眼了，悶悶地說：「我的本意是保民，沒想到變成害民。唉！罷了！不進襄陽也罷！」

孔明建議：「江陵乃荊州要地，不如先取江陵為家。」

劉備無奈點頭：「也好！趕快帶著百姓撤退。」

襄陽城中，魏延和文聘鏖戰不休。可惜寡不敵眾，魏延的手下悉數戰死。這名猛將倉皇四顧，已不見劉皇叔蹤影；只好孤身一人撥馬出城，直奔長沙，投靠長沙太守韓玄。

以人為本

劉備帶領三千多個軍馬、十餘萬名百姓，緩緩往江陵而去。眼看曹軍騎兵就要追上，眾將勸劉備趕快率軍先走，但劉備不願丟下百姓。他淚流滿面地說：「舉大事者，必以人為本。現在百姓都願意跟我走，我怎能拋開他們不管？」

眾將聽了，都很感動；百姓聞言，莫不感傷。

但，索命危機卻是直逼眼前。

孔明派關羽、孫乾前往江夏，向劉琦求救；令張飛斷後，趙雲保護老小。其餘部將照顧百姓前行。如此行軍速度，每日只能走十餘里，就得停步歇息。

賣主求榮

另一方面，曹操兵進樊城，召劉琮來見。劉琮不敢去，便派蔡瑁、張允前往。這兩名魏延口中的「賣國賊」，見了曹操，極盡諂佞之態。曹操封蔡瑁為鎮南侯水軍大都督，張允為助順侯水軍副都督；再次保證：讓劉琮永鎮荊、襄。二人喜出望外，再三叩頭拜謝。

後來，荀攸問：「蔡瑁、張允乃賣主求榮之徒，主公為何封官加爵，還讓他們督統水軍？」

曹操冷笑：「北地軍馬，不習水戰，故且權用這二人；待事成之後……嘿嘿嘿！」

翌日，劉琮與母親蔡氏捧著印綬兵符，親自渡江拜迎曹操。沒想到，曹操改封劉琮為青州刺史，並命令他即刻走馬上任。劉琮心裡一萬個不願意，能夠怎樣？收拾細軟，和老母同赴青州——喔不！是同赴黃泉去了。

嗄？怎麼回事？原來，劉琮就任途中，還沒消化完「弄丟祖業」的痛苦，曹操已派于禁領兵，殺死這對母子。

屯駐荊、襄後，曹操又派兵前往隆中，做什麼？肉搜孔明的妻小，卻撲了個空。原來，孔明早已料到曹操此舉，先令人將家小送至三江內隱避。

生靈塗炭

曹操得知劉備被百姓拖累，只能日行十餘里，大笑三聲：「哈哈哈！當機不能立斷，此乃婦人之仁哪！」挑選了五千名精銳騎兵，限一天一夜趕上劉備。

關羽前往江夏，杳無回音，救兵不知何時能到？劉備急了，懇請孔明親自走一遭，昔日相救之恩，劉琦應該不會不認帳。

劉備則自領軍民在當陽縣外的景山駐紮。只是，曹兵來得太快，四更時分，喊聲驚天震地，大軍掩殺而來，勢不可當。一場惡戰下來，三千軍馬只剩百餘人，糜竺、糜芳、簡雍、趙雲等將以及百姓老小，都不知下落。張飛好不容易殺開一條血路，力保劉備逃出鬼門關。

慘敗之下，劉備忍不住大哭：「十數萬生靈，都因為我，遭此大難……」這時，糜芳身帶箭傷，踉蹌而來，大呼：「趙子龍反投曹操去了！」

劉備不相信，怒斥糜芳：「不可能！子龍不是這樣的人。」

張飛嚷嚷：「待我親自去尋他。一槍刺死叛徒！」

劉備趕緊阻止：「不可錯怪好人！子龍此去，必有事故。」

張飛兀自率領二十餘騎兵，到長坂橋。見橋東有一片樹林，心生一計：教兵士砍樹枝，拴馬尾，在林內往來馳騁，激起塵土，讓敵人以為這裡有千軍萬馬。張飛自己呢，橫矛立馬在橋上，像萬夫莫敵的守關者。

單騎救少主

趙雲在做什麼？自四更起，一直與曹軍廝殺，出入亂軍之中；天明時，卻尋不著劉備，又想起兵荒馬亂中主公的交待：「保護甘、糜二位夫人與小兒阿斗。」

而今和夫人、少主失散，有何面目去見主人？趙雲策馬在亂軍中尋覓，百姓號哭之聲，不絕於途；中箭受創、拋家棄子逃走的人，不計其數。後來在一面斷牆枯井前，找到身負重傷的糜夫人。糜夫人要趙雲保護阿斗殺出重圍：「此子性命全在將軍身上！」但趙雲執意要保護他們母子一同突圍。糜夫人怕拖累趙雲，心一橫，將阿斗放在地上，投井而死。

趙雲強忍悲慟，推倒斷牆，掩蓋了那口枯井；解開勒甲絛，放下掩心鏡，將阿斗抱護在懷，提槍上馬，展開一場「血染征袍透甲紅」的迢迢奮戰：

曹洪的部將晏明，一馬當先，持三尖兩刃刀挑戰趙雲。不到三回合，被趙雲一槍刺死。緊接著，前方又有一隊軍馬攔路。領頭大將是張郃。趙雲二話不說，挺槍便戰。打了十餘回合，趙雲不敢戀戰，奪路而走。背後張郃趕來，趙雲快馬加鞭，不料趷躂一聲，連馬帶人，摔入土坑。銀光一閃，眼看張郃的長槍就要臨頭，忽見一道紅光，從土坑中竄起；趙雲的寶馬平空一躍，竟然像長了翅膀，跳出坑外。

張郃嚇了一跳，不自覺後退。趙雲繼續快馬前行，背後忽聞兩人大叫：「趙雲休走！」前面也有二將，擋住去路。背後兩人是馬延、張顗，前面二將乃焦觸、張南；都曾是袁紹部將，後來降曹。趙雲孤身戰四將，鏗鏘交擊，殺聲震天，風雲變色。曹軍一擁而上，將趙雲困在槍林刀雨、人肉漩渦中。趙雲拔起剛搶來的青釭劍——原是曹操配劍，由背劍官夏侯恩保管，混戰中被趙雲奪走——狂刺猛砍，手起鋒落，透衣甲，削骨肉，斬腰腹，斷敵首；慘叫連天，血如湧泉。趙雲一人一劍殺退千軍萬馬，突圍而出。

曹操在景山頂上，遙望威不可當的趙子龍，急問麾下：「那人是誰？」

曹洪飛馬下山大叫：「這位戰將，可留姓名？」

趙雲應聲而答：「我乃常山趙子龍。」

曹操嘖嘖稱奇：「血染征袍透甲紅，當陽誰敢與爭鋒！真是虎將啊！」隨即下令：「趙子龍所到之處，不許放箭，我要活捉。」

也因此，趙雲避開了殺身之禍。這一戰，趙雲砍倒大旗兩面，奪下三條長槊，殺死曹營名將五十餘人；至於小兵小卒……數不清了。

趙雲就此擺脫追兵，救少主離險境？不！曹營的「義勇送死隊」還要再添二人：夏侯惇的部將鍾縉、鍾紳兄弟，一個使大斧，一個使畫戟，從山坡下縱馬而出，截殺趙雲。結果呢，戰不到三回合，一個被趙雲一槍刺死，一個帶盔連腦，被削去半個頭顱。

只是，鐵打的英雄也有力盡之時。趙雲拖命奔向長坂橋，又聽見後面傳來喊聲。原來是荊州降將文聘率軍追來。趙雲衝到橋邊，見張飛持矛挺立，大喊：「翼德助我！」張飛見趙雲一身血汙，抱護少主，登時明白一切，也大叫：「子龍快過去，追兵交給我。」

擲子於地

趙雲縱馬過橋，又走了二十餘里，見到劉備眾人，下馬伏地，喘息啜泣：「趙雲罪該萬死……」雙手奉上阿斗。

沒想到，劉備接過兒子，往地上一丟，怒道：「為你這小子，幾損我一員大將！」

趙雲大受感動，趕忙從地上抱起阿斗，拜倒痛哭：「趙雲肝腦塗地，也難報主公知遇之恩。」

劉備「收買人心」的手段，愈來愈高超了。

長坂橋

長坂橋這邊，張飛倒豎虎鬚，圓睜環眼，手綽蛇矛，立馬橋上。文聘東張西望，又見橋東樹林裡，塵土飛揚，疑有伏兵，便勒馬不敢上前。

曹操大軍趕到橋邊，也懷疑是孔明之計，不敢輕舉妄動。

這時，張飛厲聲大喝：「我乃燕人張翼德！誰敢與我決一死戰？」聲如巨雷，震懾曹軍。曹操忽然想到關羽曾說：「翼德在百萬軍中，取敵上將之首，如探囊取物。」正猶豫間，張飛又在叫陣：「我乃燕人張翼德——」曹操嚇得忙喊退兵。

人說：「張飛使計，粗中有細。」這回賣了個小機智。可惜自作聰明，將橋梁拆斷，然後回馬來見劉備。劉備一聽，不由得苦笑：「三弟拆了橋，曹操就知道我們兵少，必來追趕。」

果然，曹操聽說張飛「斷橋而去」，知道中計，命令大軍搭橋追擊。一路追到漢津，見大江在前，教眾將努力向前，一定要捉住劉備。眾將領命，個個奮勇爭先。不料關羽突然從山坡後殺出，大叫：「關某在這裡等候多時了！」曹操一見關羽，慘叫一聲：「哎呀！

又中諸葛亮之計！」慌忙下令大軍速退。

關羽和劉備會合，便一同前往漢津。軍馬上船渡江，沒走多遠，忽見江南岸邊戰鼓大鳴，舟船如蟻，順風揚帆而來——劉琦率領水軍前來支援。隨後孔明也引一列戰船趕到。原來，關羽伏兵和劉琦支援，都是孔明的安排。劉琦請劉備到江夏整頓軍馬，再行商議破曹之策。

聯孫擒劉

曹操見劉備逃往江夏，便詢問謀士荀攸，有何對策？荀攸說：「我方兵威大振，丞相不妨遣使前往江東，請孫權會獵於江夏，共擒劉備，分荊州之地，永結盟好。如此一來，諒那孫權不敢不來降。」

「好！」曹操認為可行，一面派人聯絡東吳孫權，一面領兵水陸並進，西連荊、陝，東接蘄、黃，寨柵連營足足有三百多里長。

孫權眼見曹操的勢力漸漸南進，便召眾謀士商量對策。魯肅說：「荊州跟江東接壤，形勢險要，地方富庶，我們如能到手，進可圖天下，退可抗曹操。如今劉表新亡，劉備新敗；我想藉悼祭劉表之名，前去探聽虛實。」

聯吳抗曹

孔明在想什麼？聯吳抗曹。和魯肅的盤算不謀而合。

於是，一番恭維客套後，魯肅邀請諸葛亮過江去見孫權。在船舟上，魯肅對孔明千叮嚀萬交待：「待會兒見了主公，萬不可用曹操兵多將廣的話嚇他。」孔明叫魯肅放心，他自會對答。

這時的孫權其實心正慌意已亂。他剛收到曹操的書信，召集文武官員商議。張昭等文官主張投降曹操，理由是：「曹操擁百萬之眾，借天子之名，大征四方。如今又得荊州，據長江之險，勢不可敵。不如納降，方為萬安之策。」

孫權低頭不語。

張昭又說：「主公不必多疑。如降操則東吳民安，江南六郡可保。」

孫權悶聲不響。回到後堂，詢問魯肅的意見。魯肅說：「別人都可降曹，只有主公不能。」

「喔？怎麼說？」孫權揚眉一問。

魯肅說：「眾人之意，只是為了保住自己的官位與性命，不可聽信。將軍若降曹，會怎麼樣？位不過封侯，車不過一乘，騎不過一匹，從不過數人，哪裡比得上南面稱孤痛快？」

「哈！」孫權大笑。因為，魯肅說到他的心坎裡了。

魯肅又說：「欲抗曹操，最好和劉備結盟。我已約了諸葛先生來此，主公只要問他，便知曹操的虛實了。」

舌戰群儒

翌日，魯肅帶著孔明來到議事大廳，赫見張昭、顧雍等一班文臣武將二十餘人，峨冠博帶，整衣端坐，一副「國家辯論隊」的模樣。

客套問候、施禮寒暄後，文戰開場。

張昭率先發言：「久聞先生高臥隆中，自比管、樂。近聞劉豫州三顧先生於草廬之中，幸得先生，以為如魚得水，竟想席捲荊、襄。只是，被曹操占得先機，關於這點，不知先生有何高見？」

你在酸我輔佐不力？孔明微笑回答：「取荊、襄之地，易如反掌。我主劉豫州躬行仁義，不忍奪同宗之基業，故而堅辭不受。劉琮孺子，聽信佞言，暗自投曹，讓賊子猖獗。

如今我主屯兵江夏，別有良圖，非等閒之人可知。」

張昭又說：「管仲相桓公，霸諸侯，一匡天下；樂毅扶持弱燕，攻下齊國七十餘座城池。先生如何？哈！只在草廬之中，笑傲風月，抱膝危坐。劉豫州未得先生之前，尚且縱橫寰宇，割據城池；如今得先生之助，這……棄甲拋戈，望風而竄；棄新野，走樊城，敗當陽，奔夏口，幾無容身之地……」

孔明啞然失笑，卻是羽扇一揮，滔滔大論一瀉千里：「鵬飛萬里，燕雀豈能識其志？譬如人染沉痾，當先服之以糜粥、和藥；待其腑臟調和，形體漸安，然後餵之以肉食、猛藥。如此一來，病根盡去，人得全生。吾主劉豫州，寄靠劉表，兵不滿千，將也只有關、張、趙雲而已。新野荒郊僻壤，人民稀少，糧食鮮薄，豫州不過暫借以容身，難道真要坐守於此？而在甲兵不完、城郭不固、軍不經練、糧不繼日的劣勢下，竟能博望燒屯、白河用水，使夏侯惇、曹仁心驚膽裂。請問管仲、樂毅用兵，能到達這般境界？至於劉琮怯懦降操，豫州完全不知；且又不忍乘亂奪同宗基業，難道不是大仁大義的表現？當陽何以敗？只為保護百姓，日行十里；數十萬赴義之民，豫州不忍棄之，因而遭曹軍追擊。寡不敵眾，勝負之常。從前高祖數度敗給項羽，而在垓下一戰成功，這難道不是韓信的良謀奏功？國家大計，社稷安危，既要從長計議，也得臨機應變；絕非誇辯之徒，坐議立談，一嘴無人可及，一身百無一能。誠為天下人之笑柄！」

輪到張昭啞口無言。

沒關係！咱們「東吳演辯隊」人才濟濟。張昭不行，虞翻接棒：「如今曹公擁兵百萬，列將千員，龍驤虎視，平吞江夏……如此陣勢，先生以為如何？」

孔明笑容不改：「曹操收袁紹蟻聚之兵，劫劉表烏合之眾，號稱百萬，實則不足為懼。」

「是嗎？」虞翻冷笑，「軍敗於當陽，計窮於夏口，明明向我方求救，猶言不懼，真是大話欺人啊！」

「劉豫州以數千仁義之師，敢敵曹操百萬殘暴之眾。你們江東呢？兵精糧足，據長江之險，卻滿腦子屈膝降賊，不顧天下人恥笑。你倒是說說，誰在懼曹？誰又在『拒』曹？」孔明奉送一記回馬槍。

虞翻也傻了。

辯士？豪傑？

第三棒上場：「孔明欲仿效蘇秦、張儀，逞口舌之能，遊說東吳？」

誰呀？孔明定睛一看，原來是步騭，想都不想就答：「步子山以為蘇秦、張儀是辯士，不知他們其實是豪傑？蘇秦佩六國相印，張儀兩次相秦，皆有匡世扶國之膽謀，哪裡是畏強凌弱、懼刀避劍之人可比？畏懼請降的在座諸君，也敢恥笑蘇秦張儀？」

步騭默然無語。

無父無君

第四棒呢？「在座諸君」面面相覷，無人出聲，大夫薛綜只好清清嗓門，硬著頭皮說話：「漢歷傳至今，天數將終。曹公已有三分之二天下，四海歸心，誰與爭鋒？劉豫州昧於時勢，以卵擊石，豈能不敗？」

孔明厲聲大罵：「薛敬文斯語，實乃無父無君之言。忠孝為立身之本。你我既為漢臣，當共戮漢賊，克盡臣道。你不思報效國家，反而侈言『天數歸曹』，這不叫做『無父無君』，還有誰是亂臣賊子？」

薛綜滿面羞慚，起身離席。

這場倚多不勝的辯論大賽，從白天戰到黃昏。就在「在座諸君」被諸葛亮駁得理屈辭窮時，東吳大將黃蓋闖進大廳，大聲說：「曹操的大軍已經逼近邊境，你們不想辦法對付敵人，只管在這裡鬥嘴？」又對孔明說：「先生是當世奇才，學養、辯才無人可敵，為什麼不去跟我們主公討論退敵之策？」

激將法

於是，魯肅、黃蓋拉走諸葛亮，一同去見孫權。孔明見孫權碧眼紫鬚，相貌堂堂，暗想：「此乃非常之人，只可激，不可說。」開口便說：「那曹操啊！擁兵一百五十多萬，麾下大將謀士不只一、二千人。」魯肅一聽，大驚失色，連使眼色暗示：「哎呀！我是怎麼教你的——」孔明只當作沒有看見。

孫權問孔明：「既然曹操兵多將廣，我們該當如何？」

孔明竟然說：「請將軍考慮自己的力量，能力不及，不如投降。」

孫權怒問：「那劉備為什麼不降？」

孔明說：「劉備是帝室之胄、當世英雄。即使時運不濟，無法保家衛國，也不會投降漢賊曹操。」

孫權知道諸葛亮暗指自己不如劉備，勃然變色，拂衣而起，走進後堂去了。

眾人面面相覷，氣氛一時僵凝。魯肅埋怨孔明說：「先生何故出此言？你這麼說，實在是太看不起我們主公了。」

孔明哈哈大笑說：「我沒想到孫將軍器量這麼小。哈！我自有破曹計策，他不問我，我又何必說呢？」

「好！你最好是有『破曹計策』。」魯肅也進入後堂，見孫權怒氣未消，趕緊進言：「主公息怒！那孔明早有破曹之策，只是故作姿態，不肯輕言，主公何不放下身段，虛心請教？」

孫權恍然大悟，請諸葛亮到後堂，擺酒款待，商議大計。

強弩之末？

孔明剖析局勢，點出曹軍的弱點：「曹軍雖眾，遠來疲憊。此所謂『強弩之末，不能穿魯縞』。何況北方之人，不習水戰。荊州士民所以降曹，只是迫於形勢，並非他們的本心。將軍若能誠心與劉豫州同盟，必將打敗曹軍。」

孫權聽了，心花怒放，決定聯合劉備，對抗曹操。

負薪救火？

不料，張昭知道孫權要興兵，急急求見，要孫權「自思比起袁紹如何？」又說：「若聽信諸葛亮之言，妄動甲兵，正所謂『負薪救火』，禍延江東啊！」

孫權被弄得心煩意亂，寢食不安。孫權的母親吳國太提醒兒子：「你忘了先姊的遺言：『伯符臨終有言：內事不決問張昭，外事不決問周瑜。』」

對呀！我事公瑾如兄，公瑾待我如弟。江東危急存亡之秋，我為什麼不問問周公瑾的意見？

主戰？主降？

周瑜原本在鄱陽湖訓練水師，聽說曹軍已到漢上，便星夜趕回柴桑郡，準備和孫權商議軍機大事。

魯肅與周瑜交情最好，便把這兩天議論的情形全告知周瑜。周瑜請魯肅放心，並要他先請孔明來相見。

張昭等人一聽到周瑜回來，火速來見，把降曹的好處說了一大筐。周瑜問：「你們幾位的意見都是一樣嗎？」

眾人齊聲說：「所見略同。」

周瑜笑笑，淡淡說：「我想投降曹操也想了很久。這樣吧！明天一同見主公商議對策，如何？」

程普、黃蓋等一班鷹派戰將也來見周瑜，表示寧可殺頭，也不降曹。周瑜還是笑說：「將軍們請先回。明天見主公，我自有計議。」

隨後，諸葛瑾、呂範等一班文官，呂蒙、甘寧等一班武將，也來求見周瑜；有要戰者，有要降者，爭論不休。周瑜一概回答：「不必多言。明日都到府下，自有公議。」

夜裡，魯肅帶孔明來見周瑜，魯肅劈頭就問：「將軍之意，是主和？還是主戰？」

周瑜說：「曹操打著皇帝的招牌，兵強馬壯，猛將謀士如雲；打起來我們必輸無疑。我想……」

魯肅急問：「如何？」

周瑜嘆一口氣：「還是勸主公投降了。」

智激周瑜

投降？這是你堂堂周大將軍該說的話？魯肅氣急敗壞與周瑜爭論。孔明卻在一旁暗暗冷笑。

周瑜皺起眉頭，問孔明：「先生何故哂笑？」

孔明愈笑愈燦爛：「亮不笑別人，只是笑子敬不識時務。」

魯肅愣住。周瑜露出不懷好意的笑容：「識時務者為俊傑。想來，孔明先生與我同心。」

孔明說：「是啊！曹操極善用兵，無人可敵。將軍決計降曹，可以保妻子，可以全富貴。國祚遷移，付之天命，不足為道。」

魯肅氣得大罵：「孔明！你要我主公屈膝受辱，投降國賊？」

孔明又笑了，笑得莫測高深：「其實不必投降。我倒有一計，只要派兩個人過江，便能教曹操撤走百萬大軍。」

周瑜眼睛一亮：「喔？哪兩人？」

孔明輕描淡寫地說：「我聽說曹操建了一座銅雀臺，早想得到東吳的兩個絕色美人大喬、小喬。所以，只須將此二女送去曹營，曹操必然退兵。」

周瑜面有慍色，問道：「曹操欲得二喬，真有此事？」

孔明故意張大了嘴：「可不是！將軍難道不知，曹操曾誓言：『一願掃平四海，以成帝業；一願得江東二喬，藏在銅雀臺，以樂晚年』？其子曹植寫過一篇〈銅雀臺賦〉：攬『二喬』於東南兮，樂朝夕之與共……想來是父子同好。」又刻意將「二橋」改成「二喬」。

周瑜果然中計，跳起來大罵：「曹操老賊，欺人太甚！」

「這……區區二女子，將軍何必……」孔明還在裝傻。

周瑜氣呼呼說：「先生有所不知，大喬是孫策將軍的夫人，小喬是我的妻子。」

「哎呀呀！失口亂言，請將軍恕罪！」孔明又裝做驚慌失措的樣子。

一肚子氣的周瑜，不再裝蒜，表明心跡：「方才是故意試探閣下，其實我早就想破曹操，還請諸葛先生鼎力相助。」

見賢思「刏」

翌日清晨，孫權升堂議事。周瑜分析了東吳迎戰的有利條件，拍胸脯說：「我情願為主公拚死殺敵，就怕主公拿不定主意。」孫權一聽，拔出寶劍，砍去了桌子一角，豪邁宣言：「誰敢再提降曹之事，如同此桌！」

於是，孫權當場賜劍給周瑜，封周瑜為大都督，程普為副將，魯肅為贊軍校尉；並對文武百官宣布，有不聽號令者，依軍法論處。

只是，周大都督仍有「異心」：見賢思「钅」，想藉機除掉日後大敵諸葛亮。智與智逢宜必合，才和才角又難容。一齣齣瑜亮鬥智，就在百萬曹軍逼境的當口，「風風火火」展開。

設計陷害

周瑜邀魯肅，諸葛亮同赴三江口。周瑜心生一計，要孔明領關羽、趙雲、張飛去聚鐵山截斷曹操的糧道。孔明知道周瑜想借曹操的刀殺掉自己和關、張、趙，但又不好推辭，只好答應下來。

魯肅知道周瑜想借刀殺人，擔心孔明被蒙在鼓裡，故意問孔明：「這次出兵，可有把握？」

諸葛亮說得大言不慚：「我水戰、步戰、馬戰、車戰無一不精；不像周瑜，除了水戰，其餘的就不行了。」

笨魯肅將話傳到周瑜耳裡，周大都督果然跳腳，打算自己帶兵前往聚鐵山劫糧。魯肅再傳話給孔明時，孔明嘆一口氣，委屈地說：「大敵當前，理應合力破曹；要是彼此謀害，如何成事？」

周瑜聞言，只好暫時收手，心裡仍在嘀咕：此人見識謀略強我十倍，今日不除，來日必為大患。

會無好會

劉備見諸葛亮滯留東吳，久未歸來，便派糜竺以犒軍為名，前去探消息。周瑜收下了禮物，反要糜竺回去請劉備過江，會商破曹大計，企圖一舉殺了劉備和諸葛亮。

劉備為了兩家聯盟，不好不去，便吩咐張飛、趙雲留守，自己則帶著關羽過江，去會會那場會無好會。果然，周瑜安排刀斧手埋伏在宴席兩邊，約定以摔杯子為號，要除掉劉備。但看關羽手按寶劍立於劉備身後，眼睛卻一直緊盯周瑜——害周大都督脖子一冷，又想起關羽昔日斬顏良、誅文醜的事蹟，頓時汗流滿面，遲遲不敢動手。

劉備宴罷回到船上，見孔明已在船艙中，非常高興。孔明問劉備：「剛才宴會，主公可有『刀斧臨頭』之感？」沒說的是，我在軍帳外發現埋伏的刀斧手，急如熱鍋上的螞蟻；

看見雲長持劍而立，我才放心離開。
劉備傻問：「有何問題嗎？」
孔明告訴劉備周瑜的布計，劉備嚇出一頭冷汗，立刻請孔明同回樊口。
孔明笑說：「我雖居虎口，但穩如泰山。」並要劉備通知趙雲，在十一月甲子日後，見東南風起，駕小船到南岸接他。說完這番話，便催請劉備速回。

怒斬來使

這時，曹操的「招降書」送來了。周瑜正因錯失殺劉備的良機而一肚子火，見信封上寫著「漢大丞相付周都督開拆」，氣得將信撕碎，斬殺來使，並把首級交人帶回去向曹操示威。
這樣一來，不打不行了。兩軍在三江口開戰，沒有水戰經驗的曹軍，大敗而回。吃到苦頭的曹操，於是命令荊州降將蔡瑁、張允日以繼夜訓練水軍：赫！沿江一帶分為二十四座水門，大船居外，作為城郭；小船駛內，互通往來。夜晚點燈，火光照得天心水面一片通紅。寨營連綿三百餘里，煙火不絕。
周瑜打了勝仗，犒賞三軍，當夜就登高觀望對岸曹軍陣地；第二天又親自坐船去探看對手的虛實，見曹軍水寨井井有條，急問：「對方的水軍都督是誰？」
左右答：「是蔡瑁、張允。」
周瑜心知，若不除去這二人，曹軍定難攻破。

說客來訪

曹操知道周瑜窺伺水寨的情形，便召集眾將商量對策。幕賓之中，走出一人，毛遂自薦：「幹自幼與周郎同窗交契，願憑三寸不爛之舌，往江東遊說周瑜來降。」
此人是誰？姓蔣名幹，字子翼。曹操聽了，喜出望外，附加一條：「遊說不成，也可就近刺探敵情。」隨即派蔣幹過江。
周瑜正在帳中議事，聽聞小兵傳報：故人蔣幹來訪，笑著對諸將說：「說客來了！我有一計，如此如此……」低聲對眾將吩咐計策。
周瑜出帳迎接蔣幹，故意問：「子翼大老遠過江，是想替曹操做說客吧！」
蔣幹說：「今天不談政治，我是來找老友敘舊。」
周瑜笑說：「是嗎？我雖不及師曠之聰，聞弦歌倒能知雅意。」意思是「不信」。

蔣幹拂袖，故作不悅：「足下待故人如此，便請告退。」

「哎呀！」周瑜挽住蔣幹的臂膀，「既然不是，何必要走？」便傳令擺設酒席，召文武百官與蔣幹相見。

一場「不談政治」的酒宴，喝到酩酊大醉，賓主盡歡。周瑜拉著蔣幹的手，到帳外散步，讓蔣幹觀軍營、看糧草；又借著酒意說：「大丈夫存活於世，遇知己之主，外託君臣之義，內結骨肉之恩，言必行，計必從，禍福與共。你想，即使蘇秦、張儀、陸賈、酈生復生，口似懸河，舌如利刃，又怎能說動我的心呢？」說罷哈哈大笑，弄得蔣幹面色如土，開口不得。

蔣幹中計

周瑜又請蔣幹入席飲酒。他指著眾將說：「這些都是我們江東的英雄人物，今日此會，可名『群英會』。」說罷，佯裝酒醉，舞劍作歌，直到深夜，再將蔣幹拉到帳內，要與他抵足而眠。

只見那周瑜和衣臥倒，嘔吐狼藉。蔣幹如何睡得著？伏枕諦聽，軍中鼓打二更，周瑜鼻息如雷。蔣幹悄悄起身，見大桌上堆著一卷卷文件書信，其中一封寫著「蔡瑁張允謹封」。天哪！蔡瑁、張允和周瑜暗通款曲？蔣幹躡手躡腳，抽出信函一看：某等降曹，非圖仕祿，迫於勢耳……但得其便，即將操賊之首，獻於麾下……

這時，周瑜忽然翻身，嘴裡唸唸有詞：「子翼！數日之內，我教你看曹賊之首！」

蔣幹嚇得將信藏在袖內，滅燈就寢，但已心事重重，難以入睡。

四更天，忽然有人進帳低喚：「都督！」周瑜急起，與來人走到帳外低聲說話。蔣幹豎耳偷聽，只聽到：「蔡瑁、張允說，曹賊狡猾，一時難以下手。」再來的聲音愈來愈低，聽不清楚。

過了一會兒，周瑜入帳，喚了聲「子翼」；蔣幹蒙頭假睡。周瑜笑笑，也解衣就寢。

到了五更，蔣幹暗想，信在我身上，萬一被發現要怎麼辦？此時不跑，等到天亮就跑不掉了。便連夜逃回江北，把信交給曹操。

曹操看完「通敵信」後大怒，當即令人將蔡瑁和張允推出斬首。才剛斬完，忽然想通：「啊！中了周瑜之計！」

我一定要殺了他！

狡計得逞，周瑜想知道孔明「知不知道？」派魯肅去探口風。一見面，孔明就向魯肅道喜。

「喜從何來？」魯肅一頭霧水。

「這條計只能玩蔣幹。曹操雖被一時瞞過，之後必然省悟，只是不肯認錯。如今蔡、張兩人冤死，江東無患，如何不賀喜？我聽說曹操換毛玠、于禁為水軍都督，在這兩個傢伙手上，好歹送了水軍性命。」

魯肅瞠目結舌，說不出話來。孔明再次懇請魯肅：「不可讓都督知道我已知情，否則……唉！」

魯肅果然再度傳話。周瑜果真氣急敗壞，驚天一吼：「此人決不可留！我一定要斬了他！」

魯肅說：「這樣殺了孔明，豈不被曹操恥笑？」

周瑜說：「放心！我自有公道殺他，教他死而無怨。」

立軍令狀

翌日，周瑜邀孔明議事。

周瑜問：「我軍將與曹軍交戰，水路交兵，當以何種兵器為先？」

孔明想都不想便回答：「大江之上，弓箭為先。」

周瑜說：「煩請先生監造十萬枝箭，以為應敵之具。」

孔明問：「敢問十萬枝箭，何時要用？」

周瑜眼神一閃：「十日之內，可否完成？」

孔明竟然說：「十日？曹操打過來要怎麼辦？只消三日，便可辦完。」

周瑜咧開了嘴：「喔？軍中無戲言。」

孔明的表情，像個甘心受騙的傻瓜，大聲說：「怎敢戲都督！願領軍令狀。三日辦不完，甘當重罰。」

太好了！孔明你死定了！周瑜傳喚軍政司，讓孔明立下軍令狀；同時吩咐工匠人等故意拖延，遲不交差。這樣一來，三天後……嘿嘿嘿！

草船借箭

魯肅領命前來監視孔明「動靜」。孔明擺出哀兵姿態：「子敬啊！你不肯為我隱瞞周瑜，果然又弄出事來。三日內如何造得十萬枝箭？你可得幫我！」

魯肅問：「怎麼幫？」

「借我二十艘船，每船軍士三十人，船上用青布為幔，各束草人千餘個，分布兩邊。」孔明輕搖羽扇，「還有，此事不可教公瑾得知。」

孔明啊！你葫蘆裡賣什麼藥？不過，這一回，魯肅就真的沒有傳話了。

第三夜，三更，大霧瀰漫，江面上伸手不見五指。孔明請魯肅坐船去取箭。怎麼取？將二十艘排成一行，快到曹營時，便叫船上士兵擂鼓吶喊。曹操不知內情，疑有敵軍入侵，命令放箭亂射；驟雨般的飛箭，全扎在稻草人上。霧散時，快樂回航，孔明已得箭十萬餘枝。

英雄所見

魯肅向周瑜回報孔明取箭之事。周瑜大驚失色，慨然而嘆：「孔明神機妙算，吾不如也！」

周瑜勉為其難設宴替諸葛亮慶功，說他想到一個破曹的計策，請諸葛亮替他決斷。諸葛亮說：「先別說出來，各自寫在手心，看一不一樣？」兩人將手湊在一起，同時伸手一看——周瑜失笑，孔明莞爾，不約而同寫了一個「火」字。

雙邊詐降

中計丟箭的曹操，一肚子氣無處發。謀士荀攸建議：派人假降周瑜，裡應外合，破東吳大軍。曹操同意便命蔡瑁的族弟蔡中、蔡和過江詐降。

俗話說：「做戲要做全套。」周瑜見二人不帶親人來降，斷定是假，便將計就計，留下二人，撥給甘寧作為先鋒，同時叮嚀甘寧：「小心有詐！」不明就裡的魯肅，公然疾呼：「此為詐降！」不被周瑜「接受」，跑去找孔明訴苦。

孔明笑而不言。魯肅問：「孔明何故哂笑？」

孔明說：「我笑子敬不識公瑾的……將計就計。」

「哎呀！我不該叫魯肅，宜改名『魯鈍』才是啊！」魯肅以掌拍額，恍然大悟。

當晚，周瑜正在帳中，黃蓋偷偷地走了進來，說願去「假降曹操」。兩人商量了一陣子方才散去。第二天，周瑜升帳議事，黃蓋大聲說：「曹操軍容壯盛，豈可為敵？不如依張子布之言，棄甲倒戈，北面而降。」

周瑜聽得火冒三丈，命人重打黃蓋一百杖，打得皮開肉綻，鮮血迸流。眾官苦苦為他求饒。周瑜雙手扠腰，怒指黃蓋：「若不是看眾官面上，一定將你斬首！」

這是在演哪一齣？周瑜打黃蓋，一個願打，一個願挨。

黃蓋的好友闞澤知道黃蓋使的是苦肉計，深受感動，自告奮勇跑到曹營去送詐降書。

曹操先是不信，要斬闞澤。正在危急時刻，有人持蔡中、蔡和的密書給曹操，「證實」黃蓋與周瑜不合，慘遭痛打。曹操才相信了黃蓋、闞澤的「背主作竊」，且讓闞澤先回江東做內應。

鳳雛先生

但是曹操仍不放心，又派蔣幹過江，探聽虛實。周瑜見蔣幹晃啊晃地晃過來，心中竊笑：「太好了！此人一來，我的計策才能馬到成功。」先讓魯肅連絡龐統布計，然後故意板起面孔大罵蔣幹：「你太對不起老同學了！上次你偷我書信，誤我大事。今日又來，必無好事。」

蔣幹正要辯解，周瑜再罵：「若不是看舊日之情，早將你一刀兩段。不行！留你在軍中，又必有洩漏。」便讓人把蔣幹送到西山的庵中「休息」幾日。

龐統要布什麼計？原來，這位「鳳雛先生」，因避亂寓居江東，魯肅將他推薦給周瑜。周瑜想知他能耐，要魯肅問他：「破曹當用何策？」龐統笑答：「火攻。但大江之上，一船著火，餘船四散，徒勞無功。除非……」

「除非什麼？」周瑜問魯肅，魯肅問龐統。

「使『連環計』。」龐統壓低聲音，對魯肅附耳獻策。

連環計

一連數日，被軟禁在西山庵的蔣幹心中憂悶，寢食不安。某夜，星露滿天，蔣幹獨步出庵，在山中散步，忽然聽見讀書之聲；蔣幹信步尋去，發現一間草屋，敲門一問，才知是鼎鼎大名的「鳳雛先生」龐統。蔣幹心中浮現一著，便問龐統：「久聞大名，為何僻居此地？」龐統說周瑜器量太小，不能容人，我只好隱居在此。蔣幹勸他去投曹操，龐統表示「早就想離開江東」；兩人一拍即合，連夜渡江回到曹營。

曹操聽說龐統來了，親自出帳迎接，請龐統到各處察看。龐統先看旱寨，讚不絕口，誇曹操英明神武；再觀水寨，猛拍馬屁：「丞相用兵如此，名不虛傳！」甚至指著江南高唱：「周郎，周郎！不久必亡！」

曹操開心極了！與龐統共論兵機，高談雄辯；龐統應答如流，更讓曹操敬服不已。這時，龐統獻上一策，要曹操把大小戰船用鐵環鎖在一起，上面鋪上木板，保持平穩，可以解決水軍顛簸不適、易生疾病之苦。

龐統拍胸脯說：「不但可走人，跑馬都沒問題！」

「若非先生良謀，豈能擊破東吳？」曹操下席拜謝，馬上傳令：軍中鐵匠，連夜打造連環大釘，鎖住船隻。

許都危急？

妙計得逞，還不走人？龐統又說他要回去江東，勸說那些才俊前來投降，順便接出家人。曹操答應了。龐統正要過江，卻被人一聲喝住：「大膽狂徒！黃蓋用苦肉計，闞澤下假降書，你又跑來施連環計！」龐統頭皮發麻，回頭一看──還好，是好友徐庶。而徐庶攔路不是要揭穿龐統，是想問問如何躲開這場戰禍──他已預知曹操必敗。龐統便說了一計，「交換」自己安然回家。

什麼計？徐庶在曹營散布謠言，說西涼韓遂、馬騰領兵殺向許都，京師陷危。徐庶自願領兵，前去散關把守，曹操點頭同意，徐庶這才「正似游魚脫釣鉤」，逃離了赤壁之戰的現場。

短歌行

曹操眼見南征將要成功，心中好不得意，召集文官武將在船上狂飲。酒過數巡後，已有七分醉意，開始譏笑周瑜、劉備、諸葛亮等人，並說待他收服了江南，要將東吳的大喬、小喬鎖在銅雀臺，「以娛晚年」。

曹操大醉後，橫槊立於船頭，高聲吟詩，並要眾人唱和：

對酒當歌，人生幾何？譬如朝露，去日苦多。慨當以慷，憂思難忘。何以解憂？惟有杜康……山不厭高，水不厭深。周公吐哺，天下歸心。

也就是流傳千古的曹操代表詩作〈短歌行〉。

萬事皆備

翌日，曹操在大船上演練水軍。程昱、荀攸憂心忡忡地建言：「鐵索連船固然堅固，可萬一東吳用火攻，豈不是……」

曹操聽後大笑說：「你們哪裡知道，火攻要靠風力。現在正是冬天，只吹西北風；東吳若要用火攻，被西北風倒吹回去，豈非……哈哈！玩火自焚？」

這時，周瑜眺望對岸形勢，忽然間狂風大作，波濤拍岸，一面旗角從周瑜臉上拂過——「哎呀！」周瑜猛然想起一事，大叫一聲，向後栽倒，口吐鮮血，不省人事。

孔明借東風

周大都督猝然臥病，江東諸將愕然，不知如何是好？魯肅十萬火急地去見諸葛亮，沒想到諸葛亮微微一笑說：「公瑾之病，亮亦能醫。」

「此話當真？」魯肅連忙拉著諸葛亮去給周瑜看病。

周瑜見諸葛亮來了，披衣坐在床上。諸葛亮問：「才幾天沒見面，想不到都督竟然病了。」

周瑜有氣無力地說：「人有旦夕禍福，誰也說不定。」

諸葛亮笑說：「是啊！天有不測風雲，人怎麼能料得到呢？」

周瑜聽了，頓時變色，摀著胸口發出呻吟。諸葛亮東看西探，一副望聞問切的醫者模樣，然後說：「都督的病，要先順氣」，周瑜反問：「欲得氣順，當服何藥？」

諸葛亮還是笑笑，請左右的人都出去後，在紙上寫下十六字，遞給周瑜：「哪！救都督心病的藥方。」

哪十六字？欲破曹公，宜用火攻，萬事俱備，只欠東風。

周瑜內心一驚：孔明真乃神人啊！嘴上故意淡淡地問：「請問，要怎麼做才能得到東風？」

諸葛亮也淡淡說：「就讓在下施法，向老天借東風，如何？」

於是，周瑜按照諸葛亮的吩咐，在南屏山建造一座七星壇，讓諸葛亮在壇上作法；並派出一百二十人，執旗守壇，聽候使令。

十一月二十日甲子吉辰，孔明沐浴齋戒，身披道衣，赤足散髮，來到壇前「借東風」。周瑜、程普、魯肅等東吳將領，也在軍帳中屏息以待，只等東南風起，便要大兵出動，剿滅曹軍。

近夜時分，天色清明，微風不動。周瑜對魯肅說：「孔明是在說大話吧！隆冬季節，怎麼會有東南風？」

魯肅卻說：「再等等！我相信孔明。」

到了三更，忽然風聲大作，旗旛翻動，所有的旗帶都朝西北方飄揚——果然吹起了東南風。周瑜又驚又喜，一轉念：這孔明的本事，已到能奪天地造化、鬼神莫測的地步，絕不能留！立即派丁奉、徐盛分水旱二路，前去七星壇殺諸葛亮。

周瑜鄭重交待：「抓到諸葛亮，切記！二話不說，休問長短，提頭來見。」

誰知諸葛亮早已不見人影。

火燒連環船

丁奉、徐盛連忙從江上追趕，遠遠看見諸葛亮站在一艘小船上。徐盛則在船頭上大叫：「軍師休去！都督有請！」

諸葛亮笑揮羽扇，高聲說：「請回覆都督，好好用兵。諸葛亮暫回夏口，他日有緣，定能相見。」徐盛緊追上去，忽見一名白甲猛將立於船尾，拈弓搭箭，大聲喝阻：「我乃常山趙子龍，奉令特來接軍師，不想送死的人，勿再前進！」說罷，一箭射斷徐盛船上的帆繩，嚇得徐盛縮頭掩面，眼睜睜看著孔明的小船飛速離去。

丁奉、徐盛向周瑜回報經過，周瑜搥胸頓足，仰天大吼：「天哪！諸葛亮如此足智多謀，真叫我日夜不安！」

而在主戰場，詐降的黃蓋準備好二十艘火船，船內裝滿蘆葦乾柴，灌以魚油，鋪上硫黃;船頭上插著一面和曹操約定好的青龍「降」旗,蓄勢待發。

三更天,狂風大作,江面洶湧;月照江水,如萬道金蛇,翻波戲浪。曹操站在大寨,遙望江南,隱隱可見一簇帆幔,插著青龍牙旗緩緩駛來。

曹操大笑:「黃公覆來降,天助我也!」

「不對!」謀士程昱說,「黃蓋說要載糧而來。糧在船中,船身穩重;這批小船,輕快漂浮。小心有詐!」

來不及了!黃蓋的船隊點上火,直衝曹寨,火趁風勢,風助火威,二十艘火船撞入曹軍的「連環艦隊」,頓時大火沖天,連綿三百餘里的寨營燒成一片,無一倖免。但見江面上,火逐風飛,一派通紅,漫天徹地。

後人稱之為「烈火初張照雲海,赤壁樓船一掃空」。

滿江火焰,喊聲震天。左邊是韓當、蔣欽兩軍從赤壁西邊襲來;右邊是周泰、陳武兩軍從赤壁東邊攻來;正中央呢?周瑜、程普、徐盛、丁奉的主力船隊正面殺來。曠古一戰,赤壁鏖兵。曹軍挨槍中箭,火焚水溺之人,不計其數。

與此同時,甘寧帶領一支軍馬,打著曹軍旗號,往曹操在烏林的糧庫放火。於是水上、岸上大火連成一片,燒光了曹操的百萬大軍,也燒出嶄新的時勢。曹操在火陣中左突右闖,帶領張遼等敗將殘兵,往烏林狂奔而去。

問津之九

「孔融居北海，豪氣貫長虹：坐上客長滿，樽中酒不空……唉！一番讒言，害死了『文章驚世俗，談笑侮王公』的孔融。」低沉透冷的聲音，像一尾潛蛟，穿過滾滾江水，穿越迷濛如夢的異境，翻上臥榻與鼾眠之間，得意傲笑的眉眼。

「先生之意，曹操殺孔融，是自敗之舉？」年輕書生輾轉之際，依舊撚鬚沉吟，如吐夢囈。

「非也！曹操之敗，和殺不殺孔融無關，而是敗在自己誤判局勢。我為文舉興嘆，純粹是為國惜才。」穿上官服的青衣文士，言談舉止，更添了幾分謹慎。

「誤判局勢？先生也不贊成曹操興兵南下？」年輕書生笑了，「難怪那百萬大軍、謀臣猛將的行伍中，不見先生蹤影。」

「曹操的錯誤有三。其一，心理偏差，或者該說，驕兵必敗。對抗袁術、袁紹的幾場關鍵戰役，都是以弱對強，所以用兵謹慎，或者該說，哀兵必勝。到了赤壁之戰，已是以強對弱；先前的勝利，讓他沖昏了頭，以為天下就要到手，根本不把劉備、孫權放在眼裡。」

「嗯，言之有理！其二呢？」年輕書生點頭。

「戰略錯誤。」青衣文士揮動袍袖，在異世界激起浪花洶湧。「面對孫、劉聯盟，理應分化對手，再各個擊破，避免兩面作戰。曹操明白此理，但求功心切，姿態過高，做得不夠徹底。至不濟，也得穩住孫權，全力剿滅劉備，此為『先弱後強』之策。甚至，大軍南下前，換作是我，會先平定關西韓遂、馬超，解除後顧之憂……」青衣文士話語一頓，好像在等年輕書生開口。

「這樣一來，徐庶就斷了後退之路了，哈！其三呢？」年輕書生依舊笑臉以對。

「路線錯誤。」青衣文士撇撇嘴。

「喔？先生之意，曹操不該揮軍『直』下，而應繞道圍攻？」年輕書生輕搖羽扇，竟也掀動滿天風雲。

「不錯！從許昌到建鄴的『捷徑』不是直線，而是要繞過關西，拿下漢中，再兵臨蜀地，整軍攻打荊州。此為一路。另一路則由許、洛出發，擊破荊州後，合兵前進江東。孫權焉能不敗？而且，在這過程中，已先滅劉備；即使讓爾等僥倖逃脫，既失荊州，又被奪走川蜀要地，劉備再無立足之處……請問，閣下的『隆中對』要如何實現？」

「厲害！瞧先生說得龍虎風雲，如臨現場；何不改行當說書先生？」年輕書生微笑，鼓掌。

「嘻！豈敢？人在『現場』呼風喚雨的是閣下，而非在下。你忘了？孔明借東風，火燒連環船，那可是你的主場。」青衣文士尖聲一笑。

「請問先生，身在何處？那天一別，我一直惦念著先生哪！」年輕書生雙手抱拳，欠身一拜。

「在你的心裡？我的夢中？在你的卦象？我的預感？在已經寫好的史頁？後人編造的軼事？你問我因何夢你，我問你緣何訪我。也許，你我是棋士，江山是棋盤，文爭武鬥為棋賽，世事乃棋局，黎民蒼生不過是棋子……」

「先生此言差矣！」年輕書生打斷青衣文士的大論，「梟皇爭霸，百姓何辜？縱使天地不仁，也不該以萬物為芻狗。不才智退周瑜，計破曹操，只想遏阻奸邪當道、戰禍蔓延，還大漢一個乾淨天下。」

「是嗎？瞧你說得……哈！關羽放屁，不知臉紅。」青衣文士滿臉不以為然，「你認為，貴主劉備最終會不會稱帝？」

「問得好！我也有一事要考問先生……」年輕書生又在微笑揮扇。

「何事？」青衣文士眼一瞪，脖一縮。

「如果你是我，你會殺曹？放曹？」

新新古典

水滸傳

張啟疆／著

本書以草莽英雄聚眾對抗朝廷的故事為主軸，描述一百零八條好漢嘯聚梁山的經過，在一場場江湖風波中，搬演著「俠義」與「忠君」的激辯。作者以創新的架構、技法，打造出虛、實兩座舞臺，看似兩條平行的故事軸線，讓一百零八條好漢在真真假假之間，巧轉虛實，呈現對照效果、戲劇張力，同時也體現了原著的精神風貌。

長生殿

石德華／著

本書以唐明皇與楊貴妃之間的愛情為主軸，描述安史之亂使天地一夕裂變，將皇家與小民捲入生死離散的命運中，演繹人世間的成住壞空。作者梭織在實與虛之間，以情字為本，跳脫既有的劇曲形式，運用多視角的敘述手法，添加許多織就與發揮，重啟二十一世紀版的《長生殿》。

中國古典名著

隋唐演義

褚人穫／著　嚴文儒／校注　劉本棟／校閱

《隋唐演義》以隋唐歷史為題材，內容繁富，人物眾多，將帝王后妃、達官貴人生活的奢靡與爭權奪利融入歷史事件中，組織巧妙，是部廣受讀者歡迎的歷史演義小說。《隋唐演義》以史為經、以人物事件為緯，使一般大眾可以藉小說認識歷史。《隋唐演義》的藝術成就，值得讀者細細品味，一探究竟。

國家圖書館出版品預行編目資料

新新三國演義／張啟疆著.－－初版一刷.－－臺北市：三民，2021
冊； 公分.－－（新新古典）

ISBN 978-957-14-6974-4（一套：平裝）

857.4523　　109015670

新新古典

新新三國演義（上）

作　　者　張啟疆
責任編輯　曾政源
美術編輯　陳祖馨
封面繪圖　練　任

發 行 人　劉振強
出 版 者　三民書局股份有限公司
地　　址　臺北市復興北路 386 號（復北門市）
　　　　　臺北市重慶南路一段 61 號（重南門市）
電　　話　(02)25006600
網　　址　三民網路書店 https://www.sanmin.com.tw

出版日期　初版一刷 2021 年 1 月
書籍編號　S859110
I S B N　978-957-14-6974-4